Joachim H. Bürger
Wie sage ich's der Presse

Joachim Bürger

Wie sage ich's der Presse

Redaktionelle Betreuung: Christiane Gaß

verlag moderne industrie

CIP-Kurztitelaufnahme der Deutschen Bibliothek
Bürger, Joachim
Wie sage ich's der Presse / Joachim Bürger. –
Landsberg am Lech: Verlag Moderne Industrie, 1986
ISBN 3-478-54510-2

Umschlaggestaltung: Hendrik van Gemert
Satz: mi-verlags-service gmbh
Druck + Bindung: Presse-Druck Augsburg
Printed in Germany 540510
ISBN 3-478-54510-2

Inhaltsverzeichnis

Teil VI

Teil VII

Teil VIII

Teil IX

Teil X

Vorwort

Warum steht Firma Müller schon wieder in der Zeitung?

Wer allmorgendlich den obligaten Blick in die Tageszeitung wirft, wundert sich ab und an, warum manche Firma oder manches Produkt, mancher Name, manche Leistung so besonders intensiv in den Medien genannt werden!

Dabei handelt es sich keineswegs nur um Firmen-Nachrichten, die dem kritischen Betrachter auffallen. So ziemlich jede Nachricht, die uns erreicht, ist schließlich von irgendeiner Stelle lanciert worden. Das Medium, dem wir die Nachricht entnommen haben, ist nur das letzte Glied in der Kette der Informationsvermittlung.

- Wenn der Bürgermeister ein neues Kinderheim einweiht, so wird hierzu die Presse nicht unbedingt eingeladen, weil das Ereignis so ›einzigartig‹ ist, sondern damit der Name des Bürgermeisters und seiner Partei wieder einmal in einem positiven Umfeld erwähnt werden.
- Wenn der Sportclub sein neues Gelände einweiht, dann ist diese Nachricht auch nicht ›so wichtig‹, als daß man sie unbedingt veröffentlichen müßte. Sinn und Zweck könnte möglicherweise sein, mittels der Veröffentlichung um neue Mitglieder für den Club zu werben.
- Wenn das Unternehmen eine gute Bilanz vorgelegt hat, so soll diese Presseveröffentlichung vor allem dazu dienen, Meinungsträgern und Lieferanten das gute Gefühl zu geben, in diesem Unternehmen einen wirtschaftlich solventen Partner zu haben.
- Wenn ein Minister als Retter in der Sturmflutnot herausgestellt wird, dann hat auch hier sein Pressereferent die Gunst der Stunde genutzt, seinen Vorgesetzten zum Krisen-Superstar aufzubauen, was wiederum wichtig für die Karriere des Ministers ist.

Bevor Sie auf den folgenden Seiten tiefer in die Tricks der Öffentlichkeitsarbeit einsteigen, analysieren Sie doch mal die heutige Tageszeitung daraufhin, was hintergründig in mancher so vordergründigen Nachricht steckt. Und Sie werden dabei feststellen, daß hinter vielen Beiträgen, die da täglich auf Sie einströmen, ganz andere Beweggründe stehen, als man als unbedarfter Leser gemeinhin glaubt. Öffentlichkeitsarbeit ist ein Riesengeschäft mit weltumspannender Bedeutung, darüber sollte man sich allem vorweg im klaren sein. Öffentlichkeitsarbeit bedeutet also nicht nur das banale Verschicken irgendwelcher Pressemeldungen, verbunden mit der guten Hoffnung auf eine Veröffentlichung. Vielmehr kann man mittels dieses Instruments – und bei geschickter Einbindung in den gesamten Kommunikationsmix – im kleinen wie im großen Bereich teilweise enorme Meinungsmanipulationen erreichen.

Gute oder schlechte Presse hat schon Regierungen gestürzt oder Unternehmen zu hoher wirtschaftlicher Prosperität ebenso wie in den Abgrund eines Konkurses geführt. Politiker wurden mit ihr zu Superstars gemacht oder durch die Öffentlichkeitsarbeit zum Abtreten gezwungen.

Gute oder schlechte Presse macht selbst aus dem kleinsten Tennisverein im örtlichen Einzugsbereich einen Elitär-Club oder eine Institution für Otto Normalverbraucher.

Das Bewußtsein, wie wichtig die ›öffentliche Meinung‹ ist und wie notwendig deren Beeinflussung, hat sich erst in den vergangenen zehn Jahren nachhaltig durchgesetzt. Früher war Öffentlichkeitsarbeit (im Amerikanischen PR – Public Relations genannt), zumindest bei uns in Deutschland in der Kommunikationsszene stark unterbelichtet. Viele Kommunikations-Fachleute verstanden darunter das einfache Verschikken von Pressemeldungen und waren sich in keiner Weise der Tatsache bewußt, welche gewaltigen Möglichkeiten dieses Geschäft beinhaltet.

Was die Profis der Branche nicht akzeptieren wollten, drang zum ›beruflichen Mittelstand‹ oder gar zum ›uninformierten Laien‹ kaum durch.

Mit dem Wirtschaftswunder unseres Landes kam zwar die Werbung nach vorn, gefolgt oder flankiert von der Verkaufsförderung, aber alles, was mit der Presse zusammenhing, galt als »Schleichwerbung«, wurde verpönt und oftmals ignoriert.

Heute dagegen stehen wir am Beginn einer neuen Epoche, in der *Kommunikation als ganzheitlicher Begriff* verstanden wird und in dem die Einzeldisziplinen »Werbung«, »Verkaufsförderung« und »Öffentlichkeitsarbeit« einmütig nebeneinandergeordnet sind.

Auf den folgenden Seiten dieses Buches möchte ich Sie in die Welt der Öffentlichkeitsarbeit einführen und ein »Feeling« dafür vermitteln, wie man dieses Instrument im großen oder im kleinen Wirkungsbereich erfolgreich einsetzt.

Im Mix mit den anderen benannten Disziplinen haben Sie ein Instrumentarium parat, mit dem Image und Absatz gleichermaßen beflügelt werden können. Das Buch soll Ihnen aber auch helfen, die Presse kritischer zu betrachten und den vermittelten Nachrichten mit mehr Distanz zu begegnen. Denn nur der, der die Presse auch aus dem

Blickwinkel des Profis betrachtet, ist in der Lage, für sich selbst und seine Pressearbeit ständig neu zu schöpfen.

Das Buch kann Sie nur einführen in die Arbeit mit einem reizvollen und wichtigen Instrument der Kommunikations-Politik. Wie gut Sie dieses Instrument »spielen«, ist eine Frage der regelmäßigen »Übung« und der persönlichen Kreativität. Daran aber müssen Sie selber arbeiten.

Neukirchen-Vluyn
Alte Mühle in der Dong

Joachim H. Bürger

Teil I

1. Streifzug durch die Welt der Kommunikation

Um Ihnen ein gewisses Verständnis für die Regeln der Branche zu vermitteln, bitte ich Sie, mit mir ein wenig einzutauchen in die Geschichte unserer Kommunikations-Szene. Nur so bekommen Sie einen Einblick in die Strukturen des Marktes und verlieren – hoffentlich – ein wenig von der Hochachtung, die man auch heute noch gegenüber der »freien und unbestechlichen Presse« hat. Denn so frei und unbestechlich, wie das immer den Anschein hat, ist unsere Presse gar nicht. Sie unterlag und unterliegt schon immer gewissen Sachzwängen, die sich aus der Ausrichtung des Mediums, seiner Leserschaft, seiner Herausgeber und seiner politischen Ambitionen ergibt. Dabei ist es völlig egal, ob es sich um ein großes Wirtschaftsmedium, um eine kleine Fachzeitschrift oder um einen bundesweit ausstrahlenden Fernsehsender handelt.

Öffentlichkeitsarbeit, über die wir hier hauptsächlich reden, ist auch keineswegs eine Erfindung unserer postindustriellen Gesellschaft, sondern war schon von jeher ein Instrument der Kommunikation, mit dem ganze Völkerscharen beeinflußt wurden.

Immer dann, wenn für eine Sache oder eine politische Weichenstellung »Stimmung« gemacht werden mußte, bediente man sich dieses Instruments. Nur die Begriffe sind im Laufe der Generationen etwas feinnerviger geworden: So wurde aus »Reklame« das schönere Wort »Werbung«, und aus der »Propaganda« hat man die elegantere Wortschöpfung »Öffentlichkeitsarbeit« konstruiert.

An der »Mache« dagegen hat sich nichts geändert. Denken Sie mal zurück an die Raffinements des Hitler-Regimes, das es in geradezu genialer Weise verstanden hat, ein ganzes Volk in einen nationalistischen Größenwahn zu treiben. So schrecklich diese Zeit auch geendet hat, so genial war sie in der Retrospektive, wenn man sie völlig wertfrei aus den Augen der Kommunikation betrachtet.

Wie kein zweites Regime vorher oder nachher hat es dieses geschafft, mit einer rigorosen Mischung vielfältiger Stilelemente die Welt in Atem zu halten. Hier hat die ›Öffentlichkeitsarbeit‹ die Sinne nicht nur mit verfälschten Nachrichten geblendet, hier wurden alle Showelemente gleichermaßen eingesetzt, die das Wirklichkeitsbild verändert haben: Musik, Baukunst, Narzißmus und Charisma einzelner Personen.

Wir können das Feld der Öffentlichkeitsarbeit noch weiter stecken: Nehmen wir die sogenannten »Sekten«, von denen die des Herrn Bhagwan sicherlich die populärste ist und war. Dort bedient man sich der gleichen Mechanismen. Auch hier geht es darum, mit den Mitteln der PR Mitmenschen eine Überzeugung zu oktroyieren.

Selbst die etablierte Kirche betreibt nichts anderes als eine geschickte Öffentlichkeitsarbeit. Man muß nicht unbedingt als Atheist gelten, um feststellen zu können, daß die Kirche in letzter Konsequenz nichts weiter verkauft als eine Glückseligkeit im Himmel, für die man sein ganzes Leben lang auf Erden brav sein soll. Dabei hat die Kirche noch nie den Beweis angetreten, daß sie ihr Versprechen einhält, einem Mitmenschen, der immer brav war, den Himmel zu eröffnen.

Das Bewußtsein um solche Realitäten gehört nicht zum Standard unseres beruflichen Daseins.

In der Nachkriegsgeschichte wurde nicht nur das Wort »Propaganda« sofort eliminiert, alles, was in irgendeiner Weise nach Beeinflussung aussah, wurde schlichtweg verpönt.

Die neuerwachte Demokratie wünschte förmlich eine klare Trennung zwischen kommerzieller Beeinflussung und objektiven Nachrichten. So entwickelten sich Presse und Werbung in klar getrennter Funktion – zumindest, was Wirtschaft und Alltag anging.

Der Ehrenkodex der deutschen Journalistik – ein Produkt dieser Nachkriegstage – sollte die Objektivität der Nachrichtenvermittlung sicherstellen. Am einfachsten war das natürlich in der Verbindung zwischen Wirtschaft und Presse. Firmennachrichten galten erst einmal allgemein als Schleichwerbung und taten sich schwer in der Durchsetzung.

An der Manipulation der Presse innerhalb der wirklich großen Strömungen im Land, die besonders von der Politik und Kirche gesteuert waren, ändert sich hingegen kaum was. Zwar wurde »Propaganda« nicht mehr so laut betrieben wie in der Zeit vor dem Zweiten Weltkrieg, doch wurde der Einfluß der Politik auf die Medien und durch sie auf die Bevölkerung schlechthin genauso vorangetrieben. Man gewöhnt sich leider an den Zustand der Manipulation und selbst den Journalisten fällt es nur noch selten auf, daß sie gesteuerten Mechanismen unterliegen.

Etwa seit Mitte der siebziger Jahre kamen die ersten Strömungen, die zu einer Vermischung zwischen Werbung, Verkaufsförderung und Public Relations führten. Die starre Front bröckelte an allen Ecken und Enden ab. Plötzlich wurden beispielsweise die Fußballstadien als Werbeträger entdeckt: Die Bandenwerbung diente aber nicht dazu, die paar tausend Besucher zu informieren, die sich das Spiel in natura ansahen. Vielmehr spekulierten diese Werbetafeln auf die Multiplikation durch die Fernsehsender. Anfänglich tobten die Programmdirektoren zwar noch bei so viel

Frechheit, sich hier »Sendezeit« zu ergaunern, doch nachdem man einige Prozesse verloren hatte, ist die Bandenwerbung hoffähig geworden. Auch das ist Öffentlichkeitsarbeit, denn sie zielt auf eine Namens-Penetrierung im Bereich der Freizeitsportler ab!

Aber auch an der Werbefront tat sich einiges: Immer mehr Produkte drängten auf den deutschen Markt. Immer mehr Anzeigen verkaufen seit diesen Tagen in immer mehr Periodika neue Ideen.

Bei soviel Reizüberflutung reagieren aber immer weniger Verbraucher auf die konventionellen Werbewege. Wer ist schon in der Lage, Woche für Woche »bewußt« hunderte von Angeboten wahrzunehmen, die allein in einer Zeitschrift wie dem STERN veröffentlicht werden. In der Materialschlacht um die Gunst des Verbrauchers sucht die Industrie nach immer neuen Lösungen und Ideen, Verbraucherinteresse zu wecken. Nachdem zur konventionellen Werbung erst einmal die Verkaufsförderung als zweites Instrument in die Schlacht geworfen wurde, hat man seit Anfang der achtziger Jahre auch die Öffentlichkeitsarbeit intensiv entdeckt.

Manche Produkte werden heute bereits viel wirksamer über die Öffentlichkeitsarbeit verkauft als über die konventionellen Werbewege. Nehmen Sie beispielsweise die Automobilindustrie: Hier ist PR nicht mehr wegzudenken, weil sie es ist, die wesentlich dazu beiträgt, daß Autos verkauft werden. Die Millionen, die in die Werbung gesteckt werden, sind zwar wichtig und richtig, um ein gewisses Marken-Image kontinuierlich zu halten bzw. zu stützen und den Kreis der Stammkäufer in der Wahl seiner Marke zu bestätigen, aber Marktzuwachs in der großen Schicht der Wechselkäufer wird vor allem mit den Mitteln der PR erreicht. Der Testbericht in der Publikumspresse, die vergleichbaren Daten zwischen den einzelnen Autoanbietern, die persönliche Ansicht des Autotesters, das alles wirkt auf mögliche Käufer ein und erscheint wesentlich objektiver und informativer als die millionenschwere Publikumswerbung.

Deshalb sind die PR-Etats der Automobilindustrie ebenso üppig ausgestattet wie die Werbe-Etats, und es gibt in der internationalen Automobil-Industrie sogar klare Bestrebungen, den Wert der Öffentlichkeitsarbeit dadurch deutlich zu machen, daß man ihr die Führungsrolle in der Kommunikationspolitik zuordnet. Hier ist der Verantwortliche für Öffentlichkeitsarbeit sogar auf Vorstandsebene angesiedelt und steuert von dort aus die Marketing-Interessen des Herstellerwerkes.

Erstaunlich ist, daß kein Journalist heute noch auf die Idee käme, daß journalistische Arbeit für die Automobilindustrie etwa Schleichwerbung sei.

Selbst die kleinste Fernsehredaktion hat keinerlei Scheu, dem Auto seinen Platz in der knapp bemessenen Sendezeit einzuräumen.

Nun ist damit noch lange nicht gesagt, daß die Presse jedem Produkt und jeder Nachricht gegenüber aufgeschlossen ist. Denn noch immer hält sich bei manchem Journalisten die Mär von der »Schleichwerbung«, sitzt wie ein Virus in der Redaktionsstube. Während das Auto akzeptiert ist, sind es die Küchenmaschine, der Rasierer oder das neue Haarwaschmittel noch lange nicht. Dieser Art der Öffentlichkeitsarbeit hängt immer noch der Ruch der unbezahlten Werbung an, wenngleich diese Einschätzung abnimmt. Mehr und mehr setzt sich das Verständnis durch, daß eine Trennung der Bereiche eigentlich nicht mehr nötig und man letzlich dem Konsumenten und Leser verpflichtet ist. Alles, was dem Leser gefällt, ist es wert, veröffentlicht zu werden, wobei es völlig egal ist, ob es sich um Produkt-Nachrichten, politische Nachrichten, Wirtschaftskommentare oder Glanz- und Gloria-News aus der Schickeria handelt.

Nun gibt es einige Mitmenschen, die für die Zukunft Sodom und Gomorrha in der Kommunikations-Szene befürchten und die angesichts solcher Entwicklungen der Nation die geistige Verarmung voraussagen. Ich dagegen gehöre nicht dazu, weil nicht zuletzt in vielen anderen Ländern um uns herum bereits seit vielen Jahren das Bewußtsein vorherrscht, daß man nicht die sture Trennung der Einzelbereiche der Kommunikationspolitik betreiben muß.

Daher ist dieser Trend nicht von ungefähr gekommen. Auch im Medienmarkt ist die Konkurrenz groß geworden. So gibt es in der Bundesrepublik über 15 000 Periodika irgendwelcher Art. Allein 1 300 Stadtteilzeitungen sind in den vergangenen Jahren auf den Markt gestoßen und suchen für das Füllen der Redaktionsseiten »Futter«.

Viele tausend Fachzeitschriften müssen Lesestoff haben. Und seitdem durch das neue Mediengesetz auch dem Privatfunk und dem Privatfernsehen Tür und Tor geöffnet wurden, wird auch hier vermehrt die Monopolstellung der großen Sendeanstalten angeknabbert, und es öffnen sich neue Kanäle für professionelle Öffentlichkeitsarbeit.

Eine Lawine, die ins Rollen geraten ist, läßt sich nicht mehr bremsen. So ist es nunmehr auch in der gesamten Kommunikationslandschaft. Die Konturen verwischen sich zusehends und die Überzeugung macht sich breit, daß eine Trennung zwischen Kommerz und Journalismus nicht mehr notwendig ist.

Nehmen Sie dies erst einmal als Einstimmung und als Hinweis, daß die Zeiten für PR noch nie so günstig waren wie jetzt. Der Journalist, als erster Leser einer Nachricht, wirft nicht mehr unbedingt sofort alles in den Papierkorb, was in irgendeiner Weise nach Firmennachricht aussieht. Und es bedarf auch nicht mehr unbedingt der Intim-Kontakte in die Redaktionen, um wirklich mit seiner Meldung in der Zeitung zu landen.

Diese Zeilen sollten allem vorweg dazu dienen, Ihnen den Respekt vor der ›Allmacht der Presse‹ zu nehmen. Die Presse ist ein Instrument, mit dem man zusammenarbeiten sollte. Wer die Regeln kennt, die Sie aus den folgenden Seiten herauslesen werden, hat damit eine zusätzliche Chance erschlossen, für sich selbst, für sein Unternehmen, für seinen Verein oder für seine politische oder soziale Gruppierung Goodwill zu erreichen.

2. Ratschläge zum Anfreunden mit der Öffentlichkeitsarbeit

Fachbücher haben manchmal das Problem, daß sie mehr verunsichern als helfen, eine neue Richtung beherzt einzuschlagen. Sie sind vollgepfropft mit Fremdwörtern, zeigen komplizierte Ablaufpläne und versuchen, dem gänzlich ungeschulten Mitmenschen akademischen Ballast aufzubürden. Bittere Folge: So manches Fachbuch wandert in die Bücherwand und gilt fortan als ›Legitimation für Sachkompetenz‹ – nur hineingeschaut hat nie jemand.

Das möchte ich tunlichst vermeiden. Deshalb folgen in Sachen Öffentlichkeitsarbeit erst einmal ein paar generelle Ratschläge, die Ihnen helfen, sich mit dem Thema zu identifizieren, Berührungsängste abzubauen und Begeisterung zu wecken:

Sie müssen nicht »schreiben« können, um gute PR zu machen!

Daß die Öffentlichkeitsarbeit lange Jahre still vor sich hin vegetierte, lag auch in der Tatsache begründet, daß viele Leute meinten, sie müßten »schreiben« können, um der Presse etwas mitzuteilen. Eine irrige Auffassung, die dazu führte, daß Sportvereine wie Unternehmer Tage und Wochen über Presse-Meldungen brüteten, die von ihrem Anstrich her die Qualität einer journalistischen Arbeit haben sollten. Weil das aber so schwer war, resignierte eine Mehrheit stets nach den ersten Versuchen, was wiederum die mögliche Nachrichtenmenge begrenzte.

Sie müssen aber nicht ›schreiben‹ können, um sinnvolle Presse-Arbeit zu betreiben! Selbst wenn Sie dazu in der Lage sind, eine Pressemeldung zu erarbeiten, die exakt in den Stil des ausgewählten Mediums hineinpaßt, so würde eine solchermaßen professionell erarbeitete Information beim Redakteur nur Frustration bewirken: Denn schließlich nehmen Sie dem Mann ja seinen Job! Er soll es doch sein, der die Nachricht erarbeitet, dafür wird er schließlich bezahlt. Und er möchte gar nicht spüren, daß so mancher Laie ein ebenso guter Schreiber ist wie er selber.

Stellen Sie sich vor, Sie gehen zu einem Fotografen mit einem von Ihnen perfekt fotografierten Bild und würden den Fotografen bitten, dieses Bild für Sie noch mal zu fotografieren! Ein unsinniges Unterfangen. Oder Sie gehen mit einem selbstgemalten Portrait zum Protraitmaler! So ähnlich ist das auch mit der »Schreibe«. Dem Journalisten ist es viel lieber, aus einer sachlichen Auflistung interessanter Facts die »Story« selber zu machen als einen fix und fertig vorbereiteten Text zu bekommen.

Hinzu kommt noch, daß solch eine Presseinformation ja in der Regel nicht nur an *einen* Verlag verschickt wird, sondern gleich an mehrere. Nun stelle man sich mal vor, wie unangenehm es wirkt, wenn in zwei oder drei Medien am gleichen Ort zur gleichen Zeit der gleiche Text steht. Da würde auch der Leser glauben, der eine Verlag habe vom anderen abgeschrieben.

Die Eigenständigkeit des einzelnen Mediums wäre durch eine solche Publizität angeknackst. Öffentlichkeitsarbeit oder das Teilsegment der spezialisierten Presse-Arbeit lebt von der intelligenten Informationsvergabe, aber nicht von der Schreibgewandtheit des Betreibers!

Öffentlichkeitsarbeit hat nicht nur etwas mit der Presse zu tun!

Ein weiterer Aberglaube muß in diesem Zusammenhang ausgeräumt werden: Öffentlichkeitsarbeit wird immer mit Presse-Arbeit verwechselt. Und auch dadurch wird ihr Einsatz in eine falsche Richtung gelenkt. Denn es führt dazu, daß man darunter das Verschicken von Pressemeldungen versteht, unter denen die Schreibtische in den Redaktionen zusammenzubrechen drohen. Und der, der für die Presse-Arbeit zuständig ist, wird von seiten der Geschäftsleitung dann als gut oder schlecht eingestuft, je nach dem, wie viele Zeitungsausschnitte er nach einer Aktion vorweisen kann. Sind es viele, ist der zuständige Mitarbeiter gut. Ist es gar nur einer, gilt er als unqualifizierte Niete. Auch das ist eine Fehleinschätzung, die sich wie ein Virus in breitesten Kreisen der Bevölkerung hält.

Was an dieser Denkweise falsch ist, habe ich nachfolgend stichpunktartig aufgelistet:

1. *»Unter Öffentlichkeitsarbeit versteht man eine planmäßige Pflege der Beziehungen zur Öffentlichkeit, angewandt in der Wirtschaft, in Politik und Kulturleben, um die ideellen Grundlagen für das Vertrauen der Öffentlichkeit zu schaffen.«*

Das stammt nicht von mir, sondern aus Knaur's Lexikon und zeigt deutlich auf, daß damit noch lange nicht »Presse-Arbeit« gemeint ist. Ein Tag der offenen Tür beispielsweise ist Teil der Öffentlichkeitsarbeit, die Schaffung eines betriebseigenen Kindergartens, eines Sportplatzes, die Vergabe von Stipendien an begabte Lehrlinge – alles das sind Merkmale der Öffentlichkeitsarbeit. Auch in der großen Wirtschaft heißt ›Öffentlichkeitsarbeit‹ nicht unbedingt ›Presse-Arbeit‹. Oft ist die Presse im Rahmen der Öffentlichkeitsarbeit sogar unerwünscht. Das Lobbyistentum in Bonn – das ist die große Kunst der Öffentlichkeitsarbeit, die dazu dient, wenige aber wichtige Mandatsträger in der Politik von den Regungen und Bestrebungen einer Industrie so zu überzeugen, daß dadurch Gesetzesänderungen herbeigeführt werden, die ihr für weitere Expansionen dienen. Aber nicht nur Beispiele aus der großen Wirtschaftswelt muß man herbeizitieren, um deutlich zu machen, was Öffentlichkeitsarbeit ist: Engagierte soziale Gruppierungen, die für ihr Anliegen demonstrativ auf die Straße gehen, betreiben vor den Augen tausender Mitbürger »Öffentlichkeitsarbeit«, die nichts kostet, aber in der Wirkung groß sein kann, wenn das Anliegen mit der Meinung der Bevölkerung übereinstimmt.

Gute Öffentlichkeitsarbeit erhält jedoch einen *interessanten Multiplikator:* Und das ist die *Presse-Arbeit.* Denn selbst der Demonstrationszug durch die Stadt erreicht im Moment seiner Durchführung immer nur einige tausend Mitbürger, die zufälligerweise am Straßenrands beifällig zuschauen. Durch die Anwesenheit von einigen Journalisten wird daraus allerdings binnen eines Tages ein stadtbekanntes Ereignis. Gleiches gilt für die beispielhafte Erwähnung des betriebseigenen Kindergartens.

Wenn es gelingt, dieses Betriebs-Ereignis auch der Presse schmackhaft zu machen, dann wird auf diese Weise auch außerhalb der Fabrik vielen Mitbürgern bewußt, daß sich das Unternehmen zu den sozialen Arbeitgebern am Ort zählen darf. Solche Nachrichten regelmäßig und gezielt unters Volk gebracht, werden dem Unternehmen auf Dauer ein positives Image in der Bevölkerung sichern, was sich wiederum vorteilhaft auf die Personalsuche und die Toleranz gegenüber dem Unternehmen auswirkt. Also ist auch hier die Presse der Multiplikator – aber letztlich der nachgeordnete Tätigkeitsbereich der übergeordneten ›Öffentlichkeitsarbeit‹.

2. *Nicht das Ausschnitt-Sammeln ist »sichtbarer Erfolg« der Öffentlichkeitsarbeit!*

Aus diesen Hinweisen läßt sich ablesen, daß das Sammeln und Archivieren von Presse-Ausschnitten keineswegs das richtige Instrument ist, um den Erfolg von Öffentlichkeitsarbeit zu messen. Zwar ist es ganz hübsch, am Ende eines Jahres ein Bündel Ausschnitte vorweisen zu können und kundzutun, was für ein fleißiger Mensch man war. Dennoch ist und bleibt die Denkhaltung falsch. Denn die Öffentlichkeitsarbeit soll schließlich dazu dienen, in den Beziehungsgruppen zum Unternehmen bzw. zum Informationsgeber eine positive Grundstimmung zu bewirken. Und solche Stimmungen kann man nicht an der Anzahl der Presse-Ausschnitte bemessen. Solche Ausschnitte geben nicht wider, wie positiv oder negativ die Stimmung ist. Deshalb sollte die Öffentlichkeitsarbeit immer mit einer gewissen Marktforschung gepaart sein. Hierzu muß nicht unbedingt ein Institut eingesetzt werden. Vielmehr können Sie mit den einfachen Mitteln, auf die ich an anderer Stelle noch zu sprechen komme, vor und nach einem Aktionsjahr ermitteln, ob und wie sich Ihr Image in der Öffentlichkeit verändert hat. Nur eine solche Messung ist eine wirklich faire Beweisführung, ob man erfolgreich war oder nicht.

3. *Nicht die Quantität der Presse-Ausschnitte überzeugt, sondern die Qualität.*

Nun läßt sich natürlich bei allem die »Produktion« von Zeitungsausschnitten nicht verhindern. Aber auch die Beurteilung von Erfolg oder Mißerfolg treibt seltsame Blüten. Denn die Menge der vorgelegten Ausschnitte hat eine Suggestiv-Wirkung auf die Geldgeber für die Öffentlichkeitsarbeit. Hauptsache eine Menge an Schnipseln ist da! Besser 50 miese Stadtteilzeitungen als eine Veröffentlichung in der HÖR ZU, so verrückt das auch klingen mag. Ich werde einfach nicht begreifen, warum so wenig Menschen in der Lage sind, zwischen Qualität und Quantität zu unterscheiden. Bei der Werbung gilt es als toll, besser einmal in der HÖR ZU zu sein als 50mal in Fachzeitschriften, bei der Presse-Arbeit dagegen mißt man mit völlig entgegengesetztem Maß: Hier gilt eine nur einmalige Veröffentlichung in einem solchen Super-Medium als bescheidenes Ergebnis, während die 50 Ausschnitte als durchschlagender Erfolg gewertet werden.

Wenn schon Ausschnitte gesammelt werden müssen, dann sollte man sie zumindest unter qualitativen Kriterien auswerten. Besser einmal 5 Millionen Menschen erreichen, als völlig verzettelt 50 mal 10 000 Menschen – ist doch eigentlich logisch?!

4. *Lampenfieber ist unangebracht!*

Da wird plötzlich jemand ausgeguckt und zum Presse-Verantwortlichen gemacht, nur weil der Chef dieses Buch gelesen hat und der festen Überzeugung ist, daß Öffentlichkeitsarbeit auch für sein Unternehmen notwendig ist. Und der neue Mitarbeiter versinkt in Angst und Schrekken ob des neuen Jobs und meint, jetzt müsse er Großes vollbringen, und es hat für ihn den Anschein, daß er völliges Neuland beträte. Auch das ist meistens nicht der Fall. Denn jede Institution, jeder Betrieb hat schon seit eh und je Beziehungen zur Öffentlichkeit gepflegt, ohne daß dafür eine entsprechende Stelle eingerichtet war.

Nur wurde es keinem bewußt, weil das Kind bis dato keinen Namen hatte:

- Jedes Personalgespräch während der Laufzeit des Betriebes ist ein qualitativer Baustein der Öffentlichkeitsarbeit gewesen.
- Hinter jedem Betriebsangehörigen stecken Familie und Bekanntenkreis, die alle seit Jahren Informationen aus dem Werk erhalten haben.
- Bei den Behörden hat das Unternehmen seit Anbeginn einen Ruf als Steuerzahler und Arbeitgeber.
- Bei den Banken und Lieferanten hat das Unternehmen aufgrund seiner Lieferfähigkeit, seiner Zahlungsmoral, seiner Bonität einen speziellen Ruf.
- Auch die Anwohner rund um den Betrieb haben eine spezielle Vorstellung vom Imageprofil des Unternehmens.

Die Reihe dieser Beispiele könnte man noch um viele weiterführen. Sie sehen daran, daß jeder Betrieb aus seiner Struktur heraus Öffentlichkeitsarbeit betrieben hat und gar nicht so anonym ist, wie der Neuling manchmal annimmt. Selbst kleinste Betriebe haben oftmals einen Bekanntheitsgrad, der viele tausend Mitmenschen umfaßt. Etablierte Fachgeschäfte sind in der gesamten ortsansässigen Bevölkerung bekannt. Wer nicht gerade ein neues Geschäft aufzubauen hat, der fängt nie am Punkte Null an, sondern hat vielmehr durchaus ausbaufähige Grundlagen im Bekanntheitsgrad vorzuweisen. Eben deshalb ist es auch so wichtig, daß der für Presse-Arbeit Verantwortliche nicht wie wild anfängt, Redaktionen mit Pressemeldungen zu überschütten, sondern planvoll und mit Weitsicht an das Thema herantritt.

5. *Wer mit seinen Mitmenschen reden kann, der kann auch Öffentlichkeitsarbeit.*

Zu den weiteren Berührungsängsten gehört auch die Zurückhaltung gegenüber der gelenkten Kommunikation.

Mitmenschen, die im geselligen Bekanntenkreis oder im Kegelverein als große Entertainer, sozial Engagierte, politisch Weitsichtige gelten, bekommen in dem Moment, in dem sie auf der öffentlichen Bühne

Aussagen machen sollen, so eine Art Lampenfieber. Das offiziell abgegebene Wort, das da möglicherweise gedruckt werden soll, hängt wie ein Damoklesschwert über ihnen und bremst die ansonsten vorhandene Souveränität. Der normalerweise so clevere Mitmensch wirkt unsicher. Das Gefühl kennt jeder, der nicht geschult ist, professionell Reden zu schwingen: Wird er plötzlich bewußt vor ein Publikum zitiert und soll seine Meinung darstellen, befindet er sich im Scheinwerferlicht des öffentlichen Auftritts, dann ist die Gelassenheit »im Eimer«. Wer Öffentlichkeitsarbeit zu übernehmen hat, erfährt gleichzeitig Berührungsängste. Deshalb sei Ihnen von einem alten Hasen gesagt: Der Job »Öffentlichkeitsarbeit« ist genauso unkompliziert wie jeder andere Beruf auch. Und auch die Journalisten, mit denen Sie in der Regel zu tun haben, sind keineswegs die supercleveren Rhetoriker, die uns im Fernsehen immer vorgesetzt werden. Leute wie Claus Hinrich Casdorff, Friedrich Nowottny und die anderen Größen aus der Journalisten-Elite sind nicht typisch für den deutschen Journalisten- und Reporter-Stand. Sehr viel mehr werden Sie es mit Leuten zu tun haben, die letzlich mit Ihnen auf einer Wellenläge liegen. Die sehen in ihrer Aufgabe nicht diese hehre Pflicht der objektiven und journalistisch sauberen Volksaufklärung, sondern haben eine höchst pragmatische, handwerkliche Beziehung zu ihrem Job. Da sitzen auch nicht nur die Schöngeister der Nation herum, ›dem Leser verpflichtet‹. Ein BILD-Zeitungsreporter ist eher dem Volke verwachsen als den Intellektuellen unseres Landes. Und auch der Lokalredakteur gibt sich nicht nur bieder des Berufes wegen, sondern ist in diesen Job gerutscht, weil er in seiner Denk- und Lebensweise dieses lokale Kolorit sein eigen nennt.

Der Journalist ist ein Zeitgenosse wie jeder andere Mitmensch auch. Sein Handwerkszeug ist die Schreibmaschine, das ist das einzige Unterscheidungskriterium zu anderen Berufen. Deshalb empfehle ich Ihnen, mögliche Berührungsängste abzulegen, die mancher vor der Gruppe der Schreiber hat.

Das gilt im Positiven wie auch im Negativen: In vielen Unternehmensetagen grassiert höchstes Mißtrauen vor Verlagsleuten. Man mißtraut ihnen und lebt in der ständigen Angst, in den sogenannten Sensationsjournalismus hineingezogen zu werden. Taucht ein Pressemann im Unternehmen auf, so wird gleich vermutet, daß dieser nur nach negativen Aussagen sucht, um diese einem Millionenpublikum vor Augen zu führen. Auch das ist eine falsche Einstellung, denn sie führt zu einer Vereisung auf beiden Seiten. Der lokale Redakteur hat kaum ein Interesse daran, ein Unternehmen durch den Schmutz zu ziehen, und wer nicht wirklich eine fleckige Weste hat, hat in der Regel nichts zu befürchten.

Im Gespräch mit dem Journalisten sind Sie übrigens nicht immer nur der Bittsteller, der eine Veröffentlichung erreichen will. Besonders im lokalen Bereich dürfen Sie davon ausgehen, daß Journalisten ja auch »Futter« für die täglich neu erscheinende Ausgabe benötigen. Da ist man für den einen oder anderen Tip, für das konstruktive Gespräch, für die Einladung zur Werkseröffnung sogar dankbar, um nur ja genug Zeilen und Themen zu haben, die den Lokalteil einer Zeitung ausmachen. Wie groß ihre Chance ist, interessante Nachrichten für eine Tageszeitung am Ort zu produzieren, erkennen Sie schnell, wenn Sie mal ganz bewußt einige Ausgaben durchblättern. Wenn Sie viele Nachrichten über Taubenzüchter und Kleingarten-Vereine vorfinden, dann ist das ein sichtbarer Beweis dafür, daß es der hiesigen Redaktion an attraktivem Stoff mangelt. Liefern Sie interessanten Stoff, so ist ihnen das Wohlwollen der Tageszeitung gewiß. Denn auch dort möchte man gerne qualitativ gute Themen bringen – aber woher nehmen, wenn einem diese nicht angeboten werden.

Wer das erste Mal mit Journalisten zusammenarbeitet, der sollte einmal beherzt die Redaktionen an seinem Ort besuchen (aber nicht vor elf Uhr und auch möglichst nicht ohne Anmeldung), um Gespür für die Arbeit an einer Tageszeitung zu bekommen. Dann verlieren sich die Hemmschwellen vor der Öffentlichkeitsarbeit und damit vor der Zusammenarbeit mit der Presse schnell.

Gleiches gilt für den persönlichen öffentlichen Auftritt vor einer größeren Gruppe, bei dem mancher Neuling den berühmten Kloß im Halse hängen hat. Jeder, der frei zu reden vermag, kann schließlich auch vor einem größeren Gremium sprechen. Nicht das geschriebene Wort ist das Hauptarbeitsinstrument eines Mitmenschen, der für die Öffentlichkeitsarbeit verantwortlich ist, vielmehr kommt die Sprache – die Kommunikation mit den Beziehungsgruppen – weit öfter zum Tragen. Auch hier ist Lampenfieber nicht angebracht, denn es gibt doch unendlich viele Gruppen, die der freien Rede mächtig sein müssen und ihre Hemmungen überwunden haben: Jeder Pfarrer hat regelmäßig »seinen Auftritt«, jeder Lehrer muß besonders in der Oberstufe seinen Mann stehen vor einem äußerst kritischen »Publikum«, Gewerkschaftler, und selbst Verkäuferinnen müssen beherzt auf ihre Zuhörer zugehen. Animateure im Ferienclub, Sozialarbeiter und Straßenbahnfahrer haben »ihren Auftritt« vor größeren Gruppen und denken nicht ein einziges Mal darüber nach, daraus Lampenfieber abzuleiten. Wenn Sie sich solche Beispiele vor Augen führen, haben Sie beste Voraussetzungen, sich recht schnell zu einer Persönlichkeit in Sachen Öffentlichkeitsarbeit herauszubilden, die Einfluß hat und von den Beziehungsgruppen ernst genommen wird.

6. *Wer nichts zu sagen hat, der sollte besser schweigen.*

Mit dieser wichtigen Regel für den Einstieg in den Berufsalltag der Öffentlichkeitsarbeit möchte ich dieses Kapitel beschließen. Viele Leute sind der Meinung, daß man Nachrichten »auf Teufel komm raus« produzieren sollte, nur um zu beweisen, was für ein fleißiger Mensch man ist. In der Beschränkung allerdings zeigt sich der Meister. Es müssen immer *wirkliche* Nachrichten sein, die Sie weitergeben. Nicht die Menge macht's – sondern die Qualität entscheidet darüber, was gedruckt wird und was im Papierkorb landet. Veröffentlicht wird nicht, was *Sie* und Ihr Unternehmen interessiert! Und selbst wenn Sie der Meinung sind, daß Ihre Margarine wesentlich streichfähiger ist als die der Konkurrenz, so ist das noch lange nicht die Aussage für eine Pressemeldung. Geben Sie nur wirkliche Nachrichten weiter!

Nur so ist gewährleistet, daß Ihr Erfolg in der Kommunikationsbranche auch von Dauer ist.

3. Was machbar ist und was nicht

Wenn die Zeilen es vorweg geschafft haben, Ihnen die Hemmungen vor dem Job der Öffentlichkeitsarbeit zu nehmen, so sind Sie sicherlich jetzt aufgeschlossen, sich mit den Möglichkeiten zu beschäftigen, wo dieses Instrument eingesetzt werden kann.

Kommunikation mit der Öffentlichkeit ist noch zu jung, als daß jeder in der Lage ist, zu beurteilen, was machbar ist und was nicht. Wenn die Erwartungen zu hoch sind, die man an diese Denkrichtung stellt, ist die Enttäuschung natürlich besonders groß. Im Zweifelsfalle kostet eine solche Enttäuschung den Verantwortlichen sogar den Job, nur weil bei denen, die die Arbeit zu bezahlen hatten, viel zu hoch gesteckte Ziele vorhanden waren. Hierzu

Einige Tips aus der Praxis:

Presse-Arbeit ist kein Werbe-Ersatz!

Ja, da gibt es heute noch ein paar »schlaue« Unternehmer, die meinen, man könnte mit der Presse-Arbeit einen Werbe-Etat spürbar entlasten. Die glauben, daß der Journalist nur darauf warten würde, wöchentlich Produkt-Informationen vom Unternehmen zu erhalten, um diese wie wild abzudrucken. Bei diesen Leuten ist natürlich die Enttäuschung besonders groß, wenn der »Trick« nicht klappt und die getarnte Werbung nicht in der Zeitung, sondern im Papierkorb des Redakteurs landet. Presse-Arbeit ist kein Werbe-Ersatz, das sollten sich wirklich auch die letzten hinter die Ohren schreiben, die das bis heute immer noch nicht akzeptieren wollen. Bedenken Sie bitte, daß in einer Tageszeitungs-Redaktion *täglich* hundertmal mehr Informationen ankommen als letztlich in der Zeitung gedruckt werden können.

Ihre Chance ist also 1:100, daß es gerade Ihre Botschaft ist, die zum Abdruck gelangt. Und da Journalisten ja nun nicht unbedingt die Dummköpfe der Nation sind, suchen sie sich aus dem Wust der Meldungen immer nur das heraus, was wirklich die meiste Aktualität hat und am wenigsten nach »Werbung« riecht.

Bei Fachzeitschriften ist das zwar nicht ganz so ausgeprägt, aber auch dort wird man auf Dauer keine Pressemeldungen untergebracht bekommen, wenn nicht zum Ausgleich der Waagschale auch eine entsprechende Anzeigen-Aktion mit dem Verlag abgestimmt ist. Fachzeitschriften »leben« letztlich nicht von den redaktionellen Veröffentlichungen, sondern von den Anzeigen. Sie werden zwar die ersten Male eine Veröffentlichung Ihrer Pressemeldungen vorfinden, wenn diese Bereitschaft aber nicht mit entsprechenden Anzeigenaufträgen honoriert wird, fällt die Klappe beim Fachverlag irgendwann.

Das klassische Verkaufen sollte man der Werbung überlassen – sie hat dafür ihre spezifischen Methoden. Pressearbeit ist ausschließlich eine flankierende Maßnahme, die der Image-Profilierung und der Steigerung des Bekanntheitsgrades dient.

Presse-Arbeit läßt sich nur selten terminlich steuern.

Der Einsatz der Presse-Arbeit läßt sich terminlich nicht präzise steuern. Das liegt an verschiedenen Gründen:

1. Sie können keinen Journalisten zwingen, die Nachricht X am Tage Y zu drucken, denn schließlich ist es nichts weiter als eine Nettigkeit, wenn der Mann an der Schreibmaschine Ihr Thema mit in das Medium aufnimmt. Sie sind also immer von der Zufälligkeit abhängig, daß Ihre Nachricht den Mann zu einem Zeitpunkt erreicht, an dem er gerade für Ihre Nachricht einen Platz in seiner Gazette frei hat.

2. Es gibt immer mehr Nachrichten als Druckseiten.

»Gehen mehr richtige Lösungen ein, als Preise vorgesehen sind, entscheidet das Los«, so heißt es in jedem Preisausschreiben. So ähnlich ist das auch beim Journalisten. Von hundert Nachrichten, die in einer

Zentralredaktion eingehen, kann immer nur eine genommen werden. Also wird der Journalist immer das auswählen, was ihn entweder selber interessiert, was momentan besonders gut in das Themenumfeld oder am ehesten zum Tagesgeschehen paßt. Eine Nachricht über eine neue Sonnencreme wird er nun nicht gerade dann veröffentlichen, wenn eine Regenperiode die Schwimmbäder menschenleer dahinvegetieren läßt. Auch spontane spektakuläre Ereignisse reduzieren die Chance einer Veröffentlichung. Wenn ein Reaktorunglück passiert, dann sind wochenlang mindestens 1 1/2 Zeitungsseiten von vorneherein für die übrige Berichterstattung blockiert. Die fehlen letztlich für die Veröffentlichung der PR-Nachrichten. Viele andere Zufälligkeiten können die Publikation einer Nachricht verschieben, blockieren, beeinflussen. Aus diesem Grunde taugt die Presse-Arbeit auch nicht als Instrument für den Absatz von Produkten, vielmehr werden alle die schwer enttäuscht sein, die einen solchen Versuch unternehmen.

Presse-Arbeit kann keinen Ramsch verkaufen.

Vergessen Sie an dieser Stelle einmal Ihr Anliegen, Presse-Arbeit zu betreiben. Setzen Sie sich lieber mal auf den Stuhl des Lesers, der für einen regelmäßigen Obulus eine Tageszeitung abonniert hat. In dieser Funktion erwarten Sie natürlich, daß Ihnen der Verlag jeden Tag interessante, spektakuläre, lesenswerte Informationen übermittelt und daß diese so gut sind, daß man durch ihr Kennen etwas für sich persönlich erreicht. Der Verlag ist also Ihnen als Leser verpflichtet. Wenn nun der Journalist Ihnen gleich mehrere Male irgendwelche Produkt-Neuheiten serviert, die sich beim Kauf oder bei näherem Hinsehen als »Mist« herausstellen, dann sind Sie nicht nur enttäuscht, im ärgsten Falle bestellen Sie Ihre Zeitung sogar ab. Sie können daraus als PR-Macher lernen, daß der Journalist *nie Ihnen* verpflichtet ist, *sondern seinem Leser.* Auch das eher dümmliche Druckmittel »wir schalten schließlich Anzeigen, dann können die auch mal über uns berichten« hilft nicht, denn für den Inhalt der Anzeige müssen Sie als Inserent gradestehen, nicht aber der Journalist. Man sollte deshalb in Sachen Presse-Arbeit immer ehrlich sein und stets nur Produkte oder Ideen an die Presse herantragen, *die man selber als Leser akzeptieren würde.* Nutzen Sie nicht die Presse aus, um Nachrichten zu plazieren, die unpräzise und im weitesten Sinne schlecht sind. Daraus entsteht eine Bumerang-Wirkung, die nicht zu unterschätzen ist.

Was nicht argumentativ niet- und nagelfest ist, taugt nicht für eine sinnvolle Presse-Arbeit.

Presse-Arbeit sollte mit Priorität das Image eines Unternehmens hochhalten.

Natürlich gehören Produktmeldungen zum Alltag eines Unternehmens. Bei Fachzeitschriften sind sie sogar notwendiger redaktioneller Inhalt eines jeden Heftes. Das Instrument Presse-Arbeit wäre allerdings nur halbherzig genutzt, wenn man es nur dazu einsetzen würde, solche Informationen weiterzuvermitteln. Denn ein Unternehmen hat sehr viel mehr zu sagen. *Die Hohe Schule der Presse-Arbeit ist deshalb die sogenannte Imageprofilierung eines Unternehmens.* Wenn nach einigen Jahren fleißiger Öffentlichkeitsarbeit in einer Zielgruppe das Image vorherrscht, daß es sich beim Unternehmen X um einen modernen, zeitgerechten, sozialen und zukunftsorientierten Betrieb handelt, dann äußert sich diese Positiv-Stimmung in fast allen Unternehmens-Bereichen:

- Es beflügelt die Leistungskraft des Personals
- Es motiviert die Banken bei der Kreditvergabe
- Es sorgt für Stammkunden, die von der Leistung des Unternehmens überzeugt sind
- Es sichert damit letztlich die Arbeitsplätze und die wirtschaftliche Prosperiät des Unternehmens.

Dafür ist das Instrument Presse-Arbeit im Rahmen der öffentlichen Betätigung sehr viel interessanter als für das banale Abdrucken von irgendwelchen Produktneuheiten. Solche Tendenzen wird man nie mit der Anzeigenwerbung erreichen können, weil diese ja als bezahlte Meinungs-Veröffentlichung gewertet und damit als »subjektiv« beurteilt wird.

Hier kann und muß man sogar Öffentlichkeitsarbeit betreiben, um solche Ergebnisse zu erzielen. Deshalb sollte man das Hauptaugenmerk für den Einsatz dieses Instrumentariums auf diesen Bereich lenken, weil hier sehr viel wichtigere Ergebnisse erzielt werden können als im reinen Produkt-Nachrichten-Bereich.

Natürlich ist so etwas nicht innerhalb von wenigen Monaten zu erreichen, sondern es ist ein Prozeß, der sich über viele Jahre hinwegzieht. Nur die Kontinuität bringt solche Erfolge. Mehr hierzu aber im weiteren Verlauf dieser Einführung.

Presse-Arbeit kann Emotionen abbauen.

Das ist eigentlich das wichtigste Merkmal der Öffentlichkeitsarbeit und in diesem Zusammenhang der Presse-Arbeit. Sie können Emotionen abbauen, die sich gegen das Unternehmen richten! Solche Emotionen gibt es hinreichend und sie können den Betriebsablauf und das Image des Unternehmens empfindlich stören. Manchem Eklat mit den Arbeitnehmervertretungen kann vorgebeugt werden, wenn die Presse-Arbeit sämtliche Mitarbeiter über die Pläne des Unternehmens aufgeklärt hat. Manches Gerücht kann bereits im Keim erstickt werden, wenn lange und offen genug dargestellt wurde, welchen Weg das Unternehmen zu beschreiten gedenkt. Klare Statements zu Situationen nehmen den Negativisten den Wind aus den Segeln und sorgen für ein gutes Klima – im Betrieb wie auch draußen.

Da fängt die Hohe Kunst der wirklichen Öffentlichkeitsarbeit an: Diese Kunst liegt im sorgfältigen Koordinieren der Unternehmensaussagen, der geschickten Zusammenstellung von Pressekonferenzen, der Wortgewandheit in der Artikulation und der Cleverness beim Zusammenstellen der Kernaussagen. Dabei muß man sogar ein wenig »lügen« lernen! Darunter verstehe ich nicht, daß man in diesem Zusammenhang die Unwahrheit sagt, denn das ist leicht durchschaubar und würde garantiert zum Rohrkrepierer. Jede Information kann man so darstellen und ausdrücken, daß sie selbst im negativsten Falle immer noch eine positive und zukunftsorientierte Komponente beinhaltet. In solchen Fällen kann man von der Diplomatie lernen. Jedes Wort hat seinen eigenen, hintergründigen Stellenwert – selbst die größten Krisen bekommen eine beruhigende und aufbauende Komponente. Das ist die Welt der Öffentlichkeitsarbeit, die nichts mehr mit Schleichwerbung zu tun hat.

Keine Nachricht ist auch eine Nachricht!

Nun sollte das bisher gesagte Sie nicht etwa dazu führen, nur darüber nachzudenken, Ideen für Presse-Veröffentlichungen zu entwickeln und zur Veröffentlichung zu bringen. Vergessen Sie nicht, daß keine Nachricht auch eine Nachricht ist! Manchmal ist das Weglasen von Informationen ein ebenso richtiger Weg, ein Image zu beeinflussen, wie das gezielte Streuen von Nachrichten. Hier liegt die Hohe Kunst dessen, der für PR verantwortlich ist. Wenn alle Welt von Luftverschmutzung redet, dann sollte man nicht unbedingt die Fertigstellung einer neuen Großfeuerungs-Anlage zum Anlaß nehmen, die Presse einzuladen. Denn man setzt sich dabei ja automatisch den Fragen aus, wie sich das Unternehmen denn die Reinhaltung der Luft angesichts des neuen Ungetüms vorstellen würde. Da können Sie noch so oft argumentieren, daß Sie alle Auflagen der Luftreinhaltung beachten. Wenn am nächsten Tage dann in der Zeitung steht: »»*Firma X nimmt neue Großfeuerungsanlage in Betrieb*« dann assoziiert der flüchtige Leser erst einmal damit, daß Sie genauso wie alle anderen die Luft zusätzlich verpesten. Denn keiner liest sich schließlich sensibel in die Texte hinein, die ihn darüber aufklären, wie sauber trotz allem die Luft bleibt.

Der Verzicht auf eine Presse-Nachricht ist oft die bessere PR als der Abdruck der Nachricht, auch das sollten alle die sich einprägen, die immer noch den Wert der PR an der Menge der Abdrucke messen wollen.

Soziale Themen sind immer richtig.

Kaum etwas falsch machen kann man allerdings, wenn man sich im sozialen Bereich tummelt.

Alles, was irgendwie nach Menschlichkeit »riecht«, findet beim Leser und auch beim Journalisten Verständnis und wird positiv mit dem Unternehmen verbunden. Selbst kleinere Themen erhalten eine Popularität, die sich im lokalen Bereich mit den großen Ereignissen dieser Welt durchaus messen kann. Wenn eine kleine Katze im Lichtschacht Ihres Werkes abgerutscht ist und Sie diese mittels Feuerwehr und Eigenengagement retten, dann ist Ihnen der Aufmacher auf der Lokalseite schon fast sicher. Wenn der Chef die Senioren des Betriebes mit einem Riesen-Präsentkorb zu Weihnachten ausstattet, dann findet sich die Altherrenriege tags darauf auf der Seite 3 im Lokalteil wieder. Wenn alle Lehrlinge die Abschlußprüfung geschafft haben und dann auch noch vom Betrieb übernommen werden – dann wird das in der Presse gefeiert, als wenn der Kanzler selbst das Werk besucht hätte. Solche vielen kleinen sozialen Themen finden sich zuhauf im Alltag eines Betriebes wieder. Man muß sie nur sehen und zur richtigen Zeit zur Nachricht umarbeiten.

Maßnahmen konsequent genug betrieben und lange genug eingesetzt, werden Sie recht bald spüren lassen, wie zum Unternehmen hin ein Stimmungswandel erfolgen wird.

Volksnähe und Spontaneität sind die Erfolgsfaktoren für machbare Presse-Arbeit.

Gleich ob im Betrieb, in der Partei oder im Verein, ohne Volksnähe und schnelle Entscheidungen funktioniert Presse-Arbeit nicht. Deshalb ist es auf jeden Fall notwendig, daß der Presseverantwortliche völlige Entscheidungsfreiheit besitzt. Denn die Presse ist schnell und braucht schnelle Informationen. Ein Brand auf dem Werksgelände ist heute noch interessant, in zwei oder drei Tagen ist dieser Zwischenfall schon längst wieder vergessen und hat aktuelleren Nachrichten Platz gemacht. Wer schnell handelt und die schnelle Chance zur Informationsvermittlung nutzt, der ist immer um eine Nasenlänge vor dem Wettbewerb. Aber nicht nur die spontane Reflektion ist ein Erfolgsfaktor. Auch Volksnähe gehört dazu, um bei Journalisten und beim Verbraucher anzukommen. Von Adenauer stammt das große Wort: »Je einfacher denken ist eine große Gabe Gottes«, die Amerikaner sagen dazu »think small«. Das soll dokumentieren, daß man bei der Kommunikationsarbeit im allgemeinen und bei der Öffentlichkeitsarbeit im besonderen immer eine gewisse Volksnähe beachten sollte.

Von der Arbeit des persönlichen Auftritts bis hin zum Text sollte man sich einer einfachen, menschlichen, vernünftigen Sprache bedienen. Nichts ist schlimmer, als wenn Pressemeldungen oder Reden gespickt sind mit Fachbegriffen, mit gestelztem Deutsch, mit hochtrabenden Plänen, deren Undurchführbarkeit aus jeder Zeile hervorsticht. Denken Sie immer daran, daß der größte Teil der Bevölkerung aus einfachen Leuten besteht, die sich gar nicht in die komplizierten Zusammenhänge der Technik hineindenken wollen oder gar können. Diese Leute wollen in ihrer Sprache bedient werden. Sie wollen nicht über komplexe Zusammenhänge nachdenken. Wenn das anders wäre, dann hätte nicht die BILD-Zeitung die höchste Auflage in Deutschland, sondern eher die Frankfurter Allgemeine ...

Selbst die Größen in der Politik finden heute wieder zum Volke zurück und stellen sich in ihren Aussagen und Aktionen auf die Mentalität breiter Bevölkerungskreise ein. Besonders junge Akademiker verfallen immer noch in den Aberwitz, daß man nur mittels intellektuell-gespreizter Sprache Klugheit darstellen könnte. Dabei sollte man dort doch wissen, daß die großen Philosophen und Politiker immer durch einfache, menschliche, schlichtweg volksnahe Verhaltensart aufgefallen sind. An solchen Vorbildern soll sich auch die moderne Öffentlichkeitsarbeit orientieren. Denn sie hat genauso mit der breiten Bevölkerungsschicht zu korrespondieren wie die hohe Politik. Und wo die Zielgruppe identisch ist, da muß mit den gleichen Mitteln operiert werden, will man Erfolge haben: »sophisticated remodellins« – oder auf gut Deutsch: Klauen, wo man kann ...

Das »Klavier Öffentlichkeitsarbeit« spielen zu lernen, sorgt für den Erfolg

In diesem Buch werden Sie noch oft die Empfehlung finden, daß man nicht alle Maßnahmen der Öffentlichkeitsarbeit schulisch erlernen kann. Man muß aus der Situation heraus lernen, dieses »Klavier zu spielen.« Dazu bedarf es des ständigen Schlagabtausches mit seinem Publikum und den Medien. Es ist nicht möglich, für alle Berufs- und Zielgruppen ständig Konzepte zu entwickeln, mit denen erfolgreiche Presse-Arbeit gemacht werden kann. Gar zu variationsreich ist das Thema, sind die Medien, reagiert der Verbraucher. Die regionale Struktur der Presse am

Ort, die Fülle der Informationsanbieter, die Besonderheiten der Infrastruktur und viele andere Faktoren beeinflussen das Gesamt-Thema.

Es gibt gewisse Basis-Regeln, die Sie diesen Seiten entnehmen können, doch zum wirklichen Könner bildet einen erst die Praxis aus. Sie müssen lernen, auch mit der Negativ-Meldung zu leben. Sie müssen auch Flops einstecken können wie ein Boxer Schläge in die Magengrube. Und Sie müssen eine Geschäftsleitung haben, die Verständnis dafür aufbringt, daß man das »Instrument Öffentlichkeitsarbeit« nicht von heute auf morgen bedienen kann, wie ein Werbekonzept oder eine Verkaufsförderungs-Aktion zu realisieren.

Erwarten Sie also nicht, daß Sie nach dem Durchlesen dieses Buches der große Guru in Sachen Pressearbeit sind. Hier sind Training und Ausdauer ebenso notwendig wie im Sport. Ein Absolvent einer Fahrschule ist auch nicht gleich ein Renn-Profi wie Nicky Lauda. Er weiß höchstens die Verkehrszeichen richtig zu deuten und sein Gefährt in die anvisierte Richtung zu lenken. Die Möglichkeiten und Grenzbereiche seines vierrädrigen Untersatzes lernt er erst kennen, wenn er über viele Jahre seine Beherrschung erprobt hat.

Öffentlichkeitsarbeit kann nicht wie die Werbung Botschaften »einhämmern«.

Es gibt eine Reihe von Unternehmen, die immer noch der Meinung sind, daß man das Instrument Öffentlichkeitsarbeit so einsetzen könnte wie die Werbung. Jede Woche ein Pressebild – und das dann verbunden mit dem Wunsch an den Journalisten, dieses auch wirklich jede Woche abzudrucken. Ein Traum, der nie in Erfüllung geht, weil solcherart gemachte Kommunikation nur in der Werbung möglich ist. Für viel Geld können Sie sich täglich eine Zeitung komplett »kaufen« und so lange die Werbetrommel rühren, bis die ganze Nation den Namen Ihres Produktes eingehämmert bekommen hat. Anders bei der Presse-Arbeit. Hier haben Sie diese Möglichkeit nicht, weil Sie dem Journalisten – wie schon einmal gesamt – nichts »geben«, für das er Ihnen Dank schuldet.

Weil hier Genosse Zufall eine wichtige Rolle im Spiel mit der Presse einnimmt, kann also mittels Presse-Arbeit auch nicht der Versuch unternommen werden, etwas »einzupauken«. Es ist praktisch *nie möglich,* eine *stets wiederkehrende Botschaft* über die Presse an den Endverbraucher zu lancieren. Denn Sie wären als Zeitschriftenleser auch verblüfft, wenn beispielsweise in Ihrer Tageszeitung ständig die gleiche Story mit gleichem Bild über ein Unternehmen berichten würde. Jede Nachricht, die an die Presse gegeben wird, muß »neu« und »interessant« sein. Wenn die Werbeleute sich auch schon mal auf einem Anzeigenmotiv eine ganze

Zeit ausruhen können – die Presse-Leute können das nicht. Die sind in gleicher Weise wie die Journalisten dazu verpflichtet, jedesmal etwas Neues zu produzieren.

4. Die seltenen Chancen, mit der Pressearbeit spontan zu verkaufen

Zwar ist PR generell keine Plattform, um als Verkaufsinstrument zu dienen, doch sollte man diese Ansicht nicht allzu dogmatisch sehen, denn Dogmatismus bremst bekanntlich. Es gibt tatsächlich ab und an die Chance, mit der PR auch zu verkaufen! Die Möglichkeiten dazu sind zwar dünn gesät, doch sollte man die Hoffnung nicht aufgeben, selber einmal eine solche Chance zu ergreifen.

Spektakuläre Produkte oder Leistungen, die erst durch die offizielle Presse-Berichterstattung Glaubwürdigkeit erhalten, können manchmal mittels einer geschickt geplanten Presse-Arbeit einen sensationellen Push erleben.

Besonders im Pharma-Bereich gibt es hinreichend Beispiele dafür:

- Da verkaufte sich ein ansonsten »normales« durchblutungsförderndes Mittel binnen weniger Wochen als ein Renner der Superlative, die BILD-Zeitung berichtete, daß dieses Mittel gegen Raucherbeine helfen würde.
- Da machte ein Schlankheitsmittel auf Algenbasis Riesengewinn, nachdem in einigen Frauenzeitschriften zu lesen war, wie gesund diese Art des Abnehmens sei.

Solche Beispiele gibt es für viele Branchen – zur richtigen Zeit die richtige Information, und der Konsument rennt den Vertriebspartnern die Türen ein, nur um ein solches Produkt zu erhalten. Natürlich ist das nicht der PR-Alltag. Denn so viele sensationelle Produkte und so viele gute Ideen gibt es gar nicht, als daß man nunmehr daran denken könnte, nur noch mittels der PR solche Ware feilzubieten.

Wichtig ist, daß man die Möglichkeiten kennt, um im richtigen Moment die richtige Entscheidung zu treffen. Manche Branchen beispielsweise können nur auf der PR-Ebene richtig funktionieren. Wenn Sie sich z.B. deutlich machen, daß Politik ein Geschäft ist wie jedes andere auch, dann wird das besonders deutlich: Nicht die Parteienwerbung bringt die Wählerstimmen, sondern den Einfluß, den die Politiker auf die Medien nehmen. Wenn eine ausreichende Anzahl an Zeitungen und Zeitschriften die Arbeit einer Partei hinreichend positiv würdigt, dann können Sie sich darauf verlassen, daß sich das in den Wählerstimmen bemerkbar macht. »Werbung« für Parteien kann höchstens Erinnerungswerbung für Namen und Programme sein – Überzeugung strahlen diese Aktionen allerdings nur selten aus.

Denken Sie an dieser Stelle gemeinsam mit mir noch ein bißchen weiter: Auch die Show-Branche braucht »PR« – braucht die Zusammenarbeit mit der Presse. Was wären Sendungen wie Dallas und Denver – wenn nicht rundherum ein Medienspektakel ohnegleichen veranstaltet würde. Sendung und Presse-Arbeit stützen sich gegenseitig zu Nutz und Frommen der Macher. Manches Filmsternchen wurde erst zum Star, nachdem es einen Pressezaren kennengelernt hatte, der sich fortan der publikumswirksamen Vermarktung seines Lieblings widmete. Es ist schier unmöglich – allein aus Kostengründen – solche Aktivitäten mit Anzeigen durchzuführen. Ein Star kann schließlich nicht in Anzeigen von sich behaupten, Star zu sein, er würde beim Leser nicht nur Verblüffung ob soviel Frechheit erzeugen, sondern sogar negative Kommentare in Hülle und Fülle erhalten.

Ich möchte dieses Kapitel mit einem Satz beschließen, für den der Bankier Alwin Münchmeier verantwortlich zeichnet und der PR bestens darstellt:

– Wenn ein junger Mann ein Mädchen kennenlernt und ihr sagt, was für ein großartiger Kerl er ist, so ist das Reklame.
  Wenn er ihr sagt, wie reizend sie aussieht, dann ist das Werbung.
  Aber wenn das Mädchen sich für ihn entscheidet, weil sie von anderen gehört hat, was für ein feiner Kerl er ist, dann ist das Public Relations!

Alles klar?!

5. Grundregeln zum Eingewöhnen

Mit meiner Meinung, daß man PR nicht unbedingt schulisch lernen kann, ecke ich regelmäßig bei den standesbewußten PR-Heiligen an, die ihre Schulweisheiten noch aus den fünfziger Jahren haben und vielleicht eine Pressemitteilung schreiben können, aber es nie gelernt haben, das Instrument Öffentlichkeitsarbeit mit ›kreatürlichem Drang‹ und ›sensitivem Gespür‹ für mögliche Erfolge zu nutzen.

Diese Gruppe hat bereits vor Jahren einen PR-Code formuliert und als Arbeitsrichtlinie herausgegeben, der so feierlich ist, daß die Zehn Gebote dagegen wie Kinderkram wirken. »Code d'Athènes« lautet diese Aufaddierung feierlicher Banalitäten und wird wenig ernst genommen.

Nun ist sicherlich nichts dagegen zu sagen, wenn man sich selbst gute

Vorsätze und eine ordentliche Moral vorgibt, an der man sich orientieren will. Schlimm ist eben nur, wenn der Nachwuchs so weltfremd ausgebildet wird, daß er der Meinung ist, daß diese Moral tatsächlich allerorten angewandt wird. Solchermaßen ausgebildete Leute brauchen Jahre, bis sie zur Realität vorstoßen und wundern sich in dieser Zeit, warum sie so wenig erfolgreich sind.

Aus diesem Grunde brauchen Sie Praktiker-Regeln zum Eingewöhnen!

Nur an solchen Regeln können Sie sich orientieren, können Sie sich Ihr eigenes Weltbild über diesen Tätigkeitszweig zusammenbauen und haben ein gerüttelt Maß an Insider-Wissen, das den Erfolg beflügelt.

Lernen Sie deshalb aus zwei Sätzen, die wichtig sind, um erfolgreich zu sein:

Hauptsache, der Name ist richtig geschrieben.

Das war Curd Jürgens' legendärer Ausspruch zur PR. Daraus kann man für die Arbeit eine Menge ableiten. Viel zu viele Leute sind immer noch der Meinung, daß eine Erwähnung in der Presse etwas Weltbewegendes sei. Sie legen jedes gedruckte Wort auf die Goldwaage. Da werden in manchen Großkonzernen Krisensitzungen einberufen, nur weil in einer Tageszeitung mal schnodderig-frech Negatives über das Unternehmen verbreitet wurde. Vergessen Sie solche Ängste. *Nichts ist so alt wie die Tageszeitung von gestern.* Kein Mensch erinnert sich schon einen Tag später noch genau an die Story, die da in der Presse gestanden hat. Wir selbst sind nicht einmal in der Lage, exakt zu definieren, was gestern oder vorgestern in der Tagesschau gezeigt wurde. Nachrichten sind ein Spuk, sie kommen und gehen und hinterlassen als Einzel-Nachricht keinerlei große Reaktion.

Nun will ich Sie nicht ermuntern, kräftig Negativ-Nachrichten zu erzeugen, ich will Ihnen damit nur darstellen, daß Sie lernen sollten, mit der Negativ-Meldung genauso zu leben wie mit der Positiv-Meldung. Was letztlich beim Verbraucher hängenbleibt ist der Name des Unternehmens. Ein hoher Bekanntheitsgrad mit möglichst positiven Grundtendenzen ist das Wichtigste, was die PR erreichen kann.

Öffentlichkeitsarbeit ist teuerer als Werbung

Noch immer messen allzuviele Leute PR mit der Elle, mit der auch die Werbung bemessen wird. Da geht man davon aus, Presse-Arbeit als Werbe-Ersatz einzusetzen, weil Journalisten »sowieso darauf warten, täglich Neues zu drucken«.

Wer so denkt, für den wird die Pressearbeit in der Regel doppelt so teuer wie die Werbung, denn auch bei Pressefotos kommen erhebliche Kosten zum Tragen. Da muß ein Spitzenfotograf eingesetzt werden, Modelle erwarten Honorar, Szenen müssen »gebaut« werden, Druck, Versand, Porto etc. verschlingen stattliche Summen. Die pauschale Ansicht, daß Pressefotos billiger Werbe-Ersatz sind, kommt einem Unternehmen teuer zu stehen, weil Kosten und Abdruckergebnis in keiner Relation stehen.

Aus der Erfahrung weiß ich, daß gute PR letztlich doppelt so teuer ist wie konventionelle Werbung. Dafür ist allerdings die sogenannte *Kontaktqualität* guter PR-Arbeit wesentlich interessanter.

Denn wenn Ihnen aufgrund eines sensibel aufgebauten Pressebildes ein Abdruck in einer Frauenzeitschrift wie ›Brigitte‹ gelingt, dann ist dieser Erfolg nicht nur in Medienmillimetern zu berechnen.

Sie müssen vielmehr auch berücksichtigen, daß die Leseintensität von Pressebeiträgen weit über der von Anzeigenschaltungen liegt.

Für den Pressemann aber, der von seiner Geschäftsleitung dazu vergewaltigt werden soll, als Werbe-Ersatz zu operieren, ist der pauschale Hinweis auf die so teure Presse-Arbeit der beste Schutz vor »Mißbrauch« dieses Instrumentariums. So wimmelt man Vorgesetzte ab, die die Möglichkeiten der Presse-Arbeit nicht tätigkeitsgerecht einschätzen.

Was allerdings von der Presse-Arbeit im einzelnen erreicht werden kann und wo ihre große Chance liegt, das erfahren Sie noch im weiteren Verlauf dieses Buches eingehender.

6. Ratschläge, wie man Fehler vermeidet

Prüfen Sie bei jeder Ihnen angedienten PR-Maßnahme, ob diese auch mittels der Werbung an den Endverbraucher zu geben ist. Ist das der Fall, dann rate ich Ihnen, die *Werbung* als Instrument zu wählen, *aber nicht gerade die Presse-Arbeit.* Wenn Sie diese Frage allerdings verneinen, dann haben Sie beste Voraussetzungen für ein PR-trächtiges Thema. (vgl. Kapitel »Hinweise zur Produktion von Presse-Informationen und Presse-Fotos, S. 127).

Am praktischen Beispiel: Wird Ihr Chef 75 Jahre alt und möchte das der Öffentlichkeit kundtun, dann läßt sich diese Aussage in einer Anzeige wirklich nicht besonders reizvoll und aufmerksamkeitsstark darstellen. Hier ist die kleine Presse-Notiz der bessere Weg, das Ereignis bekanntzumachen.

Kein Anlaß ohne Presseinformation, aber auch keine Information ohne ausreichenden Anlaß.

Noch so ein steinalter Kernsatz aus der Welt der PR-Profis. Natürlich wird man als Pressemann nicht rasten und ruhen, wenn es darum geht, im Unternehmen oder in seinem beruflichen Einzugsbereich nach Ideen zu suchen, die sich für eine Pressemeldung eignen. Schließlich ist der Medienmarkt mit seinen über 15 000 Periodika so riesig, daß sich irgendwo immer noch ein Abdruck realisieren läßt. So gesehen ist es immer angebracht, nach Möglichkeiten der PR Ausschau zu halten. Andererseits sollte Sie das nicht dazu verführen, jede Banal-Nachricht nun auf Pressebögen zu bannen und zum Versand zu bringen. Denn Journalisten haben wenig Lust, sich mit kleinsten Begebenheiten in Ihrem Unternehmen auseinanderzusetzen. Nicht jede Werkzeugmaschine, die Ihren Betrieb rationalisiert, ist auch Grund für eine Pressemeldung. Journalisten erwarten »News«, sie wollen Nachrichten haben, die dem Leser etwas geben.

Wenn Sie mal auf einem Journalisten-Stuhl gesessen haben, dann wurden Sie täglich erneut vom Frust gepackt, wenn Sie sich durch kiloweise bedrucktes Papier durchwühlen und aus Selbstbeölungs-Berichten der Industrie immer das herausfiltern müssen, was sich zwischen einem Wust an Zeilen als wirklicher News-Wert entpuppt.

Banalitäten gehören nicht in Pressemeldungen, sondern in den hauseigenen Papierkorb.

Weniger ist in der Regel mehr. Journalisten wollen nicht Fleißarbeit sehen – bildschöne Pressemappen mit Berichten in höchster Vollendung und in nichtendenwollender Variationsbreite des Themas, sondern Facts, die sich auf wenige Zeilen und klare Kernaussagen beschränken.

Damit leite ich über zu einer weiteren Regel des Berufsalltags im Geschäft mit der Öffentlichkeitsarbeit:

Je wichtiger der Anlaß und je eindeutiger der Informationswert, desto problemloser und ergiebiger wird die Veröffentlichung sein!

Das erscheint eigentlich logisch, ist es aber nicht, denn sonst würden nicht so viele Firmen zu den unmöglichsten Anlässen immer noch Informationen verschicken, die dann doch nicht gedruckt werden.

Nicht die Menge macht's, sondern die Qualität. Selbst etablierte PR-Profis verstoßen gegen diese Regel und produzieren solche Mengen an Material, daß die Schreibtische in den Redaktionsstuben davon übervoll sind. Mindestens jede zweite Pressemeldung in Deutschland könnte eingespart werden. Natürlich produzieren die PR-Leute nicht immer nur unwissend solche Mengen Papier. Nach dem Motto: »Wer viele Lottoscheine abgibt, dessen Gewinnchancen steigen auch« schießt man nicht mehr »gezielte Fangschüsse« in Richtung Presse, sondern ballert mit der Schrotflinte los, um möglichst breit zu streuen.

Noch vor zehn Jahren war das sicherlich eine ganz raffinierte Tour, öfter mal in die Lostrommel zu gelangen. Heute ist man allerdings so weit, daß praktisch alle auf diesem Weg versuchen, bei der Presse präsent zu sein. Die Informationslawine, die heute in einem Zeitungsverlag eintrifft, ist gigantisch. Es sind täglich Zentner, die seitens der verantwortlichen Redakteure durchgefilzt werden müssen.

Sie stimmen jeden Journalisten freundlich, wenn Sie sich nicht ebenfalls einreihen in die Gruppe der Papierproduzenten, sondern Ihre Nachricht nach dem Prinzip des *Verknappungsmarketing* unter die Verlage geben.

Denn auf diesem Wege erreichen Sie eins: Wenn sich in den Redaktionen das Gefühl durchgesetzt hat, daß Ihre *wenigen* Pressemeldungen vom Inhalt her etwas bieten, dann haben Sie mehr für Ihr Unternehmen getan, als wenn Sie den Verlag mit Papier zuschütten.

Geheimniskrämerei ist der Tod der Öffentlichkeitsarbeit.

»Ein bißchen schwanger geht nicht« – bei der Öffentlichkeitsarbeit gilt das gleiche Prinzip. Es ist nicht möglich, einmal etwas über sich zu erzählen, sich dann aber ein anderes Mal vor Aussagen zu sperren. Es gibt bekanntlich in keinem Unternehmen nur Sonnenschein. Gute wirtschaftliche Phasen werden von weniger guten Phasen abgelöst. Nun ist es sicherlich einfach, sich angesichts guter wirtschaftlicher Prosperität in der Öffentlichkeit zu brüsten. Gehen die Geschäfte mal nicht ganz so gut, dann fällt einem der öffentliche Auftritt nicht ganz so leicht. So aber kann man keine Öffentlichkeitsarbeit betreiben. Wer in die Öffentlichkeit geht und fortan den Dialog mit Journalisten und Lesern sucht, der muß dies beherzt, kontinuierlich und objektiv tun. Leider scheuen sich viele Inhaber kleiner Betriebe davor, mit der Presse Kontakt aufzunehmen. Der Direktor einer großen amerikanischen Presseagentur schrieb einmal über die deutsche Wirtschaft: »Was man in deutschen Betrieben oft als geheim ansieht, ist oftmals das, was der amerikanische Geschäftsmann seinem Friseur, seinem Kellner oder seiner Putzfrau erzählen würde...«

Öffentlichkeitsarbeit kann ein Unternehmer nur dann betreiben, wenn er sich dem Journalisten gegenüber »öffnet« – wie der Name schon sagt. Erst der, der auch unternehmerische Fehler eingestehen kann, und der in der Lage ist, auch im Negativ-Falle noch sachlich richtige, aber optimistisch-konstruktive Ideen an die Presse weiterzugeben, wird von den Journalisten akzeptiert.

Wir reagieren doch alle in unserem persönlichen Leben genauso und haben nur Hochachtung vor Leuten, die nicht nur prahlen, sondern klare Vorstellungen ihrer persönlichen Situation ihr eigen nennen.

Das Vorweggesagte setzt natürlich voraus, daß man der Öffentlichkeitsarbeit in der Unternehmensspitze auch den richtigen Stellenwert einräumt. Es geht nicht, daß die Dame im Empfang oder die Sekretärin im Vorzimmer »zur Pressestellen-Leiterin« gekürt wird, auch wenn sie dafür die Zeit hätte, weil der Chef ständig auf Reisen ist und die Dame sowieso beschäftigt werden muß.

Denn was soll eine solcherart eingesetzte Mitarbeiterin einem profilierten Journalisten erzählen, der sich für die Bilanzauswertung oder die Standortpläne des Unternehmens interessiert. Ein inkompetenter Mitarbeiter kann denn nur mit »ja, da muß ich wohl mal den Chef fragen, wenn der zurückkommt« antworten – und das ist genau das, was ein Journalist in dem Moment überhaupt nicht hören will.

So manches Unternehmen hätte wesentlich bessere Abdruckchancen, wenn die Stabsstelle »Presse« mit einer versierten Person besetzt wäre. Das Beste ist übrigens immer noch, wenn Presse-Arbeit zur Chefsache wird! Im kleinen Unternehmen ist das immer möglich, denn so ausgebucht ist kein Chef der Welt, als daß er nicht pro Woche einige Minuten Zeit hätte, um auf Presse-Anfragen angemessen zu reagieren. Ist das Unternehmen nun größer, so sollte zumindest ein leitender Mitarbeiter mit dieser Aufgabe betraut werden und auf vernünftige Fragen von außen auch vernünftige Antwort geben können.

Auch hier liegt allerdings noch manches im argen. Ich kenne aus eigener Erfahrung deutsche Ableger von Weltkonzernen, in denen Sekretärinnen die Presse-Arbeit »so nebenher« erledigen....

Protzerei gehört an die Biertheke, aber nicht in die Presse-Arbeit.

Viel zu viele Pressemeldungen werden von Leuten geschrieben, die ansonsten nur Werbetexte oder Verkaufsbriefe für das Unternehmen schreiben. Bittere Folge: Manche Pressemitteilung ist randvoll mit Selbstbeölung und artet in Protzerei aus. Journalisten sind Leute, die solche Protzerei auf den Tod nicht ausstehen können und die sich verständlicherweise sogar ausgenutzt fühlen, wenn solche »Pressemeldungen« auf ihrem Schreibtisch landen.

Keine Angriffe gegen die Konkurrenz.

Ein mindestens ebenso markanter Fehler ist es, wenn eine Pressemeldung dazu benutzt wird, den Ärger über die böse Konkurrenz loszuwerden. Abgesehen davon, daß solchermaßen erarbeitete Pressemeldungen sogar zu zivilrechtlichen Problemen führen können, finden Sie damit bei Journalisten ebenfalls kaum Freunde. Sie erreichen höchstens, daß er diese Aussagen zum Anlaß nimmt, das angeschnittene Thema etwas kritischer unter die Lupe zu nehmen. Plötzlich wird – ausgelöst durch solche Pressemeldungen – dann »schmutzige Wäsche« in aller Öffentlichkeit gewaschen, und dabei lassen beide Seiten Federn.

Falsche Bescheidenheit führt nicht zum Ziel.

Ebenso unangebracht wie die Prahlerei ist auch die falsche Bescheidenheit. Wenn ein steinreiches Unternehmen sich in seiner persönlichen Darstellung sozusagen in eine ›Mönchskutte‹ kleidet, dann wirkt das wieder höchst unehrlich. Schon vermutet der kritische Journalist, daß hinter dieser Methode die Absicht steckt, mittels falscher Bescheidenheit von den eigentlichen Unternehmenszielen abzulenken. Die Aussagen, die man über sich selbst macht, müssen im Grunde den Eindruck widerspiegeln, den man *draußen* vom Unternehmen hat. Ein großer Pharma-Konzern kann sich nicht geben wie ein Armenhaus, und der Handwerker im örtlichen Stadtteil kann nicht so auftreten, als habe er eine riesige Fabrik. Man muß hier »seine Linie« finden, seinen ganz speziellen »Anzug« schneidern, mit dem man sich identifizieren kann, der wirklich sitzt. Das gilt auch für die zu vermittelnden Nachrichten. Wer nach außen behauptet, er habe kaum was Neues zu berichten, auch der gibt sich unpassend bescheiden. Denn es gibt kein Tätigkeitsfeld, kein Unternehmen, in dem nicht Dutzende von Themen ausfindig zu machen sind, die für den Presse-Einsatz geeignet wären. Dabei müssen es nicht immer solche sein, die direkt mit dem Unternehmen zu tun haben. Auch aus der Verbands-Ebene, mit der das Unternehmen liiert ist, kann man ersatzweise Themen heranziehen und vor den eigenen PR-Karren spannen. Die Investitionen für die Zukunft, der Ausbildungsstandard des Gesamt-Unternehmens und vieles mehr lassen sich recherchieren und bilden die Grundlage für eine sinnvolle Presse-Betreuung.

Keinen Streit mit Journalisten beginnen!

Geradezu lebensgefährlich für ein Unternehmen ist es, mit einem Journalisten Streit anzufangen.

Wer das einmal versucht hat, der kann ein Wörtchen darüber erzählen. Solche Auseinandersetzungen beginnen oft, wenn eine Tageszeitung sich über ein Unternehmen geäußert hat, wie dieses es nun gar nicht als richtig empfand. Dann erinnert sich der Chef der vielen Anzeigen, die in der Zeitung geschaltet werden und droht dem Verlag, diese Einschaltungen zur Konkurrenz zu geben, wenn weiterhin solche »Schmierfinken-

Arbeit« geleistet würde. Das artet zu einer Art Nötigung aus – und genau das ist es, was sich in den Redaktionen kein Journalist gefallen lassen will. Wer soviel Frustration aufbaut, erreicht nur, daß der die Türen zur Redaktion auf immer und ewig zuklappt. Nie wird sich ein so gemaßregelter Journalist noch jemals positiv über das Unternehmen äußern. Wenn aber die Möglichkeit gegeben ist, sich kritisch zu äußern, weil eine entsprechende Situation es zuläßt, dann können Sie sicher sein, daß Ihr verärgerter Gegenspieler das zum Anlaß nimmt, sich seitenlang genüßlich negativ über Sie auszulassen. Wer mit einem guten, seriösen Verlag zusammenarbeitet, der wird bei einem Streit immer nur den kürzeren ziehen. Deshalb hier gleich eine Regel, die Ihnen hilft, den Journalisten richtig einzuschätzen:

»Journalisten wollen wie Könige behandelt werden. Sie sind sich ihres Machtmittels »Medium« durchaus bewußt.«

Überschätzen Sie nicht die Möglichkeiten der Öffentlichkeitsarbeit.

Besonders der Neuling überschätzt den News-Wert seiner Nachricht regelmäßig. Daraus resultiert eine große Enttäuschung, wenn nach dem Versand an viele hundert Redaktionen am Ende nur ganze fünf Veröffentlichungen herausgekommen sind. »Und dafür der ganze Aufwand«, lautet dann auch noch die Meinung der Geschäftsleitung zu dem erhofften großen PR-Erfolg. Erst über die Jahre und mit Kontinuität betrieben, zeichnen sich Erfolge ab. Überschätzen Sie auch nicht die Resonanz auf die wenigen Pressemeldungen, die Sie möglicherweise erreicht haben. Denn mit der Presse ist es so wie mit der Werbung. Sie können nicht davon ausgehen, daß jeder Mitmensch sich die Mühe macht, einen Blick in die Zeitung zu werfen und Ihre Botschaft wahrzunehmen. Bedenken Sie, daß von den vielen tausend Botschaften, die wir täglich über uns ergehen lassen müssen, nur etwa 5 % wahrgenommen werden, und davon zeigen nur 2,5 % eine positive Wirkung – was noch lange nicht heißt, daß daraus Entscheidungen seitens des Verbrauchers zu erwarten sind.

Darüber wird nämlich in den Pressebüros und bei den Presse-Verantwortlichen gar nicht geredet. Man sieht immer nur die Anzahl der Ausschnitte und versucht dann krampfhaft hochzurechnen, welche Gesamtauflage sich daraus ergibt. *Vom qualitativen* Aspekt – vom Umfeld der PR-Botschaft bis hin zur Gesamt-Anmutung des Mediums, in der die Botschaft zum Abdruck gelangt ist – spricht kaum einer.

Nie die Krisenfeuerwehr spielen!

Weil die Öffentlichkeitsarbeit ein oftmals nicht faßbares Thema ist, wird der Verantwortliche einer solchen Abteilung gern zur Krisenfeuerwehr

wehr abgestempelt. Er soll und darf immer nur schreiben, wenn sich Probleme ergeben, wenn schnell was verkauft werden muß, wenn sich Frust ankündigt. Wer Krisenfeuerwehr spielt, der wird nie eine eigene Strategie entwickeln können, weil er immer nur ad hoc-Aktionen plant und nie eine vernünftige, imageprägende Richtung in seine Öffentlichkeitsarbeit hineinbekommt. Diese Hektik hat aber noch einen weiteren Nachteil. Der PR-Verantwortliche steht im Kreuzfeuer der beruflichen Kritik. Alle negativen Meldungen werden ihm angelastet. Immer dann, wenn etwas nicht geklappt hat, bekommt er es zu hören. Solche Situation zerrt ständig an den Nerven und führt in letzter Konsequenz dazu, daß der Stuhl des PR-Mannes zum Schleudersitz wird. Auch auf dieses Thema werde ich noch umfassender eingehen.

Die Medien richtig einzuschätzen, ist ein unschätzbares Kapital.

Jeder zweite Presse-Verteiler ist in Deutschland unbrauchbar! Da wird einfach über die Jahre Adress-Material gesammelt oder aus entsprechenden Publikationen herausgeschrieben, und dann wird fortan im wilden Rundumschlag die gesamte Presse bedient. Solcherart gestreute Botschaften sind zu über 80 % unbrauchbar für den Journalisten, weil sie keinerlei Rücksicht nehmen auf die spezifische Struktur und Leserschaft der jeweiligen Zeitschrift. Es ist zwar kaum möglich, eine Pressemeldung für hunderte von Verlagen individuell herzustellen, andererseits kann man aber auch nicht jedes Verlagsprojekt mit einer gleichen Nachricht bedienen. Eine Wirtschaftsnachricht, die für das »Handelsblatt« bestimmt wurde, wirkt im Wirtschaftsteil der Heimatzeitung viel zu intellektuell. Ein Pressebild, das für die Lokalseite passend ist, landet wiederum beim »Handelsblatt« automatisch im Papierkorb, weil dafür kein Millimeter geopfert würde. Deshalb: Lernen Sie es, die Medien, die Sie bedienen, richtig einzuschätzen. Zielen Sie stets nur auf den Teil der Öffentlichkeit ab, den Sie unbedingt erreichen *müssen*. Nur so hat Ihre Information die Chance, abgedruckt zu werden. Und Sie tun darüber hinaus noch ein gutes Werk, wenn Sie tausende von Journalisten von der Mühe entlasten, ein Stück Papier mehr in den Papierkorb befördern zu müssen, nur weil das Thema nicht ins Heft paßt.

7. Ansprüche der Öffentlichkeitsarbeit in fünf Merksätzen

- Das *Ziel* ist es, Vertrauen zu gewinnen und zu erhalten.
- Die *Aufgabe* ist es, planmäßig und überlegt beobachten, sammeln, prüfen, anregen und einwirken.

- Das *Mittel* ist die Information.
- Die *Methode* ist die Überzeugung.
- Der *Grundsatz* ist die »wohltemperierte« Wahrheit.

Teil II

1. Der Umgang mit Journalisten

Der Umgang mit Journalisten kann nicht sensibel genug gepflegt werden. Denn schließlich sind sie es, die mit ihren Möglichkeiten zu einer Multiplikation der erwähnenswerten Nachrichten beitragen sollen.

Das Verhalten gegenüber Journalisten und Verlagen ähnelt dem Umgang mit der Bank. Auch zu seinem Filialleiter sollte man in guten und schlechten Zeiten immer eine freundschaftliche Beziehung haben. Denn in schlechten Zeiten ist man darauf angewiesen, durch die Toleranz der Bank großzügige Kreditlinien zu erhalten. Und in guten Zeiten ist es auch wieder die Bank, die durch ihre Hilfe bei der sinnvollen Geld-Anlage dem Kunden Profit bringt. Wer seine Bank frustriert, kann weder mit Kredit noch mit guten Empfehlungen rechnen. So ähnlich ist es auch mit Journalisten. Man sollte sie mit gleicher Sensibilität behandeln. Sie führen zwar kein Geldkonto aber immerhin ein *Vertrauenskonto* für Sie in der Bevölkerung. Und das tun sie objektiv und fair, wenn Stil und Umgang mit ihrem Partner kollegial, offen, menschlich und konstruktiv sind.

Im Gegensatz zur Bank, die ja immerhin noch Gebühren nimmt für ihre Tätigkeit, ist der Journalist dagegen der absolute Service-Mann. Er nimmt Ihnen keinen Pfennig ab, wenn er über Sie und Ihr Unternehmen berichtet! *Er bietet Ihnen eine völlig kostenlose Leistung!*

Es ist unsinnig, einem Menschen, der Ihnen letztlich etwas ›schenken‹ will (die Publizität in der Presse), etwa mit Ignoranz oder Arroganz zu begegnen. Stellen Sie sich vor, Sie säßen am Journalistenschreibtisch und hätten die Möglichkeit, Firmen in Ihrem Einzugsbereich die Möglichkeit der Berichterstattung über sie zu geben. Wie frustriert wären Sie, wenn Sie – der Journalistenaufgabe dienend – in einem Betrieb anrufen, um etwas in Erfahrung zu bringen, *und keiner fühlt sich für Sie zuständig.* Oder schlimmer: Der Chef sagt Ihnen klipp und klar, daß er der Presse keine Auskunft geben wolle, weil er dazu keine Zeit habe. Ihre Verdrossenheit ob eines solchen Auftretens möchte ich sehen ....

Solche Frustration erwartet den Journalisten allerdings auch heute noch jeden Tag. Man glaubt nicht, wieviel bornierte Mitmenschen es in Unternehmen und Behörden gibt, die gar nicht ahnen, wieviel publizistische Möglichkeiten sie sich nehmen, indem sie sich dem Journalisten informell verweigern.

Ich will nicht verhehlen, daß der eine oder andere zu seinem Tun durch negative Erfahrungen mit der Presse verleitet wurde. Denn bekanntlich ist die Presse nicht nur voll mit guten Nachrichten. Eine Untersuchung über die Substanz der Presse vor wenigen Jahren ergab, daß 3/4 aller Nachrichten in unserem Lande negativ strukturiert sind. Nur 25 % haben eine positive Komponente. Ganz anders sieht die Presse-Landschaft in England aus: Hier sind es 75 % der Nachrichten, die positiv angehaucht sind und nur 25 % gelten als negativ. So kann es also in Deutschland sehr viel öfters vorkommen, daß Ihr Name negativ in der Presse erwähnt wird, vielleicht deshalb, weil Sie einem Sensationsreporter aufgesessen sind, der unbedingt die Super-Story liefern wollte und dabei wenig Rücksicht auf Wahrheit genommen hat.

Wer auf diese Weise negative Erfahrungen gemacht hat, der neigt natürlich eher dazu, sich abzuschotten und keinen Journalisten mehr an sich heranzulassen. Solchen Mitmenschen sei an dieser Stelle das Wort von Curd Jürgens noch einmal nahegelegt, der gesagt hatte »Hauptsache, der Name ist richtig geschrieben«.

Von der Showbranche, aber auch von Theaterleuten, Politikern und anderen Menschen, die im Rampenlicht der Öffentlichkeit stehen, kann man hier nur lernen. Stellen Sie sich vor, unser Bundeskanzler würde nach jeder Negativmeldung über sein Tun weinend in die Kopfkissen fallen. Bei der Fülle der streckenweise ätzenden Kritik, der dieser Mann sich ausgesetzt fühlen muß, käme er vor lauter Heulkrämpfen nicht mehr zum Regieren ..

Nehmen Sie also nicht alles bierernst, was in der Presse steht. Auch wenn Sie »mal reingefallen« sind in der einen oder anderen Berichterstattung, so sollte Sie das nicht davon abhalten, trotz alledem freundlich und kollegial zu sein. Sie schmeißen auch nicht gleich jeden Kunden aus, der sich negativ über Ihre Firma äußert.

Und im übrigen halten Sie doch die Fäden immer noch in der Hand. Denn was Sie dem Journalisten sagen und was Sie weglassen, ist Ihnen überlassen. Auch das »Wie« der Darstellung liegt bei Ihnen. Das, was Sie wissen, kann ein Journalist nie wissen. Schließlich sitzen Sie seit vielen Jahren in Ihrem Betrieb und kennen die Probleme in- und auswendig. Für den Journalisten allerdings ist Ihr Betrieb einer von vielen hunderten, die er kennt und bei denen er ab und an recherchiert. Er hat weder die Zeit noch die Lust, sich bis in die kleinste Verästelung Ihrer Betriebsstruktur hineinzutasten. Hätte er die Zeit dazu, dann könnte er schließlich gleich Ihr Presse-Verantwortlicher werden. So ist journalistisches Wissen fast immer nur Oberflächen-Wissen. Nur wenige Verlage können es sich erlauben, ihre Journalisten mit oft monatelangen Recherchen zu beauftragen. Alle anderen Journalisten sind stets auf das Material angewiesen, das ihnen von den Firmenleitungen vorgestellt wird.

Sie haben also in jedem Presse-Gespräch letztlich die besseren Karten – Sie müssen diese nur richtig aufspielen und dürfen nicht »mauern«.

Wer das richtig beherrscht, der muß sich letztlich auch nicht über ein geringes Maß an positiven Presse-Meldungen beklagen. Denn ein Journalist ist nicht grundsätzlich negativ gegen das Unternehmen eingestellt. Er hat »seine Story« zu schreiben, und für diese Story braucht er entsprechende Unterlagen und Interviews. Sind die Informationen dürftig, so muß er dennoch seine Zeilen füllen und saugt sich dann viel seitenfüllendes Blabla aus den Fingern. Denn Papier ist bekanntlich geduldig. Je mehr Informationen Sie ihm also geben und je positiver diese ausfallen, desto weniger brauchen Sie zu befürchten, daß Ihr Journalist sich als ›Schmierfink‹ entpuppt. Nun werden Sie ihm ja trotzdem nicht »alles« erzählen. Wenn die Bank erst am Morgen Ihren Wechselkredit nicht erhöht hat und Sie dadurch in eine Phase knappster Liquidität geraten sind, wenn ein betrunkener Arbeiter Rohstoffe falsch zusammengemischt hat und wenn die Pleite eines Großkunden Sie selbst an den Abgrund des Konkurses geschleudert hat – alles das werden Sie der Presse nicht auf die Nase binden. Aber neben dem Negativen gibt es ja auch hinreichend viel Positives zu berichten: Daß ein neuer Computer angeschafft wurde (wenngleich er auch noch nicht bezahlt ist!), daß zum Jahresende gleich drei neue Lehrlinge in das Unternehmen eintreten, daß es noch nie einen Streik gegeben hat, daß Sie in Ihrer Branche die Nummer Eins sind – solche vorzeigbaren Anmerkungen gibt es in Hülle und Fülle, und die interessieren den Journalisten genauso und helfen ihm seine Story zu schreiben.

2. Die Bandbreite journalistischer Arbeit

Wir sprechen hier immer von »dem Journalisten«. Bitte schlußfolgern Sie daraus nicht, daß es nur *einen ganz speziellen Typ* von Journalisten gibt. Die Bandbreite der Journalisten ist so groß, so vielgestaltig wie der Farbfächer einer Druckerei. Deshalb muß der gute Pressemann nicht nur die spezielle Struktur von Zeitungen und Zeitschriften genau kennen, wenn er Presse-Berichte verschickt. Er muß darüber hinaus auch die Journalisten genau kennen, mit denen er zusammenarbeitet. Der Journalist eines großen Wirtschaftsmagazins ist von ganz anderem Kaliber als der Lokalreporter der regionalen Zeitung. Während der eine in der Lage ist, mit Ihnen ein regelrechtes unternehmerisches Gespräch zu führen, vermag der andere sich kaum in die wirtschaftlichen Strukturen eines Unternehmens hineinzudenken.

Deshalb ist es dringend notwendig, daß Sie bei einem Zusammentreffen mit einem Journalisten immer erst *vorsichtig* klären, aus welcher Richtung er stammt. Dann wissen Sie schnell, was er an Informationen braucht und inwieweit er in der Lage ist, diese zu verarbeiten. Wichtig ist auch, herauszufinden, aus welcher Hierarchiestufe des Verlages Ihr Gegenüber kommt oder ob er nur freier Mitarbeiter der Zeitung ist. Kommt die Spitze selber – der Ressortchef gar oder der Chefredakteur – dann wird von Ihnen weitaus mehr an Informationsgehalt erwartet, als wenn der Volontär oder der freie Mitarbeiter des Verlages auf Informationssuche sind.

Zwar gilt grundsätzlich die Regel, daß man zu allen freundlich ist, aber der Inhalt des Gesprächs orientiert sich an der Qualifikation Ihrer Partner. Einen Lokalreporter mit schwierigen technischen Produktionsabläufen zu konfrontieren ist ebenso falsch, wie es unangebracht wäre, dem Fachjournalisten die Geschichte von dem gebrochenen Herzen der Sekretärin zu erzählen.

Hinterfragen ist die Hohe Kunst des sinnvollen Dialogs mit der Presse. Bevor Sie wie wild vom Unternehmen erzählen, erfragen Sie lieber erst einmal von Ihrem Gegenüber, welche Art von Story er denn schreiben möchte. Schon an der Art und Weise, wie dieser – nunmehr in die Funktion des Interviewten gedrängt – antwortet, gibt Ihnen Aufschluß über seine Qualifikation. Und auf diese Art erfahren Sie auch noch, in welcher Weise Sie oder Ihr Unternehmen erwähnt werden sollen. Es kann ja durchaus sein, daß für Sie nur fünf Zeilen reserviert sind, in denen Sie einen Kommentar zur Lage abgeben sollen. In einem solchen Falle dauert das eigentliche Pressegespräch nur fünf Minuten und Sie können sich die Zeit für langatmige Stellungnahmen zu »Gott und der Welt« völlig sparen, weil diese Ausführungen gleich für den Papierkorb bestimmt sind.

Das persönliche Kennenlernen.

Das persönliche Kennenlernen eines Journalisten ist natürlich besonders wichtig. Sicher können Sie nicht alle und jeden kennen, der in der Presse zu tun hat, und Sie werden ofmals auch nicht bestimmen können, auf welcher Hierarchiestufe sich Ihr »Freund« bei der Presse befindet.

Wichtig ist, erst einmal reinzukommen und sich mit einigen Leuten bekannt machen. Selbst über den kleinsten Lokalreporter kann man sich nach und nach in der Hierarchie eines Verlagshauses »hocharbeiten« und wird mit etwas Glück sogar den Chefredakteur irgendwann einmal zu seinem Bekanntenkreis zählen. Je inniger gerade im lokalen Bereich die Kontakte sind, desto besser die Möglichkeiten, positive Presse-Artikel zu erhalten.

Unternehmen brauchen die Presse, darüber sollten sich alle im klaren sein, die ein zwiespältiges Verhältnis zu diesem Thema bis zu dieser Buchseite immer noch nicht abgebaut haben. Denn für jeden kann der Tag einmal kommen, an dem er durch eine faire und positive Berichterstattung von negativen Tendenzen freigewaschen werden kann, wenn er bis dato mit »seiner« Presse individuell und freundschaftlich umgegangen ist.

Aktuelle Anlässe zum Kennenlernen nutzen.

Wenn Ihre Presse-Arbeit bisher nur auf Zufallsbekanntschaften aufbaut, so sollten Sie versuchen, einen aktuellen Anlaß zu finden, zu dem Sie den Kontakt zu Ihrer Presse individuell vertiefen können. Die Einweihung einer neuen Betriebsstätte oder die Tatsache eines interessanen Exportgeschäfts können Gründe sein, sich einen halben Tag ans Telefon zu hängen, um mit den Redaktionen zu sprechen, für die diese Nachricht von Interesse ist. Laden Sie die zuständigen Journalisten zu einem persönlichen Gespräch in Ihr Büro. Nehmen Sie sich dafür ein bis zwei Stunden Zeit und diskutieren Sie mit Ihrem Gegenüber die Themen durch. Durch ein persönliches Kennenlernen entsteht ein sehr enges Vertrauensverhältnis. Solche Kontakte sollten sie fortan pflegen. Nun müssen Sie nicht ständig den Journalisten mit Besuchen und Einladungen überschütten. Es reicht schon, wenn Sie den einmal hergestellten Kontakt auf schriftlichem Wege über die Jahre hinweg pflegen. Weihnachtsgrüße, wie Ihre Kunden Sie erhalten, erfreuen auch den Mann (oder die Frau) in der Redaktion. Interessante Hinweise aus der Arbeitswelt, die Sie ansonsten nur an Ihre Kunden geben, sorgen beim Versand an den Journalisten auch dafür, daß dieser sich an das seinerzeitige Gespräch und den Kontakt zu Ihnen rückerinnert. Auch Warenproben, Muster und kleine Werbegeschenke finden bei Ihrem schreibenden Bekannten freundliche Aufnahme.

Wer das schematisieren will, der tut gut daran, die Adresse des Journalisten auch in die *Kundenkartei* aufzunehmen. Dabei sollte ein Codiermerkmal nicht fehlen, denn sonst bekommt Ihr neuer Freund noch jede neue Preisliste zugeschickt. Vielleicht geben Sie der Adress-Eingabe das Merkmal eines VIP. Als »very important person« ist sicherlich gewährleistet, daß der Journalist zu denen gehört, die aus der Firma nur Informationen und Geschenke erhalten, die »top« sind.

Wer sich nun der Mühe unterzieht, mit den Redaktionen Kontakt aufzunehmen, der sollte sorgfältig recherchieren, wer für sein Thema der richtige Ansprechpartner ist. Jede Redaktion gibt gerne Auskunft darüber, welcher Journalist für welches Themengebiet als Spezialist und Ansprechpartner gilt.

Die Messe als Anlaß zum Fachpresse-Gespräch.

Bei Fachzeitschriften ist das Kennenlernen sehr viel einfacher zu gestalten. Denn diese schicken Ihre Redakteure regelmäßig zu den wichtigsten Fachmessen, auf denen die entsprechende Industrie mit Ständen vertreten ist. So können Sie ohne Umweg Ihre Messe-Präsenz dazu nutzen, mit dem Redakteur ein Gespräch zu führen. Da der Messestand auf »Hochglanz« gebracht ist und da zur Messe in der Regel neue Produkte oder anderweitig aktuelle Nachrichten über das Unternehmen vorhanden sind, liegt der Gesprächsstoff sozusagen auf der Hand. Das Messegespräch mit dem Journalisten hat noch den Vorteil, daß dieser nicht lange anreisen muß, sondern sich ebenfalls zur Messe für einige Tage am Ort »installiert« hat.

In der Praxis ist es so, daß viele Unternehmen das Journalistengespräch auf der Messe leider immer noch als »vertane Zeit« ansehen. Man bereitet sich keineswegs aktiv auf Gespräche mit Journalisten vor, sondern wartet darauf, daß diese eher automatisch am Stand auftauchen. Hier verschenkt manches Unternehmen eine gute Möglichkeit, sich bei der Fachpresse zu profilieren. Erfolgreiche Unternehmen laden nicht nur Ihre Kunden zur Messe ein, sondern stimmen auch sinnvolle Besuchstermine mit dem Journalisten ab. Und Journalistengespräche dauern dann auch nicht nur fünf Minuten und dienen dem schlichten Überreichen einer Pressemappe (»Da steht alles drin, brauchen Sie nur nachzulesen...«), sondern bemühen sich, den qualitativen Kontakt aufzubauen. Sehen Sie im Journalisten einen *Kunden,* dann wissen Sie, wie ein solches Gespräch zu gestalten ist. Mit dem Kunden versuchen Sie auch nicht nur fachlich zu diskutieren, sondern möglichst viele menschliche Komponenten in den Dialog einfließen zu lassen. Jeder gute Verkäufer weiß, daß ein erfolgreiches Verkaufsgespräch zu 90 % aus menschlichen Nebensächlichkeiten und nur zu 10 % aus wirklicher fachlicher Abstimmung besteht.

So ähnlich sollte auch das Gespräch mit dem Journalisten verlaufen. Wenn Sie sich in einer einstündigen Unterhaltung mit ihm gekonnt über Segeln, Kinder, Ehe oder Hobbies ausgetauscht haben und beide das Gefühl besitzen, »es miteinander zu können«, dann ist das die beste Voraussetzung für ein langfristiges Vertrauensverhältnis und viele positive Abdrucke in den Medien des Verlages, für die der Journalist tätig ist.

Bedenken Sie: Zwar sind die Gespräche mit Kunden zur Messe sicherlich wichtig und das direkte Kapital der Firma, da man ja sofort Aufträge annehmen und kurzfristig berechnen kann. Das Gespräch mit dem Journalisten ist aber nicht minder bedeutsam, weil mittels seines Mediums schließlich tausende möglicher Neu-Kunden erschlossen werden können. Wenn das einstündige intensive Gespräch Ihnen 10 000 Leser und damit potentielle Kunden einspielt, dann ist das letztlich sogar sehr viel wertvoller als der spontane Geschäftsabschluß zur Messe.

Am unangenehmsten sind die Unternehmen, die sich vor der Presse-Arbeit gänzlich abschotten. Kommt zufälligerweise ein Journalist an den Stand und bittet um ein Gespräch mit dem für die Presse Verantwortlichen, dann wird er dort oft mit der Bemerkung abgespeist: »Herr X hat keine Zeit, aber wir sind gern bereit, Ihnen eine Pressemappe mitzugeben ...«. Wie ein begossener Pudel steht der Fachjournalist nunmehr auf dem Messegang und kommt sich so richtig »abgefrühstückt« vor. Glauben Sie mir, daß er eine so empfangene Mappe bereits am Abend zu den Akten legt und bestimmt nie wieder den Versuch unternimmt, den Stand der Firma X anzusteuern.

Der gute Kontakt zu Journalisten hat auch noch weitere Vorteile, die allerdings nur selten von Unternehmern genutzt werden. Der spezialisierte Journalist hat zwar in der Regel nie die gesamte Tiefe möglichen Wissens von einer Firma, durch seine vielen hundert Gespräche besitzt er aber ein gutes generelles Wissen über die Branche schlechthin. Und ihm kommen Informationen zu Ohren, die der Unternehmer oftmals selbst nicht in Erfahrung bringen kann. Vieles von diesem Wissen kann er in den wenigen Seiten, die ihm für seine Nachrichten-Übermittlung zur Verfügung stehen, nicht weiterverwenden. Wenn ich eingangs gesagt habe, daß von hundert Nachrichten letztlich nur eine Verwendung findet, dann können Sie sich vorstellen, daß ein Journalist prinzipiell hundertmal mehr weiß als er veröffentlicht.

Dieses Fachwissen können Sie sich nutzbar machen, wenn Sie Ihren Journalisten auch mal um seinen Rat fragen. Er kann Märkte einschätzen, er kennt Wettbewerbs-Regungen, die Sie selbst nicht kennen und er ist frei von Zwängen, denen ein Unternehmer täglich unterlegen ist.

Solche Ratschläge sind – unter Freunden (!) – natürlich kostenlos oder mit einem gemeinsamen Abendessen abgegolten. Sie helfen aber mit, unternehmerische Entscheidungen abzusichern. Gute Unternehmer haben immer einen Berater aus dem Journalismus in ihrem Freundeskreis. Da können Sie sich an großen Beispielen orientieren. Wenn die Crème der Wirtschaft sich trifft, dann gehört zu diesem Kreis immer eine illustre Gruppe aus Politik-, Banken- und Verlags-Szene.

Tiefe Freundschaften zwischen Chefredakteuren großer Nachrichtenmagazine und Wirtschaftsbossen sind uns allen gegenwärtig.

Was sich im Großen als richtig herausgestellt hat, sollte auch im Kleinen funktionieren.

Den Arbeitsrhythmus einer Redaktion beachten.

Der Unternehmer, der an die Arbeitsabläufe eines Produktions- oder Dienstleistungsbetriebes gewöhnt ist, findet nur schwer den Zugang zum Rhythmus einer Zeitungs-Redaktion. Wer noch nie mit der Presse zu tun hatte, findet den Arbeitsstil in den Redaktionsstuben sogar etwa chaotisch. Redaktionen versinken erst einmal täglich neu in einer Papierflut ohnegleichen. Dabei ist es egal, ob es sich um eine Fachzeitschrift oder eine Wirtschaftszeitung handelt. Die Schreibtische quellen nur so über vor Nachrichten aus dem Ticker der Wirtschaftsdienste und den Pressemeldungen der Unternehmen.

Wer beispielsweise um acht Uhr in einer Redaktion anruft, den wird höchstens eine müde Sekretärin barsch darauf hinweisen, daß erst »ab zehn« jemand von der Redaktion zu erreichen ist. Will man dann in aller Zurückhaltung nicht gleich um zehn anrufen, sondern aus Gründen der Rücksichtnahme eine Stunde warten und erst ab 14.00 Uhr erneut durchklingeln, dann hört man, daß der Anzusprechende nun überhaupt keine Zeit mehr habe.

In der Redaktion müssen innerhalb von 2 bis 3 Stunden vier Fünftel der Tagesproduktion geleistet werden. Nun heißt das nicht, daß die Journalisten und Redakteure in der anderen Zeit Däumchen drehen. Der Tagesablauf ist dadurch bestimmt, daß mehrere verschiedene Tätigkeiten miteinander kombiniert werden müssen. Das morgens hereingekommene Wissen muß erst einmal verarbeitet werden. Dazu laufen vormittags die Berichte der Korrespondenten herein, die ausgewertet und deren Wichtigkeit entsprechend definiert werden muß. Denn grundsätzlich ist ja alles, was in einer Redaktion eintrifft, »ganz besonders wichtig«. »Eilige Presse-Sache« oder andere Sprüchlein zieren die Beiträge und sollen suggerieren, daß es sich stets um etwas besonders Aktuelles und Eiliges handelt. Da aber alle eingehenden Beiträge dieser Art »aktualisiert« sind, bleibt dem Redakteur nur die Möglichkeit der persönlichen Feststellung, was wirklich interessant ist. Am späten Vormittag in der Redaktionskonferenz werden Tagesthemen erörtert und verabschiedet, welchen Inhalt die Ausgabe für den nächsten Tag erhält. Hier wird festgelegt, wer den Kommentar schreibt, wer für den Aufmacher verantwortlich zeichnet. In einer dritten Phase aktiver Arbeit wird dann von den Umbruch-Redakteuren auf der Basis der fertiggestellten Bilder und Beiträge die Zeitung für den nächsten Tag zusammengemixt.

Zeitungsleute kennen keinen Acht-Stunden-Tag. Sie fangen morgens zwar spät an, bleiben aber auch gerne abends noch lange in der Redaktion. Denn gearbeitet wird ja immer. Wenn die Journalisten morgens kommen, sind die Verwaltungsleute schon da. Und wenn die Journalisten abends gehen, dann ist die Technik immer noch im Einsatz. Ein Verlagshaus ist wie ein Bienenhaus, in dem es ständig summt und brummt. Es gibt Journalisten, die gehen in ihrer Aufgabe so auf, daß sie wirklich nur zwischen Redaktion, Stammkneipe und Bett hin und her pendeln. Vielleicht ist das der Grund, warum die Ehescheidungsrate bei Journalisten die höchste unter allen Bevölkerungsgruppen ist ...

Unterschiede zwischen Redakteur und Korrespondent.

Auf dem Weg in die Zeitung werden Sie es mit zwei grundsätzlichen Journalisten-Typen zu tun haben. Der eine ist der Redakteur und »innen« im Verlagshaus für die Themenmischung zuständig.

In dieser Funktion wertet er sämtliche eingehenden Nachrichten aus und bestimmt, was in das Blatt hineinkommt. Der andere ist der Korrespondent (im Regionalbereich Lokalreporter genannt), den man so als Grabenkämpfer der Redaktion bezeichnen könnte. Er nimmt »außen« die Termine für das Verlagshaus wahr und ist Hansdampf in allen Gassen. In aller Frühe hetzt er schon zu einer Pressekonferenz, trifft sich mittags zum Essen mit einem Unternehmer zum Interview und hastet abends noch zu einer Wahlversammlung, um über die Stimmung in der Partei zu berichten.

Wer also an eine Zusammenarbeit mit der Presse denkt, der muß entweder beide gut kennen oder ausfindig gemacht haben, welcher von beiden der interessantere Gesprächspartner ist. Viele Pressemeldungen werden aus diesem Grunde sowohl an die Zentralredaktion als auch an den Korrespondenten selbst geschickt. Besonders dann, wenn die Pressemeldung so aufgebaut wurde, daß eine Nachrecherche zu erwarten ist, ist sie beim Korrespondenten besser aufgehoben als in der Redaktion.

Dagegen sind »normale Presse-Informationen« zu Alltags-Themen immer richtig adressiert, wenn man sie nur an die Redaktion schickt. Sie sind sozusagen das Basismaterial für den Redakteur, mit dem er die Hauptberichterstattung, die individuell von Korrespondenten erarbeitet wird, »garniert«. Aus diesen Pressemeldungen entstehen die 10- und 20-Zeiler, die rund um die Hauptthemen gestreut werden und das Gesicht einer Zeitung ausmachen.

Priorität in der Berichterstattung haben in der Regel die Beiträge der Korrespondenten, denn diese werden individuell erarbeitet und haben den Verlag damit auch Geld gekostet. Hinzu kommt, daß man nicht ständig Korrespondenten-Beiträge für den Papierkorb machen lassen kann, denn dadurch entsteht auf Dauer natürlich ein gewisser Frust. Nur bei der BILD-Zeitung verhält man sich anders. Da ist die Anzahl an Berichten, die zum Abdruck gelangen wollen, etwa fünf mal so groß wie das, was tatsächlich gedruckt wird. Bei der BILD-Zeitung liefern über das Bundesgebiet verstreut hunderte freier Mitarbeiter ihre Stories ab. Aber nur das wildeste, blutrünstigste, spektakulärste, brutalste wird daraus zu der täglich neuen Mischung aus Sex-Horror-Crime zusammengestellt.

Korrespondenten sind ständig unterwegs. Als freie Mitarbeiter arbeiten sie oftmals für mehrere Zeitungen, als Spezialisten sind sie bundesweit tätig oder bei größeren Verlagen für ganz bestimmte Landesteile zuständig. Da Reisen immer viel Zeit in Anspruch nehmen, versuchen diese Korrespondenten natürlich, immer zusätzliche Termine wahrzunehmen. Wenn sie eine besonders weite Reise machen, so verhalten sie sich hier so wie Vertreter, die schließlich auch nicht für einen Kundenbesuch 800 km durch Deutschland reisen, sondern immer bestrebt sind, mehr als einen Termin am gleichen Ort wahrzunehmen.

Deshalb sollte man immer Kontakt zu solchen Korrespondenten halten, weil diese stets – wenn sich die Gelegenheit ergibt – einen zusätzlichen Termin einschieben, den »man schon immer mal wahrnehmen wollte«. Das sind dann die berühmten Freiräume zwischen zwei Terminen, die Ihnen die Chance zum persönlichen Kennenlernen geben und die man möglichst flexibel einplanen sollte.

Wenn ein Anruf kommt mit dem Hinweis »ich hätte am soundsovielten gegen Mittag Zeit«, dann tun Sie gut daran, jeden anderen Termin sausen zu lassen und die Gunst der Stunde zu nutzen, den Korrespondenten persönlich kennenzulernen.

Im lokalen Bereich gibt es oft nicht diese Trennung zwischen Redakteur und Korrespondent. Oft liegt beides in einer Person verankert. Auch bei den Fachzeitschriften ist eine solche Trennung kaum möglich. Hier ist der Redakteur auch gleichzeitig der Fachjournalist, der Pressekonferenzen wahrnimmt und Besuche abstattet. Aus Zeitgründen allerdings empfiehlt es sich bei den Fachredaktionen, nicht willkürlich Einladungen für Besichtigungsreisen auszusprechen. Denn dazu fehlt den Leuten meistens die Zeit, weil schließlich bei jeder Reise schnell eine Arbeitswoche vertan wäre, die man nur *einem* Informanten gewidmet hat. Die Arbeit aber in der Redaktion bleibt so lange liegen und das kann sich – schon aus Kostengründen – heute kaum ein Verlag leisten.

3. Kontakte über das Telefon

So gut und wichtig es ist, Journalisten persönlich kennenzulernen, so ist das jedoch nicht immer und überall durchzuführen. Man darf nicht vergessen, daß die rund 30 000 Journalisten, die in den Redaktionen arbeiten, völlig überfordert wären, wenn alle 1,2 Millionen handelsgerichtlich eingetragenen Unternehmen in der Bundesrepublik mit Ihnen persönlichen Kontakt aufnehmen würden. Vor lauter Reisen, Trinken, Essen, Diskutieren käme das Grüpplein der Zeitungsmacher nicht mehr zum produzieren. So wird der Kreis derer, mit denen Sie persönlichen Kontakt pflegen, immer ein relativ kleiner bleiben müssen.

Hinzu kommt, daß man nicht immer mit den gleichen Redakteuren zu tun hat, weil sich schließlich auch die persönlichen Themen ändern. Eine Fabrik im Regionalbereich »kennt« ihre Reporter, weil diese schon öfter zu Besuch waren.

Gibt die gleiche Fabrik aber eine Bilanz öffentlich heraus, dann ist es plötzlich die Wirtschaftspresse, mit der man zusammenarbeiten möchte. Und ist das Unternehmen in einen Umweltskandal verwickelt und die ganze Publikumspresse stürzt sich auf dieses Thema, so sind die persönlichen Kontakte nicht einsetzbar. Man bewegt sich vielmehr in einem anonymen Umfeld, weil man mit der Publikumspresse bis dato nichts zu tun hatte.

In solchen Fällen und in der Alltagsarbeit grundsätzlich ist das Telefon nicht wegzudenken. Es ist neben der Schreibmaschine das wichtigste Arbeitsinstrument in einer Redaktion. Und es rationalisiert Zeitabläufe wesentlich.

Das Telefon ist in der Redaktion auch das Hauptarbeitsmittel, wenn es darum geht, zu dem einen oder anderen Bericht nachzurecherchieren. Deshalb ist es wichtig, daß in möglichst vielen Redaktionen die Rufnummer Ihres Betriebes und zusätzlich der Name dessen bekannt ist, der für die Presse zuständig ist. Denn nichts ist schlimmer, als wenn keiner im Unternehmen weiß, zu wem das Gespräch mit der Presse durchgestellt werden kann. Stellen Sie sich vor, ein Journalist sitzt an seiner Schreibmaschine und arbeitet an einem Bericht. Dabei stößt er auf eine Ungereimtheit oder eine Wissenslücke, die er schnell schließen möchte. Er greift zum Telefon, um sich durch ein persönliches Gespräch »schlau zu machen«. Fehlt ihm die bündige Antwort, kommt er mit seinem Bericht nicht weiter oder wendet sich schnell an die Konkurrenz.

Deshalb: *Geben Sie Auskunft, wenn eine Redaktion Sie anruft.* Und bitten Sie nie darum, »man möge die Frage schriftlich einreichen«, denn so lange kann und will der Journalist nicht warten! Wenn Sie Bedenken haben, daß der Anruf möglicherweise von der Konkurrenz ist, dann lassen Sie sich die Telefon-Nummer des Journalisten geben und rufen Sie einfach zurück. Einfacher kann man sich nicht vergewissern, daß es sich um den richtigen Mann handelt.

Übrigens gilt es als unfair, wenn Sie nach dem Anruf eines Journalisten, der an einer gewissen Story arbeitet, dieses Wissen gleich seinem Kollegen »stecken«, um diesen anzuheizen, ebenfalls etwas zum Thema zu schreiben. Damit würde dem Anfrager der Informationsvorsprung genommen, den jeder gute Journalist gerne für sich in Anspruch nimmt. Ein solches Verhalten würde Ihnen übel angekreidet und läßt sich in der kleinen Gruppe der Journalisten nicht verheimlichen.

Ein Dankeschön bewirkt viel!

Mit dem Telefon kann man aber noch mehr machen. Man kann einen guten und interessanten Bericht zum Anlaß nehmen, mal ein Dankeschön auszusprechen. Bedenken Sie, daß Journalisten täglich Informationen erarbeiten, die ohne Widerhall sind. Nur selten haben sie Gelegenheit, Resonanz aus der Bevölkerung zu spüren, weil die Anzahl der spektakulären Themen nicht zu groß ist. Deshalb freut sich jeder Schreiber, wenn er vom Markt einmal eine Antwort hört. Rufen Sie also mal in der Redaktion an, wenn Ihnen ein Beitrag besonders gut gefallen hat. Sie müssen ja nicht in ›Lobhudeleien‹ ausbrechen. Das erfreut des Journalisten Herz, weil er normalerweise nur Anrufe bekommt, in denen Mitmenschen etwas richtigstellen wollen, wenn sie der Meinung sind, daß die Berichterstattung negativ gewesen sei.

Ideen, Anregungen, Tips.

Alle Redaktionen sind dankbar, wenn sie aus Kreisen der Leser Ideen, Anregungen und Tips bekommen. Denn das tägliche Arbeiten an Nachrichten setzt voraus, daß man gut informiert ist. Man kann aber nicht alles wissen oder sich jede Story selber aus den Fingern saugen. Deshalb sind sämtliche Redaktionen darauf angewiesen, daß man ihnen Hinweise und Ansatzpunkte liefert. Was der kleinste Sportverein macht – die Presse über Veranstaltungen zu informieren – sollte sich auch ein Unternehmen am Ort nicht nehmen lassen. Wenn sich hier mehrere engagierte Unternehmer zusammenschließen und es sich zur Aufgabe machen, regelmäßig mit Anregungen auf die Presse einzuwirken, so kann dadurch sogar unmerklich die redaktionelle Qualität der Zeitung gesteigert werden und sich zum regionalen Aktionselement für einheitliche Interessen mausern.

Die Parteien machen diesbezüglich nichts anderes. Sie nehmen jede Gelegenheit wahr, die Presse vor ihren »Öffentlichkeitsarbeits-Karren« zu spannen. Sie müssen einmal miterleben, wie besonders die Abgeordneten vor anstehenden Wahlen um die Gunst der Presse buhlen. Da werden Fotografen und Reporter zu jeder nur möglichen Veranstaltung eingeladen, da setzt sich der Abgeordnete geschickt in Pose, um sich vom Reporter ablichten zu lassen und sorgt höchstpersönlich dafür, daß die Damen und Herren von der Presse nicht verhungern und verdursten ....

Eine Kerngruppe schaffen, mit der man ständig zusammenarbeitet.

So wie man sich privat einen Freundeskreis aufbaut, so sollte man sich auch einen Kreis von Journalisten schaffen, mit denen man ein intimgeschäftliches Verhältnis pflegt. Auf diese Weise entwickelt sich so etwas wie ein harter Kern, mit dem man in guten und in schlechten Zeiten zusammenarbeiten kann. Denn man darf nicht unterschätzen, daß Journalisten auch das lesen, was in einer Wettbewerbs-Gazette geschrieben ist. Man studiert nicht nur seine eigenen Berichte, sondern ist natürlich auch selber Nachrichten-Konsument. Jeder Journalist empfängt die gleiche Fernsehsendung wie Otto Normalverbraucher und unterliegt dem gleichen Verhalten im Informationskonsum. Wenn also eine große Wettbewerbs-Zeitung sich ständig positiv über ein Unternehmen äußert, dann wird der Kollege von der anderen Redaktion sich zumindest fragen, ob seine ständige Negativ-Kritik wohl angebracht ist. Wer also seinen Kreis an Berichterstattern hat, zu denen er einen guten Kontakt pflegt, der streut gezielt Positiv-Informationen in die Presse-Landschaft, die die anderen zum Nachdenken bewegen.

Hinzu kommt, daß besonders kleinere Verlage aus den Informationen der großen Verlage schöpfen. Da werden dann von einem Rentner sämtliche Wirtschaftszeitungen ausgewertet und gespeichert. Schreibt der Fachjournalist nun seine Story, so zieht er die Informationen der großen Medien ständig zu Rate. Weil er nicht sklavisch abschreibt, liest er aus den vielen Berichten immer ›einen Trend‹ heraus und kleidet diesen in seine eigenen Worte. Lautet der Trend »positiv« für das eine oder andere Unternehmen, so wird sich das in seiner eigenen Berichterstattung wohltemperiert niederschlagen.

Große Firmen haben schon seit Jahren ihre »kleinen Kreise«, das sind ausgewählte Journalisten, die man beispielsweise bereits einige Tage vor der offiziellen Presse-Konferenz zu einem vertraulichen Gespräch bittet. Es geht dabei nicht darum, andere Journalisten auszusperren, sondern sich eine Gruppe zu schaffen, mit der man über lange Zeiträume zusammenarbeiten kann. Der bevorzugte Journalist wird auch nicht unbedingt den faux pas begehen, sein umfassendes Wissen gleich am nächsten Tag in aller Öffentlichkeit preiszugeben.

Dieses Hintergrundwissen taucht oftmals sehr viel später und in einem ganz anderen Zusammenhang wieder auf. Es beeinflußt einen Kommentar, es ist Teil einer umfangreichen Reportage. Mit einem solchen »kleinen Kreis« kann man aber auch Themen besprechen, die von hoher Brisanz sind und bei denen man eine objektiv berichtende Presse hinter sich haben muß.

Wenn beispielsweise ein großes Werk gewisse Betriebsteile stillegen muß und das zum Fortfall von Arbeitsplätzen führt, so kann diese Situation bei einer uninformierten Presse zu emotionalen Wellenbewegungen führen. Hier können ein intimes Vorgespräch und eine individuelle vernünftige Darstellung des Sachverhalts Wunder wirken. Denn in einer kleinen Gruppe ist eine konstruktive Diskussion immer möglich. Hier kann man seitens der Geschäftsleitung bei den Pressevertretern auch um Rat nachfragen, wie man sich verhalten soll. Man kann sozusagen eine Art Konzept vereinbaren, wie der Tenor der Presse-Berichterstattung lauten sollte.

Journalisten, die zum Kreis der Eingeweihten gehören, wissen, daß sie hier ein Vertrauenskapital ihr eigen nennen, das die Konkurrenz nicht hat. Sie wissen aber auch, daß man ein solches Vertrauenskapital nicht aufs Spiel setzen darf. Bei einer mit diesen Mitteln gestalteten Pflege der Beziehungen zu Journalisten brauchen Sie keine Befürchtungen zu haben, daß die Berichterstattung unkorrekt verlaufen wird.

In diesem Zusammenhang sei erwähnt, daß Sie bitte *niemals einen Journalisten um die Vorlage des Manuskripts vor Druckreifstellung* bitten.

Diese Vorlage eines Manuskriptes vor Druckreifstellung mag es zwar in der Realität bei Fachzeitschriften geben – im Top-Journalismus begeht man allerdings eine Todsünde, wenn man einen Schreiber darum bittet. Denn so etwas kommt ja einer Vorzensur gleich.

Wer Bedenken hat, daß die Berichterstattung wirklich in allen Zahlen, Daten und Fakten stimmt, sollte sich der Mühe unterziehen, dem Journalisten eine telefonische Abstimmung vorzuschlagen, indem man Spezial-Themen noch einmal sorgfältig auf ihre Richtigkeit hin selektiert.

Das Prinzip der »kleinen Kreise« läßt sich natürlich nicht auf jede Unternehmensform übertragen. Bei Kleinbetrieben und Mittelstand wirkt solches Verfahren als originelle Heimlichtuerei und kann sogar zur Frustration führen. Das gilt auch für sogenannte *Exclusiv-Berichte,* die seitens eines Unternehmens dem Verlag angeboten werden. Natürlich freut sich der Journalist, daß er eine interssante Story »ganz exclusiv« bekommt. Für ihn und sein Blatt ist das sicherlich eine Bereicherung.

Leider übersieht der so handelnde Unternehmer, daß er in diesem Moment die anderen Presseorgane heftig vor den Kopf gestoßen hat.

Denn diese ärgern sich, daß nicht sie es waren, denen der Stoff angeboten wurde. Da bleibt es nicht aus, daß sich manches Unternehmen mit seinem Exclusivbericht in der umgebenden Medienlandschaft ins Abseits katapultiert hat.

Anders ist das natürlich, wenn ein Journalist einen Exclusiv-Beitrag erarbeitet und von sich aus an den Unternehmer herantritt. In dem Falle ist es natürlich legitim, daß ihm der Unternehmer alle Fragen beantwortet. Und es ergibt sich auch, daß man bis zur Veröffentlichung dieses Beitrages Stillschweigen bewahrt, damit der initiierende Journalist den Ruhm für sich alleine buchen kann und kein Kollege zur gleichen Zeit das gleiche vorstellt.

4. Zusammenfassung

Peter J. Schmidt, Journalist bei IMPULSE hat einmal über den Umgang mit Journalisten eine schöne Zusammenfassung geschrieben, die ich Ihnen nicht vorenthalten möchte:

»Die Presse ist ein Instrument, auf dem man herrlich spielen kann. Ein einzelner Journalist aber kann für Sie – wenn der Vergleich erlaubt ist – immer nur wenige Tasten anschlagen. Konzentrieren Sie Ihr Vertrauen also nicht nur auf einen Journalisten, sonst wird aus Ihrer Pressearbeit niemals ein Klavierkonzert.«

Teil III

1. Öffentlichkeitsarbeit spielt sich nicht nur in der Presse ab

In den vorausgegangenen Kapiteln haben wir uns sehr intensiv mit den Journalisten beschäftigt, die sicherlich der wichtigste Faktor sind, um die Öffentlichkeitsarbeit zu publizieren. Das soll aber nicht davon ablenken, daß Öffentlichkeitsarbeit sich nicht »nur« in den Medien abspielt. Sie ist schließlich das übergeordnete Dach dieses Tätigkeitsfeldes.

Weil der Begriff der »Öffentlichkeitsarbeit« immer tendenziell der Presse-Arbeit zugeordnet wird, wird er auch so häufig falsch definiert. Aus den USA, die in Sachen Kommunikation schon immer ihrer Zeit voraus waren und hinter denen wir im 5-Jahres-Abstand hinterherhinken, stammt neuerdings das Berufsbild des »Informations-Managers«.

Dieser Begriff ist sehr viel besser als der des »Öffentlichkeitsarbeiters« dazu geeignet, deutlich zu machen, daß das Aufgabenfeld für einen solcherart titulierten Mitmenschen größer ist, als man gemeinhin glaubt.

Der Informations-Manager hält sämtliche kommunikativen Fäden des Unternehmens in der Hand. Er koordiniert Werbung, Verkaufsförderung und Öffentlichkeitsarbeit. Er sorgt damit nach innen für ein gutes Betriebsklima, für informierte Mitarbeiter, für einen reibungslosen Informationsfluß. Und er schafft es darüber hinaus, diese Informationen auch nach außen zu tragen.

»Informationen« sind – das weiß man heute, für die Führung eines Unternehmens oftmals wichtiger als Kapital oder technisches Know-how. Wer zur rechten Zeit die richtigen Informationen hat, kann Märkte erobern. Was nützt Ihnen die schönste Fabrik, wenn Sie keine neuen Ideen für die Produktion haben. Solche Ideen entstehen aber erst, wenn hinreichendes Wissen über mögliche Märkte, Wettbewerbsverhalten und Zukunftsperspektiven vorliegen. Der Transfer von Informationen von innen nach außen und umgekehrt ist eine wichtige Komponente im unternehmerischen Alltag geworden.

Leider haben das in Deutschland noch viel zu wenige Unternehmen begriffen. Hier verharrt man immer noch in der traditionellen Struktur des »Presse-Referenten«, des »Presse-Beauftragten« und wenn es hoch kommt des »Leiters der Abteilung für Öffentlichkeitsarbeit«.

Deshalb sei all denen, die dieses Buch lesen und die als eher progressiv zu charakterisieren sind, die dringende Empfehlung gegeben, vom Klischee Presse-Arbeit abzurücken und mehr in Richtung »Informations-Management« zu denken.

Damit haben Sie einen wichtigen Schritt getan, die Zukunft zu meistern!

Und diese Zukunft verlangt viel vernünftige Kanalisierung von Wissen und Information. Denn wir reden immer von der *Informationslawine* und übersehen dabei völlig, daß wir schon *mitten drin stecken.* Das Wissen, das auf uns einströmt, wird nicht nur jährlich größer, es potenziert sich. Die ›Transportwege‹, die dieses Wissen nimmt, werden immer stärker belastet. Die Entwicklung der Datenbanken ist sicherlich ein erster Schritt, die riesige Fülle an Wissen zu speichern, zu kanalisieren. Doch diese Datenbanken sind bei weitem noch nicht ausreichend, auch in vielen Unternehmen muß man sich der Tatsache bewußt werden.

Was den Informationsfluß angeht, so kann man unser heutiges System mit dem einer Autobahn vergleichen. Solange nur wenige Autos unterwegs sind, verläuft der Verkehr durchaus flüssig. Je mehr Autos aber auf die Bahn wollen, desto stockender geht es weiter. Es kommt der Punkt, der zu einem Kollaps führt, an dem »nichts mehr geht«. So ähnlich ist es mit dem Informationsfluß. Auch dieser erfolgt in vielen Betrieben noch auf viel zu »alten« Wegen, die nicht geeignet sind, die Fülle an Informationen zu transportieren.

Beachten Sie bitte nachfolgende Beziehungsgruppen, die die Öffentlichkeitsarbeit – das Informations-Management – zu bedienen hat:

1. Die Kollegen:
   - derzeitige Mitarbeiter
   - zukünftige Mitarbeiter
   - Arbeitnehmer-Organisationen
   - Pensionäre
   - freie Mitarbeiter und Berater
   - die Nachbarn, die Familien der Mitarbeiter
2. Der »Geldadel«:
   - Banken
   - Investoren
   - Finanzpresse
   - Leasing-Gesellschaften
   - Berater
   - Gläubiger
   - Händler
3. Das Wirtschaftsleben:
   - Kunden
   - Lieferanten
   - potentielle Geschäftspartner
   - Wirtschaftspresse

- Wettbewerber

4. Meinungsbildner:
- Mitarbeiter
- Medien
- Interessengruppen (Gewerkschaften)
- Verbraucher-Organisationen
- Fachverbände
- Unternehmensverbände

5. Politik – Verwaltung:
- Behörden
- politische Verwaltung
- Politiker in den Städten und Gemeinden
- Bund und Länder

6. die »öffentliche Meinung«:
- Regional, national, mit dahinter stehenden Presse
- Kirchen, soziale Institutionen

Jedes Unternehmen – nicht nur die größten – steht im »Kräftespiel« mit diesen Beziehungsgruppen, haben wirtschaftliche, soziale, gesellschaftliche und monetäre Interessen zu berücksichtigen. Das heißt, die Information zwischen den Gruppen ist das Schmieröl des Erfolgs. Aber ebenso wie in unserem Privatleben die Kommunikationsfähigkeit immer stärker abnimmt, so nimmt auch im Unternehmen die Fähigkeit zum partnerschaftlichen Dialog immer mehr ab.

Viel zu viele Mitarbeiter in viel zu vielen Unternehmen haben zwischenzeitlich den Überblick über das Ganze verloren. Sie sitzen an irgendeiner Spezialistenstelle und wissen nicht mehr, warum sie den einen oder anderen Handgriff ausführen. Denn die Zusammenhänge im betrieblichen Ablauf sind ihnen unbekannt. Bei Banken, Investoren und Meinungsbildnern finden wir genau das gleiche Dilemma. Man verfügt über Halbwissen, es fehlt eine Globalkenntnis.

Hier setzt die eigentliche Öffentlichkeitsarbeit an, die natürlich auch den Journalisten benötigt, wenn es um die Publizierung geht. Aber wenn die übergeordnete Dachdisziplin nicht stimmt, dann kann die Presse-Arbeit »unten« auch nicht richtig sein.

Man darf den Menschen, den Mitarbeiter nicht vergessen, wenn es um Öffentlichkeitsarbeit geht. Nicht Presse-Ausschnitte sind bedeutsam, um den Erfolg einer Abteilung Öffentlichkeitsarbeit zu dokumentieren; die Kommunikation in den eigenen Reihen ist oftmals sehr viel wichtiger, weil sie die Effizienz des Betriebes enorm erhöhen kann.

Darüber hinaus bedenke man, daß der Mensch von den 24 Stunden eines Tages etwa acht Stunden im Büro verbringt. Rund die Hälfte seiner aktiven Zeit, und dann noch die wichtigsten Jahre seines Lebens, verbringt er am Arbeitsplatz, der damit aber auch zur Drehscheibe von Informationen und Kommunikation wird.

Damit ist der Arbeitsplatz ein ganz entscheidender Bestimmungspunkt im Leben eines Mitarbeiters. Aus diesen Gründen ist es so wichtig, daß die Öffentlichkeitsarbeit sich des Mitarbeiters und der vielen weiteren Beziehungsgruppen annimmt, die damit in Verbindung stehen. Wenn durch sinnvolle Kommunikation und ein positives Betriebsklima die wirtschafliche Kraft eines Unternehmens gesteigert wird, dann ist das ein voller Erfolg.

Eine Informationspolitik braucht ihren ›Informations-Rahmen‹. Ist dieser Rahmen klar, übersichtlich, kontinuierlich und informativ, wird er ein ebenso wichtiges Instrument im Betrieb wie der Warenfluß in der Fertigung. Solche Informationen müssen nicht immer gedruckt sein, sie können auch in Form von Besprechungen und offiziellen Diskussionsrunden weitergegeben werden. Wichtig ist jedoch, daß eine *Kanalisierung* erfolgt, und daß damit bei allen Beziehungsgruppen innerhalb und außerhalb des Unternehmens ein möglichst gleicher Informationsstand erreicht wird. Besonders in jungen und expansiven Unternehmen wird oft versäumt, ein solches Informations-Management aufzubauen. Einerseits fehlt oftmals dazu das Geld, weil es in der Produktion schnellere Rendite bringt, andererseits ergeben sich dadurch Reibungsverluste zwischen den einzelnen Abteilungen, die die Rendite wieder auffressen, die in der Produktion mittels Kapitaleinsatz erreicht wurde. Viele Unternehmer und Führungskräfte unterschätzen auch noch die Notwendigkeit des Informationsmanagements, weil es ja in dem Sinne keine sichtbare Einrichtung ist. Wer eine neue Maschine kauft, eine neue Werkshalle einrichtet, der hat das Gefühl, für sein Geld einen Gegenwert zu bekommen. Bei der Öffentlichkeitsarbeit ist das nicht so ›direkt‹ greifbar. Hinzu kommt, daß man beim Aufbau einer Stelle für Öffentlichkeitsarbeit (Informations-Management) auch stark von der Qualifikation des Mitarbeiters abhängig ist, der die Stelle besetzt. Es gibt kaum eine Möglichkeit, seine Qualifikation herauszufinden, weil seine Arbeit nicht überschaubar ist wie die eines Buchhalters, eines Betriebsleiters, eines Entwicklungsingenieurs. Leider laufen im PR-Bereich viel zu viele Figuren herum, die eher durch Zufall in dieses Metier gestoßen sind, entweder weil sie gut schreiben oder gut reden können. Das sind aber noch lange keine Kriterien, an denen man ihre Berufstauglichkeit ablesen kann.

»Informations-Management« oder »Öffentlichkeitsarbeit« kann man sicherlich nicht in einem Kapitel beschreiben. Es soll in diesem Zusammenhang nur deutlich gemacht werden, daß es sich hierbei um die Dachdisziplin handelt, der sich die Presse-Arbeit unterzuordnen hat.

Wenn das Fundament nicht stimmt, kann darauf kein Haus von Dauer gebaut werden.

Presse-Arbeit kann nur wirken, wenn auch außen das Gefühl vorhanden ist, daß der Nachrichtengeber ein Betrieb ist, der das volle Vertrauen seiner Beziehungsgruppen genießt. Wer also Presse-Arbeit für ein Unternehmen betreiben soll, der sollte wirklich zu Beginn seiner Tätigkeit eine Art *»Image-Bilanz«* erstellen, die mit buchhalterischer Pingeligkeit die einzelnen Beziehungsgruppen durchleuchtet, Positives wie Negatives aufdeckt und dann erst sollte er damit beginnen, Image-Korrekturen mittels Presse-Aktivitäten herbeizuführen.

Öffentlichkeitsarbeit und Pressearbeit gehören zusammen, sind in den meisten Fällen miteinander verbunden. Denn mittels der Öffentlichkeitsarbeit schaffen Sie erst einmal »das Ereignis«, damit Sie es dann per Presse-Arbeit zu einem imageprägenden Faktor ausarbeiten können.

2. PR-Erfolge kann man messen

Nein, nein, ich behaupte jetzt nicht, daß es doch die Ausschnitte sind, an denen man die Erfolge einer Presse-Abteilung messen kann. Sie sind höchstens ein sichtbarer Beweis für Fleiß, zeigen aber bei weitem nicht an, ob der PR-Verantwortliche auch tatsächlich erfolgreich war.

Natürlich sind solche Ausschnitte ein guter Blickfang für die Geschäftsleitung, und wer forsch genug ist, der rechnet in Anzeigenpreisen hoch, was das Unternehmen hätte zahlen müssen, wenn es die gesamten Zeilen als Anzeigenraum hätte kaufen müssen. Klassische PR-Leute rümpfen dabei zwar die Nase, für mich ist das Hochrechnen jedoch immer noch ein zwar brutaler, aber höchst ehrlicher Weg, um zumindest den schnellen Nachweis des Erfolges zu bringen.

Feiner ist es, seinen Erfolg anhand der erreichten Image-Korrektur zu beweisen. Dafür braucht man nicht unbedingt ein Marktforschungs-Unternehmen, das mit viel Aufwand im Lesermarkt untersucht, welche Veränderungen sich ergeben haben. Das können Sie durchaus selber machen, wobei es gleich ist, ob Sie im kleinen regionalen Bereich tätig sind oder ein großes Unternehmen zu vertreten haben.

Der einfachste Weg beginnt mit einem sogenannten Polaritäten-Profil, einer Meßskala von zehn bis zwölf Begriffen, die Sie einer ausgewählten Personenschicht vorlegen. Die Leute sagen zu den einzelnen Punkten ihre Meinung. Die dabei ermittelten Werte werden dann durch eine Linie miteinander verbunden.

Wenn Sie auf diese Weise eine repräsentative Stichprobe gezogen haben, erhalten Sie daraus ein ziemlich klares Profil, wie es um das

Image Ihres Unternehmens bestellt ist. Und Sie erkennen auch, in welchen Bereichen eine Korrektur des Image notwendig ist. Zeigt diese »Fieberkurve«, daß Ihr Unternehmen »eher konservativ« eingestuft wird, so wird die Öffentlichkeitsarbeit und damit auch die Presse-Arbeit darauf abzielen, diesen Punkt zu verändern, indem man möglichst progressive Presse-Aktionen fährt, die eine solche Korrektur bewirken. Kommt das Polaritäten-Profil zu dem Ergebnis, daß Sie »eher bürokratisch« eingestuft werden, dann wird auch hier mittels Presse-Aktivitäten dafür Sorge getragen, daß sich dieses Image mehr in Richtung »unbürokratisch« verändert.

Hier ist ein solches Polaritäten-Profil für den Hausgebrauch:

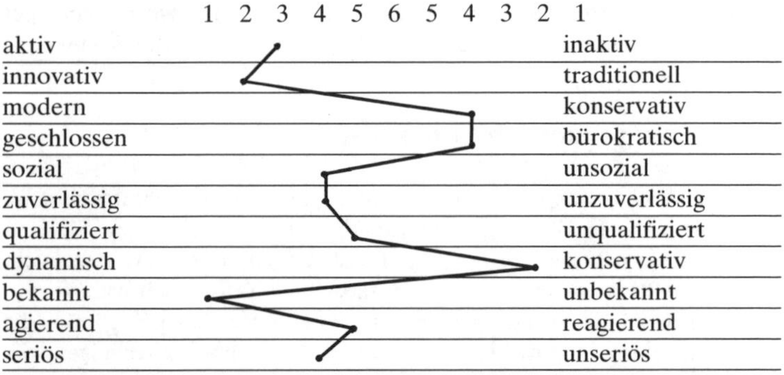

Wenn Sie nun Ihre Aktionen durchführen und die Presse über einen Großteil Ihrer Aktivitäten berichtet, so wird sich das Image Ihres Unternehmens langsam, aber beständig verändern. Schon nach dem ersten Jahr der Presse-Arbeit werden Sie bei einem zweiten Polaritäten-Profil ablesen können, ob Sie mittels der geplanten ??? tatsächlich die angestrebte Korrektur erreicht haben. Keiner kann erwarten, daß sich innerhalb von nur zwölf Monaten Weltbewegendes ändert – das wird kein PR-Mann schaffen. Aber er wird in der Lage sein, Trends einzugleisen, die zu einer langfristigen Änderung führen können.

Etwas aufwendiger ist die selbstgemachte Marktforschung per Fragebogen.

Die Idee des Polaritäten-Profils zeigt Ihnen, wie wichtig es ist, vor jeder Presse-Arbeit etwas über das eigene Unternehmen in Erfahrung zu bringen. Denn man braucht ja irgendwelche Basis-Aussagen aus der Gruppe derer, die man zukünftig mit Informationen bedienen will. In

Ergänzung zum Polaritäten-Profil gibt eine selbstgemachte Marktforschungsstudie Hilfestellung bei der Basis-Orientierung. Auch hier braucht man nicht unbedingt ein akademisch ausgebildeter Marktforscher zu sein, um eine vernünftige Aktion auf die Beine zu stellen. Vielen hilft der sogenannte »gesunde Menschenverstand«. Verschicken Sie einige hundert Fragebögen, mit Hilfe derer Sie sich direkt wie indirekt schlau machen, welche Einstellung Ihre Beziehungsgruppen zum Unternehmen haben. Nun werden die Leute allerdings nicht die Mühe auf sich nehmen, Ihnen zu antworten, wenn nicht ein kleiner Anreiz dazu gegeben ist. Ich empfehle Ihnen, zu diesem Zweck jeden zurückgeschickten Fragebogen mit einem Geschenk im Werte von bis zu 30,– DM zu honorieren. In einem Konsumgüter- oder Investitionsgüterbetrieb findet sich oft eine Kleinigkeit aus eigener Produktion, die hier zum Einsatz gelangen kann.

Wenn Sie auf diese Wiese mindestens hundert, besser sogar einige hundert Bögen zurückerhalten, dann können Sie mit ziemlicher Treffsicherheit sagen, wie es um das Image Ihres Unternehmens bestellt ist. So präzise wie die Informationen aus dem Kreise der professionellen Marktforscher ist Ihr Endergebnis sicherlich nicht. Aber das ist oftmals auch nicht so wichtig, weil es ja nicht darum geht, eine Wahl zu gewinnen, sondern *Schwachstellen aufzudecken.*

Wer die tendenzielle Stimmung »draußen« kennt, der kann sich in der Wahl seiner Methoden und der Medien darauf einstellen.

»Intelligente Presse-Ausschnitt-Kontrolle«

Am Sammeln von Presse-Ausschnitten führt kein Weg vorbei. Da diese sowieso bei Ihnen eintrudeln, sollte man zumindest dafür Sorge tragen, daß sie auch intelligent ausgewertet werden. Der »normale« Weg ist die regelmäßige Sammlung und das fotokopierte Versenden innerhalb des Betriebes oder an Geschäftsfreunde. Der intelligente Weg ist, diese Ausschnitte nach dem bereits vorweg benannten Polaritäten-Profil zu bewerten.

Analysieren Sie – aber ehrlich – wie Ihr Unternehmen in diesen Presseberichten abgeschnitten hat, ob der Tenor der Berichterstattung positiv oder negativ ausgefallen ist und tragen Sie diesen Tenor in Ihr Polaritäten-Profil ein. Auch aus dieser Analyse läßt sich nach einiger Zeit ablesen, ob sich bei den Medien eine Veränderung in der Berichterstattung ergeben hat, die ja dann in letzter Konsequenz auch eine Veränderung des Stimmungsbildes beim Verbraucher herbeiführen wird.

Besonders weitsichtige PR-Leute analysieren nicht nur die Eigen-Aktivitäten, sondern lassen von den Zeitungsausschnitt-Büros auch die Schnipsel des Wettbewerbs sammeln. Wenn diese gleichlautend nach gleichem Schema analysiert werden, hat man eine Vorstellung davon, wie das Image des Wettbewerbers sich in den Medien entwickelt und kann seine eigene Stellung im Markt realistischer einschätzen.

Die persönliche Befragung einer kleinen Gruppe.

Ein weiterer Weg, an Informationen über das Image des eigenen Unternehmens zu gelangen, ist die Gruppendiskussion mit maximal zehn Leuten. Viele Unternehmen gehen heute dazu über, regelmäßige Konsumenten-Stammtische zu schaffen, an denen sie sorgsam zuhören, wie sich die Konsumenten zu den Produkten oder Leistungen des Unternehmens äußern. Natürlich muß auch hier ein kleiner finanzieller Anreiz winken, denn umsonst macht sich heute keiner mehr auf den Weg, um bis zu zwei Stunden lang im Rahmen einer Gruppe zu diskutieren. Führen Sie solche Gespräche auch nicht alleine, sondern buchen Sie für ein vernünftiges Tageshonorar gleich noch einen Psychologen, der das Gespräch mit wahrnimmt und aus psychologischer Sicht heraus definiert. Die eingeladenen Gäste sollten etwa 30,– DM Honorar erhalten und zusätzlich ihr Fahrgeld ersetzt bekommen.

Diesen Kreis lassen Sie richtig »toben«, lassen die Leute von der Leber weg erzählen, was sie von Ihrem Unternehmen oder von Ihnen persönlich halten. Wenn sich die ersten Berührungsängste gelegt haben, werden Sie feststellen, daß da viele Informationen zu Tage kommen, die Sie im Unternehmen selbst nie und nimmer erhalten hätten. Ihr Psychologe ist dabei »das Schmieröl«. Ihm wird es immer wieder gelingen, durch eine klare Fragestellung die Diskussion weiter in Gang zu halten. Nach spätestens zwei Stunden sollten Sie aufhören, denn dann ist die Gruppe in der Regel verbal ausgeblutet und es kommen nur noch Gemeinplätze heraus, die für die Arbeit nicht taugen. Es empfiehlt sich durchaus, auch die Geschäftsleitung während einer solchen Gruppendiskussions-Runde mal »Mäuschen« spielen zu lassen. Manch ein Geschäftsführer, der ansonsten im ›Glashaus‹ sitzt, wird auf diese Wiese wieder einmal an die Basis zurückgeführt . . .

Ihr Miet-Psychologe sollte dieses Gespräch dann nachträglich analysieren und daraus einen Text aufbereiten. Aber bitte nicht mehr als eine Seite, denn je weniger geschrieben ist, desto klarer sind die Aussagen und desto intensiver wird man sich um deren Bearbeitung kümmern.

3. Egal, was Sie machen – Hauptsache ist, Sie machen was!

Es ist gar nicht so wichtig, für welchen Weg Sie sich entscheiden, um die Resonanz zu messen. Wichtiger ist, daß Sie tatsächlich *etwas machen!* Denn ohne Echo vom Markt kann man keine richtige Presse-Arbeit durchführen. Das reine Verschicken von Presse-Informationen, die sich gerade aus der Arbeit heraus ergeben, hilft Ihrem Unternehmen kaum etwas. Es ist zwar sehr schön, sich einmal abgedruckt zu sehen, nutzt aber wenig, wenn nicht klare Ziele dahinterstecken. Die meisten Presse-Kampagnen werden auch heute noch planlos gestartet. Kaum macht man sich die Mühe, *zielgerichtete* Presse-Arbeit zu realisieren. In viel zu vielen Presseabteilungen fehlt immer noch die Philosophie des Informations-Managements, werden die Aufgaben der Öffentlichkeitsarbeit immer noch nicht so umfassend gesehen, wie ich Sie Ihnen darzustellen versuche. Auch auf Seiten der Geschäftsleitung wird die Öffentlichkeitsarbeit gern falsch eingeschätzt. Wenn aber eine Abteilung oder die Tätigkeit eines Mitarbeiters falsch beurteilt werden, dann darf man sich nicht wundern, wenn auch das Aufgabenfeld in der betrieblichen Stellenbeschreibung oftmals unrichtig dargestellt ist und viel zu wenig Freiraum zuläßt, in dem sich der zuständige Mitarbeiter »tummeln« kann. In der Endkonsequenz äußern sich diese »Programmierfehler« in einer falschen und fehlgeleiteten Informationspolitik, die zwar manche Zeitungsspalte füllt, aber dem Unternehmen per Saldo nicht weiterhilft.

4. Zur Presse-Arbeit gehört die Unternehmens-Philosophie

Wenn Sie ein Buch schreiben, einen Film drehen, ein Theaterstück initiieren, so brauchen Sie ein Thema, eine große Dachaussage, an der sich die Story aufhängt. Selbst wenn Sie nur einen Aufsatz verfassen, muß irgendwann einmal vorab ein Thema vorhanden sein. Wer nur ein einziges Mal in der Presse vertreten sein will, für den reicht es, ein tagesaktuelles Thema zu nehmen und daraus eine Eintagsfliege zu machen. Diese Nachricht wird sicherlich auch gedruckt, wird Resonanz finden, aber innerhalb einer kurzen Zeitspanne wieder in Vergessenheit geraten. »Nichts ist so alt wie die Tageszeitung von gestern«, ist ein Kernsatz aus der Verlagsbranche. Und tatsächlich gibt es kaum einen Mitmenschen, der sich mit der Zeitung von gestern beschäftigt. Presse-Arbeit, die sich nur als Eintagsfliege versteht, erreicht relativ wenig. Da sieht sich das Unternehmen zwar gedruckt, doch eine stabile Image-Verbesserung ist aus dieser Publizität nicht zu erwarten! Deshalb muß die Presse-Arbeit neben dem direkten Ziel der Informationsvermittlung in einem ganz speziellen Punkt noch ein übergeordnetes Dach haben. Ein solches Dach kann beispielsweise die »Progressivität« sein, die »Innovationsfreude« oder die »Internationalität«. Ist eine solche *Unternehmens-Philosophie* vorhanden, hat es auch der PR-Mann leichter, seine Ziele zu verwirklichen. Denn seine Berichterstattung dient jetzt einem übergeordneten Ziel. Die reine Produkt-Nachricht ist plötzlich nur noch der Aufhänger für ganz andere, und zwar *unternehmerische Ziele.* Leider denkt man in vielen oft traditionell gewachsenen Unternehmen über die eigene Unternehmens-Philosophie gar nicht mehr nach. Man macht zufriedenstellende Geschäfte und das lähmt bekanntlich die Schaffensfreude.

Deshalb kommen solche Ideen, zu einer Unternehmens-Philosophie zu finden, oft von den PR-Leuten. Nun kann man nicht willkürlich versuchen, sich mit irgendeinem philosophischen Mäntelchen zu bedecken und dies als den großen Unternehmens-Anspruch für sich buchen. Eine Unternehmens-Philosophie muß glaubwürdig wirken und die tatsächlichen Möglichkeiten des Unternehmens widerspiegeln. Ein biederer Eisenwarenhersteller aus dem Bergischen Land wird kaum als »progressiver Marktmotor« eingeschätzt, sondern eher als »solider handwerklich-orientierter Familienbetrieb«.

Das heißt: *Wer zu einer Unternehmens-Philosophie finden will, muß einen ganz eindeutigen Kompetenz-Anspruch des Unternehmens herausfinden!*

Man muß die personellen Möglichkeiten, die Wettbewerbssituation, das Marktverhalten und vieles mehr ins Kalkül ziehen, bis die Entscheidung fällt, in welche Richtung sich das Unternehmen profilieren könnte. Aber man sollte es tun. Denn wenn man seine Unternehmens-Philosophie gefunden hat, dann strahlt diese auf alle Bereiche des Unternehmens ab. Wer sich für die Marschrichtung entschieden hat, »progressiver Marktmotor« zu sein, der wird dafür alle Weichen stellen: das Personal, das diesen Anspruch erfüllt, wird über kurz oder lang in den Büros vorzufinden sein. Die Produktion des Unternehmens wird in diese Richtung ausgebaut. Die Werbung erhält ganz spezielle Komponenten, die diesen Anspruch dokumentieren. Und auch die Presse-Arbeit hat endlich einen Ansatz, unter dem sie langfristig wirken kann. Nicht mehr jede Allerweltsnachricht wird dann zum Aufhänger genommen, sondern nur die Nachricht, mit der sich das Image des »Progressiven« auch tatsächlich aufrechterhalten läßt.

Die Schaffung einer Unternehmens-Philosophie ist im Prinzip eine

Aufgabe, die vom Marketing oder von der Unternehmens-Spitze in Angriff genommen werden muß.

Ist das nicht der Fall, so hat der für die Öffentlichkeitsarbeit verantwortliche Mitarbeiter die Möglichkeit, bei seiner Einstellung mit der Frage: »Nach welcher Unternehmens-Philosophie soll ich denn das Unternehmen darstellen?«, für die Schaffung eines solchen Kompetenz-Anspruches zu sorgen.

Eine Unternehmens-Philosophie sollte nicht nur als gesprochenes Wort im Raum stehen. Wem es ernst ist mit einer solchen »Hausnummer«, der faßt diese Faktoren in einer kleiner Broschüre zusammen, die allen Mitarbeitern und Freunden des Hauses zugestellt wird. Das gedruckte Wort hat auch den Vorteil, daß man nicht mehr von heute auf morgen zu einem anderen Ufer driftet und nach einer neuen Positionierung strebt. Wie ein Gesetz steht die Philosophie vor Augen – wobei ich nicht so dogmatisch eingestellt bin, nicht auch Verständnis dafür zu haben, wenn dieses »Gesetz« mal übertreten wird . . .

5. Von der Qualifikation des Presse-Mannes hängt der Erfolg in den Medien ab

Daß man in die Presse kommt, hängt nicht nur von einer guten Nachricht oder dem Fleiß des mit der Pressearbeit Beauftragten ab. Wesentlich ist auch die Persönlichkeit dessen, der die Presse zu motivieren hat. In der Regel sitzen in den Redaktionsstuben nicht gerade die Langeweiler der Nation herum, sondern durchaus kreative und flexible Leute, denen es Spaß macht, täglich an neuen Aufgaben zu werkeln. Journalismus prägt seine Macher, läßt sie weltoffen, unterhaltsam, feinsinnig werden. Journalisten sind Leute, die um sich herum gerne ebenfalls konstruktive Menschen haben, mit denen sie diskutieren können, die Persönlichkeit ausstrahlen und nicht durch allzu puritanische Einstellung zum Leben gekennzeichnet sind. Am ehesten ist der Journalist in seiner Mentalität noch mit dem Unternehmer selbst zu vergleichen, der engagiert, hemdsärmelig und bienenfleißig seinen Betrieb aufgebaut hat. Mit solchen Leuten macht Diskutieren und Arbeiten Spaß. Wer also Presse-Arbeit zu übernehmen gedenkt, der wird immer kraft seiner Persönlichkeit den Erfolg dieser Arbeit mit beeinflussen. Der Typ mit der Buchhalter-Mentalität, der introvertierte junge Wissenschaftler oder der brave Familienvater sind sicherlich nicht die Dialogpartner, auf die Journalisten nun täglich warten. Leute mit solcherart ausgeprägter Mentalität sollten möglichst immer Nein sagen, wenn Ihnen ein Job in einer Pressestelle angeboten wird. Denn sie würden an der Arbeitsauffassung und an den »Kollegen« relativ schnell scheitern.

Richtige PR-Leute sind kommunikative Leute bis in die letzte Faser ihres Körpers. Sie denken schon beim morgendlichen Duschen darüber nach, wen sie gleich vom Büro aus anrufen werden, welche Pressemeldung sie welchem Verlag unterjubeln wollen. Die schreiben nachts noch ein Statement und durchforsten das Unternehmen nach neuen Ideen, wenn die anderen alle in der Kantine beim ›Kalorien-Reinschmeißen‹ versammelt sind. Richtige PR-Leute haben auch eine positive Grundeinstellung zum Leben, sind seelische Stehaufmännchen und mit einem sensitiven Gespür ausgestattet, welche Nachricht bei welcher Zeitung Karriere machen wird. »Radfahrer« sind genauso wenig richtig für die Arbeit wie die ständigen »Ja-Sager«. Die fähigsten Mitarbeiter sind oft unbequem in der Diskussion, setzen stets ihre Standpunkte durch, und verstehen sich keineswegs als Briefträger zwischen Redaktion und Unternehmensleitung.

Zur intellektuellen Mischung muß auch ein gerüttelt Maß an verkäuferischem Talent hinzukommen. Denn der Kontakt zur Presse setzt auch voraus, daß man kontaktfreudig ist und dem Journalisten, der ja von vielen Botschaften überschüttet wird, die des Unternehmens *so* schmackhaft zu machen versteht, daß er sich für den Abdruck eben dieser entscheidet. Das ist »Verkaufen« in seiner klassischen Form. Sie hat sich mit seiner Ware in einem Überangebot durchzusetzen. Bevor Sie sich also entschließen, einen introvertierten Dr. phil. auf den Stuhl des PR-Mannes zu setzen, sollten Sie stets ernsthaft überlegen, ob nicht ein cleverer Typ aus der Verkaufsabteilung den Platz besser und effektvoller besetzen könnte.

Die Unternehmer haben längst erkannt, daß von der Qualifikation des PR-Mannes sehr viel abhängt. So hat 1982 der BDW – Deutscher Kommunikationsverband – bei deutschen Unternehmern und Führungskräften eine Untersuchung gestartet, um herauszufinden, welche Anforderungen das Management an den PR-Mann stellt: Dabei kamen folgende Daten heraus: Mehr als 50 % der Befragten legten dar, daß der PR-Mann primär journalistische Fähigkeiten haben müßte (Ich behaupte zwar, daß dies nicht notwendig ist, aber es kann sicherlich auch nicht schaden, selbst als Journalist gearbeitet zu haben, denn dann weiß man, wie es auf der anderen Seite des Schreibtisches aussieht.)

Etwa ein Drittel benennt darüber hinaus Kontaktfreudigkeit und Aufgeschlossenheit als Eigenschaften des idealen PR-Chefs.

Damit sind die beiden Antwortgruppen erwähnt, auf die die höchsten Nennungs-Grade entfallen. Aber noch eine ganze Reihe weiterer Antworten wurden in diesem Zusammenhang angeführt:

- Gute Kontakte zu den Medien, zur Presse, vielfältige Verbindungen
- Breit angelegtes Wissen, gute Allgemeinbildung, Lebenserfahrung
- Gefestigte Persönlichkeit (Ausstrahlung)
- Flexibilität, Einfallsreichtum
- Fähigkeit zu überzeugen
- Intelligenz, Fähigkeit zum analytischen Denken
- Durchsetzungskraft, Stehvermögen
- Großes Engagement für seine Arbeit, Einsatzbereitschaft
- Besonnenheit, Realismus
- Angenehme Persönlichkeit, sympathische Erscheinung
- Breit gefächerte Kenntnisse auf dem Gebiet der PR und angrenzenden Bereichen wie Werbung und Verkaufsförderung
- Einfühlungsvermögen in die Belange der einzelnen Zielgruppen, Sensibilität für gesellschaftliche Veränderungen
- Gute Kenntnis der Firma und ihrer Produkte
- Vertrauenerweckende Erscheinung
- Unternehmerpersönlichkeit, Eignung für eine hochangesiedelte Position in der Unternehmenshierarchie, Fähigkeit zur Menschenführung und Koordination.

  Quelle: Marketing Journal 5/82, Seite 477

Ein Supermann also, der PR-Chef, wenn es nach den Wünschen deutscher Unternehmensleitungen geht. Mit dem, was diesem Mann hier abverlangt wird, kann er getrost Konzernchef werden und muß sich gar nicht erst auf dem mittleren Rang im Unternehmen abquälen. Natürlich gibt es stets nur eine Person, die alle diese Voraussetzungen erfüllt. Diese Mischung allerdings sorgt dafür, daß die Presse-Arbeit positiv beeinflußt wird. Es ist wahrlich nicht die saubere journalistische Schreibe allein notwendig, um ein erfolgreicher Presse-Mann zu sein. Viele Faktoren mehr gehören dazu, um tatsächlich vorzeigbare Erfolge zu haben.

Die *Persönlichkeit* ist sicherlich ein wichtiger Faktor, wenn es darum geht, Resonanz in der Presse zu haben. Deshalb ist der Mitarbeiter-Auswahl in diesem Bereich mindestens ebensoviel Aufmerksamkeit zu schenken wie der Einbindung der Presse-Arbeit in ein übergeordnetes Informations-Management.

Fachliche Voraussetzungen:

Neben den Anforderungen an die Persönlichkeit sind für diesen Job natürlich auch die fachlichen Voraussetzungen wichtig. Die Studie des BDW ergab seinerzeit, daß die drei nachstehend benannten Ausbildungs- und Erfahrungsbereiche als wichtigste Voraussetzungen angesehen wurden:

- Gute Kenntnisse auf den Gebieten Marketing und Werbung
- Journalistische Ausbildung, Berufserfahrung als Journalist
- Branchenkenntnisse durch bisherige Berufserfahrung.

Erfreulich ist, daß nur die wenigsten Betriebe davon ausgehen, daß der PR-Mann ein abgeschlossenes Studium benötigt, um erfolgreich wirken zu können. Natürlich kann ein Studium der Kommunikationswissenschaften oder der Wirtschaftswissenschaften nicht schaden, eine Notwendigkeit dafür ist allerdings nicht gegeben. Persönlichkeit sticht akademisch-anerzogenes Wissen in diesem Falle aus!

6. Ohne Kompetenz ist der PR-Mann ein Strohmann

Nicht nur der richtiger Mitarbeiter ist entscheidend für den Erfolg der Presse-Arbeit. Er muß auch mit den entsprechenden Kompetenzen ausgestattet sein. Denn mit der Einrichtung einer PR-Stelle ist es schließlich nicht getan. Der erfolgreiche PR-Mann muß der verlängerte Arm der Geschäftsleitung sein. Er muß praktisch alles wissen, was mit dem Unternehmen in Verbindung gebracht werden soll. Wenn Pressearbeit im Prinzip »Chefsache« ist, dann muß der PR-Mann zumindest als das »Sprachrohr des Chefs« operieren dürfen.

Wer also eine Informationsstelle im Hause einrichtet, der muß erst einmal an allen Schaltstellen dafür Sorge tragen, daß von nun an *nur noch diese Stelle* Informationen an die Öffentlichkeit gibt. In Unternehmen, die sich bisher um die Einrichtung einer solchen Institution nicht gekümmert hatten, stand oft vom Lehrling bis zum Vorarbeiter alles zur Verfügung, wenn es darum ging, Nachrichten zu verbreiten.

So geistern immer jede Menge Gerüchte und Halbinformationen in der Welt herum, die das Image des Unternehmens empfindlich anknabbern. Bereits die oberste Weisung an alle, daß dafür nunmehr *eine* Stelle vorhanden ist, macht einen Teil des PR-Erfolges aus.

Nun muß der PR-Mann im Unternehmen aber auch wirklich *alles sagen dürfen* und *die volle Unterstützung* der Geschäftsleitung hinter sich wissen. Denn wenn er beim Großbrand oder bei der gewerkschaftlichen Demonstration nicht in der Lage ist, den anrufenden Journalisten eine vernünftige Auskunft zu geben, dann wird er schnell als Niete entlarvt, als Strohpuppe der Unternehmensleitung, als Gallionsfigur ohne Kompetenz. PR-Leute müssen auch dann Antwort geben können, wenn eine Abstimmung mit der Geschäftsleitung nicht möglich ist.

Denn gerade in Problem-Situationen warten Presse und Öffentlichkeit auf schnelle und deutliche Aussagen. Wie negativ Institutionen wirken, wenn Sie im Krisenfalle keine vernünftigen Presse-Erklärungen abgeben können, erleben wir immer wieder bei Giftmüll-Skandalen, Reaktorunfällen, Schiffsunglücken und anderen Katastrophen-Situationen, die ja eigentlich »das« Tummelfeld für erfolgreiche PR sind.

Nur bei der Giftgas-Katastrophe im fernen indischen Bhopal, bei der viele hundert Menschen umkamen und Tausende verletzt wurden, habe ich einmal eine schnelle Presse-Erklärung erlebt. Bereits Stunden nach dem Unglück kündigte der Verursacher, die Union Carbide an, daß man sofort eine siebenstellige Summe für das Allernötigste bereitstelle und daß der Präsident persönlich mit dem Flugzeug unterwegs sei, um das Ausmaß des Schadens zu begutachten und entsprechende Schritte zur Wiedergutmachung einzuleiten! Abgesehen von der Tragik eines solchen Unglücksfalles war das ein exzellenter Presse-Auftritt, der wie kein zweiter das Unternehmen aktiv und sozial darstellte. Aus solchen Aktionen sollten deutsche Unternehmensleitungen und Behörden lernen, bei denen die Informationspolitik oft die seltensten Blüten treibt.

Mangelnde Kompetenz des Presse-Mannes reduziert die Erfolgsquote des Abdrucks ebenso wie mangelnde Persönlichkeit!

Einen schwachen Mitarbeiter lassen die einzelnen Abteilungen »am Fliegenfänger zappeln«, ignorieren seine Tätigkeit, halten Informationen zurück und amüsieren sich köstlich über das »Gebrabbel« des »Pressefritzen«. Schwache PR-Mitarbeiter haben einen schweren Stand. Ein guter Presse-Mann dagegen setzt sich nach innen durch, indem er mit einer Penetranz ohnegleichen recherchiert und nachfaßt und so seine Kompetenz ständig neu beweist. Gibt er sich jedoch auf, dann hat das ganze den Effekt eines Fliehkraft-Karussells, das ihn immer weiter an den Rand des Geschehens zieht und irgendwann »abwirft«.

Denn der PR-Mann, der aufhört sich durchzusetzen, erhält natürlich auch nicht mehr *die* Nachrichten, die er für optimale Presse-Beiträge benötigt. Die Folgewirkung ist, daß natürlich auch seine Presse-Beiträge nicht mehr von der inhaltlichen Substanz sind, als daß sich ein Abdruck lohnen würde, was wiederum die vorzeigbaren Ergebnisse beeinflußt. Wird weniger publiziert, verändert sich nicht nur das Image in der Öffentlichkeit, sondern auch die Einstellung der Unternehmensleitung zum PR-Mann. So dreht sich die Schraube immer nach unten, die Frustration beim PR-Mann wird ständig größer.

Zurück bleibt am Ende ein demotivierter Mitarbeiter, den der Beruf gebeutelt hat und der nur noch das Allernotwendigste macht, um seinen Arbeitsplatz zu erhalten (wenn ihn nicht die Resignation schon längst aus der Firma getrieben hat).

Durch Zähigkeit zur Kompetenz zu gelangen ist wichtig. Und Kompetenz ist ein wichtiges Merkmal, um in der Presse mit vielen erfolgreichen Berichten vertreten zu sein.

Recherchieren ist wichtiger als Schreiben!

In diesem Zusammenhang darf die Hauptaufgabe des PR-Mannes nicht unerwähnt bleiben. Nicht das Schreiben ist wichtig, denn das machen schließlich die Redakteure selbst. *Recherchieren* muß der Mitarbeiter können, um zu verwertbaren Ergebnissen zu gelangen. Mit den Augen eines Kontrolleurs und mit der Brille eines Journalisten muß er durch den Betrieb streifen. Er muß in Konferenzen mit absoluter Selbstverständlichkeit hineinschlüpfen dürfen. Nur wenn er viel sieht und weiß, ist er in der Lage, dieses Wissen weiterzugeben.

Von Philipp Rosenthal stammt eine Definition, was den guten Politiker ausmacht. Diese kann man getrost auch auf die PR-Leute übertragen:

> »Er muß das Bewußtsein der APO haben, die Toleranz eines liberalen Scheißers, die Ellenbogen eines Top-Managers und die Taktik eines Jesuiten.«

Zitat Ende.

Teil IV

1. Kommunikation geht immer vom Verbraucher aus

In der Werbung und sogar in der Verkaufsförderung akzeptiert man heute im Prinzip die klassische Regel, daß »Kommunikation immer vom Verbraucher ausgeht«! Die Zeiten, zu denen man alles und jedes verkaufen konnte, wenn man es nur intensiv genug anpries, sind lange vorbei. Der Markt hat sich ganz eindeutig vom Verkäufermarkt zum Käufermarkt gewandelt. Futurologen schätzen, daß im Jahr 2000 in der Bundesrepublik rund zwei Millionen unterschiedliche Produkte zu kaufen sind. Eine unvorstellbare Zahl – und dennoch sind wir von dieser Wirklichkeit nicht allzu weit entfernt. Wenn man bedenkt, daß die deutsche Sprache demgegenüber »nur« 500 000 Worte besitzt und der normale Mensch mit etwa 10 000 Worten seiner Sprache bestens bedient ist, dann bekommt die Dimension von den zwei Millionen Produkten eine noch erstaunlichere Dimension. Alle diese Produkte, deren Namen man sich nicht einmal mehr merken kann, wollen verkauft werden, strömen ganzheitlich oder in Spezialsegmentierung auf den Käufer ein. Damit hat die Kommunikation ihren eigenen Kollaps herbeigeführt, denn der Verbraucher ist überfordert, schlichtweg überfrachtet mit Aufforderungs-Appellen zum Kaufen. Selbst wenn der Wunsch vorhanden wäre, so würden Portemonnaie und persönlicher Raumbedarf nicht mitspielen. Ein jeder von uns müßte mehrfacher Millionär sein, um sich *alles* leisten zu können. Und selbst dann ginge das nicht, weil der Platz fehlt, diese vielen Dinge unterzubringen, zu pflegen, zu warten.

Vor Jahren machte der Begriff der »geheimen Verführer« die Runde, nachdem der amerikanische Werbefachmann Vance Packard darüber ein Buch verfaßt hatte. Dieser Begriff suggerierte uns, daß man tatsächlich mit den Mitteln der Kommunikation vielfältige Verbraucherschichten zum Kauf verführen könnte. Da wurden neueste Techniken vorgestellt wie zum Beispiel die nur vom Unterbewußtsein zu erfassende sekundenlange Einblendung von Werbe-Appellen in Kino-Filmen. Die »Beweisführung« dafür, daß sie geeignet seien, den Kauf eines Produktes X herbeizuführen, lieferte der Autor natürlich gleich mit. Es sah so aus, als seien die Profis aus dem Lager der Kommunikation imstande, bei entsprechendem Salär *jede Art* Ware an den Konsumenten zu bringen. In Amerika hat man Untersuchungen angestellt und herausgefunden, daß jeder Amerikaner pro Tag etwa 1 600 Werbeappellen ausgesetzt ist. Keine Frage, daß nur er nur einen Bruchteil wahrnimmt. Man schätzt, daß es etwa 5 % (also 80 Botschaften) sind, die tatsächlich wahrgenommen werden. Und nur die Hälfte davon (40 Botschaften) führt dazu, daß der Umworbene darauf positiv reagiert. Wieviele dieser Botschaften dann tatsächlich zum Kauf eines Produktes führen, fällt sicherlich hinter die Kommastelle.

Die »geheime Verführung« funktioniert angesichts der Massenkommunikation nicht mehr! Der Verbraucher der heutigen Zeit schottet sich innerlich ab gegen zu viele Werbeappelle. Es ist wie im normalen Leben – alles, was im Übermaß vorhanden ist, führt zur Verweigerung.

Was kann man dagegen tun? An der Menge der Botschaften, die auf den Verbraucher treffen, wird sich kaum etwas ändern. Die Chance liegt darin, sie inhaltlich so aufzubauen, daß sie vom Verbraucher *akzeptiert* werden. Heute werden immer noch zu viele Kommunikationsbotschaften nach dem Prinzip der »Pauk-Methode« erarbeitet: Immer einhämmern – wie in der Schule – bis das Maß voll ist, der Konsument es kapiert hat. Solche Methoden sind zwar auch im schulischen Alltag strittig, gehören aber heute noch zur Standard-Kommunikations-Konzeption der Wirtschaft.

Bei der *Akzeptanz-Methode* aber geht man anders an die Dinge heran. Hier wird auf die Interessenlage des Verbrauchers geachtet. Er wird vorsichtig in das Thema eingeführt und erhält unterschwellig Kaufimpulse, die letztlich dazu führen, daß er das »Thema« *akzeptiert.* Er hat nicht das Gefühl, von einer Werbewalze überrollt zu werden, sondern aus freien Stücken zu entscheiden.

Mit der Akzeptanz-Methode zu arbeiten, ist auch die richtige Einstellung für die Presse-Arbeit. Das bedeutet selbstverständlich, daß man nicht mehr seine eigenen Interessen in den Vordergrund schiebt, sondern alle Aktionen *aus der Sicht des Konsumenten* heraus geplant werden. Es setzt eine gewisse persönliche Souveränität voraus, in die Rolle des Verbrauchers zu schlüpfen. Ich erlebe allzuoft in der Praxis, daß viele Leute zwar meinen, die Rolle des Verbrauchers zu übernehmen, wenn sie Kommunikations-Maßnahmen erarbeiten, dies aber auf jeden Fall *nur halbherzig* tun! Immer wieder bricht das Ego durch, immer wieder will man Eigeninteressen in die Kommunikation einbauen, die den Konsumenten im Grunde in keiner Weise interessieren. Otto Normalverbraucher sucht immer nur den persönlichen Nutzen, den er aus der einen oder anderen Situation für sich ziehen kann. Alles andere läßt ihn kalt! Aber blättern sie einmal irgendeine Publikation durch, ganz gleich, ob aus dem Werbe- oder PR-Bereich, und analysieren Sie, welche Botschaften wirklich nur den reinen konsumentenbezogenen Nutzen vorweisen!

Sie werden feststellen, daß nur wenige Aussagen diesen Anspruch erfüllen. Weil das Ergebnis so spärlich ausfällt, ist auch heute noch Platz für gute Kommunikation, die den Erwartungen des Verbrauchers entspricht. Wer den Verbraucher wirklich ernst nimmt, ihn in seiner Struktur begreift, wer seine Lebensart, sein Kaufverhalten, seine Persönlichkeit, seine Wünsche und Vorstellungen kennt und punktuell richtig darauf eingeht, hat immer noch beste Chancen, trotz des allgegenwärtigen Kommunikations-Kollaps durchzudringen.

Das klingt zwar leicht, ist aber im Prinzip sehr schwer. Denn dieses Buch ist gewiß nicht das erste, das darauf hinweist, *wie wichtig es ist, alle Maßnahmen aus der Sicht des Verbrauchers zu planen.* Und trotz dieser eindringlichen Appelle der gesamten Kommunikationsindustrie tun sich hunderttausende von Unternehmen schwer, wirklich zu verstehen und dann auch umzusetzen, was der Verbraucher haben will. Das ist um so erstaunlicher, weil jeder von uns *ja auch Verbraucher ist!* Abends gehen wir alle nach Hause in unser Pantoffel-Kino und haben den gleichen Geschmack bei der Auswahl unseres Fernsehprogrammes. Wenn jeder zweite Fernsehzuschauer Dallas oder Denver sieht, dann beweist das, daß nahezu »alle« das haben, was man Volksgeschmack nennt. Auch in unseren Wohnungseinrichtungen, unserer Kleidung, unseren Fahrzeugen, sind wir geprägt von einer gewissen Durchschnittlichkeit. Wenn ich also in der Eigenschaft eines Verbrauchers eine Tageszeitung abends mehr als flüchtig durchblättere und die Anzeigen nur streife, wie kann ich dann tagsüber als Werbetreibender erwarten, daß der Verbraucher ganz anders reagiert und sich mit Wonne auf meine Anzeige stürzt? Da hakt doch irgend etwas aus . . .

Bei der PR werden die gleichen Fehler gemacht. Da werden Informationen zusammengestellt, die vielleicht in den Geschäftsbericht der Kapitaleigner gut hineinpassen oder auch die Jubiläumsbroschüre des Betriebes wunderbar schmücken. Aber kein Journalist, der ja der erste Leser ist, (und damit auch ein Verbraucher), interessiert sich für diesen Stoff. Eine Zeitung, ein Magazin lebt von neuen Ideen, von der kurzen, knappen Darstellung. Ein geschickt plazierter Dreizeiler unter »Neues vom Tage« kann mehr Aufmerksamkeit erzeugen als ein langatmiger Bericht, den man über irgendeine kollegiale Beziehung irgendwo im Lokalteil plaziert hat. Die Presse lebt von der Informationsvielfalt, wobei die einzelne Information möglichst kurz und prägnant gehalten sein soll. Eine gute Zeitung ist wie ein Eintopf, viele kleinere Leckereien kräftig durcheinandergemischt ergeben ein komplettes schmackhaftes Ganzes.

Nicht die Menge der gedruckten Zeilen bringt den Erfolg, sondern die geschickte Plazierung und der Neuigkeitswert der Nachricht.

Deshalb nutzt es auch nichts, wenn Sie den Journalisten durch irgendeine Situation dazu verleiten, eine Information Ihres Hauses zum Abdruck zu bringen, die den Konsumenten nicht interessiert. Er blättert genauso flüchtig darüber hinweg, wie über die vielen Anzeigen, die nicht beachtet werden. Sie sind damit zwar gedruckt, erreicht haben Sie letztlich aber immer noch nichts. Um dem vorzubeugen, sollten Sie zusammenfassend die drei Merksätze jeder Arbeit voranstellen, die verschiedentlich in diesem Buch schon auftauchen, die aber der Vollständigkeit halber hier noch einmal aufgeführt sind. (Und wenn Sie sich diese Merksätze auf einen großen Zettel schreiben und über dem Schreibtisch aufhängen, dann werden sie auch nicht wieder schnell in Vergessenheit geraten.):

Regel 1
Wenn ich nichts zu sagen habe, sollte ich lieber schweigen.

Regel 2
Habe ich was zu sagen, schreibe ich nach dem Prinzip von MUSS – SOLL – KANN – DARF.

Regel 3
Meine Kommunikation geht immer *vom Konsumenten* aus.

Zu diesen drei generellen Regeln kommt ein Trend, der vielfach übersehen wird. Es ist der sogenannte *Zeitgeist,* dem viele Leistungen, Produkte und allgemeine Gegebenheiten unterworfen sind. Dieser Zeitgeist entwickelt sich oft unmerklich und wird gesteuert durch die sich verändernde Bevölkerungs-Struktur. Plötzlich wachsen junge Generationen nach, die ein völlig anderes Denken an den Tag legen, als man es bis dato gewohnt war. Oder die Gesamtstimmung in der Bevölkerung ändert sich, weil sich die Strukturen des Landes verändert haben. So sind die Grünen ein Produkt des Zeitgeistes – entstanden aus einer immer größeren Umweltbelastung und dem Wunsch vieler Menschen nach einem gesunden, friedvollen und ehrlichen Leben.

Den Zeitgeist kann man nicht totschweigen. Er ist nun einmal vorhanden. Man tut gut daran, ihn zu akezpteiren, wenn man nicht als verschrobener Sonderling sein Leben fristen will.

Der Zeitgeist macht auch vor der Presse-Arbeit nicht halt. Wenn Sie Ihre Presse-Notizen aus der Sicht des Verbrauchers schreiben, dann setzt das voraus, daß Sie auch deren Zeitgeist berücksichtigen. Sie müssen sich auf den Stil einschießen, in dem Ihre Zielgruppe zu denken gewohnt ist. Ganz deutlich wird dies, wenn es darum geht, Presse-Arbeit für die

Show- oder Modebranche zu machen. Da kann man auch nicht mit Bildern der 70er Jahre operieren, sondern muß sich in Fotografie und Textauffassung dem zeitgemäßen Ausdruck anpassen.

Nun ist das für den, der Presse-Arbeit zu machen hat, kein leichtes Unterfangen. Denn es setzt ja voraus, daß man sich mit Zielgruppe und Zeitgeist identifiziert. Wer ein unmodischer Mensch ist, wird nie in der Lage sein, Presse-Arbeit für die Mode-Branche zu machen! Ihm fehlt das Feeling für das, was den Konsumenten tatsächlich beschäftigt. Solche Beispiele lassen sich für viele Bereiche finden. Wer zum Sport keine Beziehung hat, wird sich schwer tun bei der Presse-Arbeit für die Freizeitindustrie. Er wird gar nicht begreifen, warum Menschen auf Surfbretter klettern, im Dauerlauf durch die Wälder traben oder sich auf Rädern in der grünen Heide abstrampeln. Seinen Presse-Informationen fehlt folglich auch »das gewisse Etwas« – »das Salz in der Suppe«. Auch dieser Faktor ist zu berücksichtigen, wenn es darum geht, erfolgreiche Presse-Arbeit zu betreiben, die tatsächlich zu Veröffentlichungen führt.

Natürlich kann sich der Einzelne in seiner Persönlichkeitsstruktur nicht ändern. Wenn es einen Menschen durch die Laune des Schicksals in eine Position gehievt hat, in der Presse-Arbeit für eine Zeilgruppe zu machen ist, mit der er nicht unbedingt übereinstimmen kann, wird er ja nun nicht gleich kündigen. Aber man kann in einem solchen Falle möglicherweise mit einem freien PR-Berater zusammenarbeiten, um ein persönliches Unvermögen zu kaschieren. Doch darüber im nächsten Kapitel.

2. Hilfe von außen: die freien PR-Berater

Wenn nichts mehr geht, gibt es immer noch die freien Berater, die man anzapfen kann und die auf Dauer oder für einzelne Aufgaben hilfreich in die Bresche springen. Es gibt praktisch kein Tätigkeitsfeld in der Wirtschaft, auf dem es nicht freie Mitarbeiter oder freie Berater gibt, die man gegen entsprechende Honorierung einsetzen kann: Steuerberater, Rechtsanwälte, Unternehmensberater, Werbeberater. Alle Leistungen, die einen Vollarbeitsplatz im Unternehmen nicht zulassen, werden mit freien Beratern besetzt. So gibt es selbstverständlich auch Public Relations-Berater. Innerhalb der vergangenen zehn Jahre ist die Zahl der PR-Berater sprunghaft gestiegen, weil immer mehr Unternehmen in Sachen Öffentlichkeitsarbeit einen erhöhten Aktionsbedarf erkannt hatten.

Nun stellt sich die generelle Frage, ob es sich lohnt, mit einem solchen außenstehenden Fachmann zusammenzuarbeiten. Denn da gibt es immer die unterschiedlichsten Aspekte zu berücksichtigen, von denen einige nachfolgend benannt sind:

- Ein Neuling, der das Brachland PR beschreitet, wird sicherlich gut daran tun, die ersten Schritte in Richtung Presse-Arbeit mit einem PR-Berater zu gehen. Denn das ist zumindest eine Gewähr dafür, daß man die allergrößten Fehler vermeidet, durch die beim Journalisten möglicherweise sämtliche Türen vernagelt werden.
- Auch wenn man keine Beziehung dazu hat, wie man mit der anzusprechenden Zielgruppe korrespondiert (Zeitgeist!), ist der Einsatz eines spezialisierten Beraters angebracht. So gibt es Fachleute, die sich im Jugendmarkt auskennen, die die Modebranche bedienen, die sich im Wirtschaftsleben bestens zuhause fühlen.
- Ein Berater ist sicherlich auch dann der richtige Partner, wenn einem selbst die Zeit fehlt, sich intensiv in die Presse-Arbeit zu verbeißen. So wie man seine Steuererklärung auch nicht selber erstellt, sondern dazu die Dienste eines routinierten Fachmannes nutzt, so ist es auch hier eine Zeitfrage. Denn Zeit ist bekanntlich Geld. Und wenn die eigene Leistung dadurch, daß man sie nicht so routinemäßig erstellt wie der Berater, rein kalkulatorisch also mehr kostet als der schnellere Profi an Honorar benötigt, dann ist es sicherlich sinnvoll, auf den Externen auszuweichen.
- Ein Berater kann aber auch sinnvoll sein, wenn man während eines zeitlich begrenzten Einsatzes von ihm »lernen« will, wie Presse-Arbeit auszusehen hat. Man macht sich schlau und übernimmt dann im fliegenden Wechsel das Terrain, um fortan die Arbeit selbst zu erledigen. Das sieht dieser zwar nicht gerne, aber es läßt sich auch nicht verhindern.

Im Gegensatz zu Steuerberatern beispielsweise gibt es für den PR-Berater keinerlei Zulassungsvorschriften. Um PR-Berater zu werden, brauchen Sie sich nur eine entsprechende Visitenkarte drucken zu lassen und danach Ausschau nach möglichen Kunden im Lande halten. Wo es keine Zulassungsvorschriften gibt, ist natürlich auch die Gefahr groß, Scharlatanen aufzusitzen, die kaum Ahnung von der Branche haben, sich aber als die Größten weit und breit ausgeben.

Deshalb ist es so wichtig, daß Sie sich Ihren Berater ziemlich intensiv ansehen, bevor Sie mit ihm einen Vertrag abschließen. Es gibt da recht große Qualitätsunterschiede. Dabei sind die freien Berater deswegen nicht nur »gut« oder »schlecht«.

Es muß diese Bandbreite in Qualifikation und Kompetenz geben, weil es ja auch eine vielfältige Klientel gibt. So wie es bei der Presse nicht ausschließlich Chefredakteure geben kann, sondern auch Lokalreporter, so muß es in der PR auch die regionalen Bravlinge und die nationalen Superstars geben.

Wie finden Sie zu Ihrem Berater?

Einen Berater zu finden, der zum Unternehmen paßt, ist genauso schwer, wie einen guten Mitarbeiter zu finden. Deshalb sind auch die Wege relativ identisch. *Empfehlung* ist sicherlich noch der einfachste Weg, einen guten Mann zu finden. Denn wenn jemand mit einem Fachmann gute Erfahrungen gemacht hat, dann kann man fachliches Können durchaus voraussetzen.

Vom *Inserieren* möchte ich Ihnen dringend abraten, denn auf diese Weise bekommen Sie gleich säckeweise Post. Doch werden Sie schnell feststellen, daß Unmengen Halbgewaltiger dazwischen sind, die einen zusätzlichen Job benötigen.

Die *Verbände* (BDW, DPRG, GPRA) zu befragen, ist gewiß keine falsche Methode, auch die *Handelskammern* haben oftmals recht gute Empfehlungen parat.

Ein guter Weg ist, *die Presse aufmerksam zu beobachten.* Wenn Ihnen die Aktivitäten eines Mitwettbewerbers oder eines ganz speziellen Unternehmens auf Dauer besonders ins Auge fallen, so lohnt sich die Recherche, wer für dessen Presse-Arbeit verantwortlich zeichnet. Auf diese Weise bekommen Sie Kontakt zu einem Mann, der schließlich den augenscheinlichen Beweis angetreten hat, daß er ein Meister seines Faches ist.

Auch *Journalisten* sind gute Ansprechpartner, um den richtigen PR-Mann zu finden. Denn einerseits landen in ihrer Redaktion täglich jede Menge Presse-Informationen, andererseits sind sie es, die Stil, Aufmachung und Inhalt beurteilen können. Bei einer Anfrage in einer guten Zeitungsredaktion wird Ihnen der für Ihr Unternehmens-Ressort zuständige Fachredakteur sicherlich gerne mit einigen Anschriften helfen. Glücklich können Sie sich schätzen, wenn Sie für kleine Aufgaben gleich den hauptamtlich tätigen Journalisten selber gewinnen können. Denn er kennt »sein Metier«. Und wenn er nebenberuflich für Sie tätig wird, dann ist das sicherlich eine preisgünstige und oftmals auch effektive Art der Presse-Arbeit.

Woran erkennt man einen guten PR-Berater?

Wenn sich die Berater bei Ihnen vorstellen, sind sie erst einmal alle gut. Wie bei jedem Vorstellungsgespräch zeigt man sich von der besten Seite.

Hier ein paar Tips, wie Sie erkennen können, welch Geistes Kind Ihr potentieller Partner ist:

- Brüstet er sich mit »seinen guten Presse-Kontakten«, so ist höchste Vorsicht geboten. Denn so viele Presse-Kontakte kann niemand haben, als daß man darauf eine kontinuierliche PR aufbauen könnte. Wenn die Themen nicht stimmen, nutzen selbst die besten Kontakte nichts.
- Der PR-Berater hingegen muß die Medienlandschaft genau kennen. Wenn er Ihnen bereits im ersten Gespräch darstellen kann, welche Wege ihm als richtig erscheinen, welche Medien er zu informieren wünscht, welche Chancen er realistisch sieht, dann beweist er Sachkenntis, die Ihnen sicherlich zugute kommt.
- Der PR-Berater sollte schon im ersten Gespräch mehr hinterfragen als von sich selbst erzählen. Wenn er auf Ihre Themen anspringt und auch branchenspezifische Sachkenntnis vorweisen kann und in der Lage ist, dies in einem fachlichen Dialog mit Ihnen umzusetzen, werte ich das als gute Voraussetzung.
- Ihr Mann sollte vernünftige Referenzen vorweisen können und möglichst Erfahrungen in Ihrer Branche mitbringen. Denn bei der Rasanz, in der der Kommunikationsmarkt gewachsen ist, ist ohne Branchenkenntnis heute kaum noch eine vernünftige Beratung möglich. Zwar werden Sie immer wieder hören, daß »Branchenblindheit« bei denen entsteht, die sich ausschließlich mit einem Wirtschaftszweig abgeben, doch bin ich in den letzten Jahren zu der Überzeugung gelangt, daß Spezial-Kenntnisse eine gute Basis für eine Zusammenarbeit bedeuten.
- Last not least müssen Sie Ihren Berater menschlich mögen. PR ist ein Geschäft, bei dem man sehr viel miteinander diskutieren muß. Hier spielt eine Menge Emotion mit hinein. Deswegen sollten die Partner zusammenpassen und persönliches Vergnügen am Dialog bekommen. Denn Sie können den PR-Berater nicht einschätzen wie einen Lieferanten schlechthin. Vielmehr müssen Sie ihn mit Informationen ausstatten, die normalerweise nur die Geschäftsleitung erhält. Folglich sollten Sie diesem neuen Mann vertrauen können. Hinzu kommt, daß ein guter PR-Berater kein ständiger JA-Sager sein darf. Er muß sich gegenüber der Geschäftsleitung, die ihn beauftragt hat, durchsetzen, wenn es notwendig erscheint. Und dafür gibt es immer wieder Anlässe: So wird beispielsweise die Geschäftsleitung dazu neigen, Probleme im Betrieb zu vertuschen. Leider lassen sich aber die meisten Dinge nicht verheimlichen, sondern werden von aufgeweckten Journalisten recherchiert und als »Skandal« herausgestellt. Ein guter PR-Berater würde

Ihnen sicherlich empfehlen, den Sprung nach vorn zu wagen und die Presse über den Sachverhalt aufzuklären. Solches Vorgehen ist in der Regel sinnvoller, weil die Nachrichten über das Problem dann wesentlich sachlicher ausfallen. *Solch ein Berater ist sein Honorar wert.*

Mißtrauisch sollte jeder Unternehmer werden, der einen PR-Berater beschäftigt, der zu allem Ja und Amen sagt.

3. Grundvoraussetzungen für die gute Arbeit eines PR-Beraters

Der Berater muß alles über die Firma, für die er arbeitet, wissen.

Denn schließlich soll er das Unternehmen so vertreten, als wäre er dessen Chef. Auch das ist eine Forderung, die selbstverständlich erscheinen sollte. Das Gegenteil ist allerdings der Fall. In viel zu vielen Fällen versperrt man dem Außenstehenden den Zugang zu wichtigen Informationen, hat Angst, er würde diese an die Konkurrenz »verraten«. Wer aber nicht alles weiß, der ist im Kreise der Journalisten sicherlich nicht der kompetente Gesprächspartner, den man erwartet. Natürlich muß der PR-Partner nicht alle Details der Bilanz wissen. Er muß aber zumindest die Marktstrategie des Unternehmens kennen, über die Zukunftspläne orientiert sein, über Personal-Entwicklung, Investitionsfreude und vieles mehr informiert sein, so daß er sich mit dem Unternehmen identifizieren kann und es in der Presse entsprechend gut vertritt.

Der Berater muß Ihre Ziele kennen.

Sagen Sie ihm möglichst deutlich, was Sie planen. Und sagen Sie ihm auch, welche Wunschvorstellungen Sie in Bezug auf die Presse-Arbeit haben. Dann kann er Ihnen wiederum Klarheit verschaffen, was geht und was nicht geht. So kommt es nach Ablauf der ersten Periode einer Zusammenarbeit nicht zu Enttäuschungen. In der Werbung nennt man die Information eines Beraters »Briefing«. In einem solchen ›Briefing‹ steht alles, was mit dem Unternehmen zusammenhängt, welche Erwartungen das Unternehmen an die Kommunikationsmaßnahmen knüpft. So ein Briefing sollte auch der PR-Berater bekommen. Klar gegliedert und ohne schwammige Aufgabenstellungen.

Der Berater muß fair honoriert werden.

Leider gibt es noch zu viele Unternehmen, die den Berater als Lieferanten ansehen und versuchen, diesen in seinen Forderungen zu drücken. Man möchte möglichst viel Leistung für möglichst wenig Geld. Nun ist Presse-Arbeit aber kein Geschäft, das man mit dem Einkauf von Schrauben vergleichen könnte. Hier gelten ganz andere Spielregeln. Wenn Sie Ihrem Berater nicht den wirtschaftlichen Freiraum gönnen, den er für seine Arbeit braucht, dann dürfen Sie sich nicht wundern, wenn Ihre Pressearbeit entsprechend dünn ausfällt. Denn ein Profi, der zu wenig Honorar erhält oder den man für ein Festhonorar überproportional »ausnehmen« will, kann immer noch rechnen. Er hat nur 160 Stunden im Monat zum »Verkauf«. Und wenn ein Auftraggeber für zu wenig Honorar zu viel Leistung verlangt, so wird er das in der Qualität der Arbeit wiederfinden. Sie können schließlich nicht mit der Stoppuhr neben dem Mann sitzen und messen, wie lange er nun wirklich arbeitet . . .

Nur ein angemessen honorierter Berater ist auch motiviert. Für Kleingeld arbeiten gute Leute nicht. Und ein Mensch, der sich »ausgenutzt« fühlt, ist bestimmt nicht eingestimmt, sich mit voller Kraft für Ihr Unternehmen einzusetzen.

Geben Sie dem Berater einen wirtschaftlichen Freiraum.

Presse-Arbeit läßt sich in vielen Positionen nicht vorab kalkulieren. Kein PR-Berater wird Ihnen sagen können, wie lange seine Telefonate mit den Redaktionen dauern. Er kann Ihnen auch nicht sagen, wann ein persönlicher Besuch in einer Redaktion notwendig ist, um einen Artikel zu plazieren. Er weiß nicht, ob einer der Journalisten einmal zu opulentem Mittagessen eingeladen werden möchte. Das zeigt, daß es Kosten gibt, die nie zu kalkulieren sind. Gute PR funktioniert nur, wenn der Berater auch einen vernünftigen wirtschaftlichen Freiraum erhält, in dem er schalten kann, wie es die Situation erfordert. Wer jedesmal nachfragen muß, ob er eine Reise genehmigt bekommt, kann das Unternehmen nicht souverän präsentieren. Gleiches gilt auch bei der Erarbeitung von Fotoserien. Manchmal ist es unmöglich, den Arbeitsaufwand abzuschätzen, insbesondere dann, wenn es sich um Aufnahmen in der Öffentlichkeit handelt. Wenn Ihr PR-Berater Autos in freier Natur mit einem Troß von Fotografen, Fahrern und Assistenten realisieren will und das Wetter spielt nicht mit, dann kann die Wartezeit eine kostspielige Angelegenheit werden. Das wiederum kann man ihm nicht vom Honorar abziehen, sondern muß solche Kosten auch akzeptieren. Ist dieser Spielraum nicht vorhanden, so schwächt das die Chance einer erfolgreichen Presse-Arbeit erheblich, das sollten Sie immer bedenken.

Was kostet die Zusammenarbeit mit externen Beratern?

Grundsätzlich gibt es keine Gebührenordnung, wie etwa bei Steuerberatern und Anwälten. Aber Angebot und Nachfrage haben in diesem Markt dazu geführt, daß gewisse Honorierungs-Größenordnungen als allgemein gültig zu betrachten sind.

Um sich zu Honoraren zu äußern, muß man allerdings einige einleitende Worte – des besseren Verständnisses wegen – schreiben:

Das sensible Thema »Honorierung«.

PR ist wie jede Art von Beratungsleistung ein Vertrauensthema. ›Beratung‹ setzt erst einmal Können des Beraters voraus, ferner den zeitlich begrenzten Einsatz seiner Person und dazu noch ein gerüttelt Maß an Kreativität. Diese Faktoren kann man nicht in exakt festlegbaren Stundensätzen berechnen. Schon der Faktor Kreativität beeinflußt die Kalkulation. Sie kennen es von sich selbst: Mal ›rutscht‹ ein Text binnen weniger Minuten aus der Schreibmaschine heraus, ein anderes Mal dagegen sitzen Sie stundenlang über einem weißen Blatt Papier und brüten wie eine Henne auf den Eiern. Während Anstreicher, Maurer und Fliesenleger ziemlich präzise berechnen können, wieviel Zeit sie brauchen, um einen Quadratmeter fertigzustellen, ist dies in der Beratungsbranche nicht möglich. Nicht nur der Berater kann nie genau einschätzen, wieviel Zeit er benötigt. Auch der Klient selbst ist ein nicht kalkulierbarer Faktor: Es gibt Kunden, die erklären ihrem Berater binnen weniger Minuten, was sie von ihm erwarten. Und dann gibt es wiederum die Spezies Mensch, die zur Langatmigkeit neigt. Solche Klienten benötigen einen halben Vormittag, um dem Berater das Anliegen vorzutragen. Mancher Unternehmer läßt seinen Macher für Aufgaben antanzen, die man getrost am Telefon hätte besprechen können.

Das alles beeinflußt natürlich die Kalkulation. Der gute Berater schätzt alle diese Imponderabilien ein, besitzt ein Gespür, wieviel Aufwand er für sich ansetzen muß, um den Klienten vernünftig zu betreuen. Daraus resultiert dann in der Regel ein festes Tages-Honorar, das für die Arbeit zugrunde gelegt wird.

Es schwankt je nach der Qualifikation des einzelnen zwischen 1 000,– DM und 2 000,– DM pro Tag. Das mittlere Honorar liegt heute bei 1 200,– DM für einen vollen Arbeitstag. Zusätzliche Kosten werden nach Aufwand in Rechnung gestellt und in der Regel mit Originalbelegen abgerechnet.

Nur wird man sicherlich nicht tageweise abrechnen, sondern im Rahmen einer Monats-Pauschale. Für eine vernünftige Beratung über viele

Monate ist in der Regel unter 3 000,– DM nicht viel zu machen, weil die PR-Arbeit ein sehr arbeitsintensives Geschäft ist und ein Tag schneller vorbei ist, als man selbst glaubt. Ein Pauschalvertrag ist besonders bei Einzelberatern eine sinnvolle Einrichtung. Denn der Berater hat dadurch über einen längeren Zeitraum ein festgeschriebenes regelmäßiges Einkommen und kann daran seine persönliche Kalkulation ausrichten. Der Unternehmer kann seinerseits hausintern mit diesen Fixkosten besser kalkulieren, als wenn er ständig Einzelabrechnungen seines Beraters erhielte.

Einzelabrechnungen schaffen in der Regel Frustration. Denn Monat für Monat muß der Berater »nachweisen«, wie lange er für den Kunden tätig war. Daraus entwickeln sich Rückfragen und oft auch ein gewisses Mißtrauen. Denn keiner kann jemals überprüfen, ob der Berater wirklich 42 Stunden gearbeitet hat. Wer dennoch nach Stundensätzen abrechnet, der muß hier Sätze zwischen 60,– DM und 150,– DM zugrundelegen, je nachdem, welche Qualifikation der Berater vorweisen kann.

Nun erscheinen solche Sätze manchem mittleren Angestellten riesig hoch, wenn der die Honorare auf Monats-Ebene hochrechnet. Bei solchen Hochrechnungen von beispielsweise 1 200,– DM pro Tag und 200 Arbeitstagen im Jahr kommt der schnelle Rechner dann auf Traumgagen in Höhe von 240 000,– DM. »Wollen Sie Millionär werden?«, lautet bei solchen Mitmenschen die frotzelnde Frage in der Honorarverhandlung. Diese Leute übersehen, daß ein Selbständiger ganz andere Kosten hat als ein Angestellter. Er muß sämtliche Sozialleistungen selber tragen, sein Auto selbst bezahlen, ferner Büroeinrichtung, Telefon, Versicherungen. Wenn er mal krank wird, läuft kein Gehalt weiter. Eine ununterbrochene Auslastung seiner Arbeitszeit ist auch eine Seltenheit. Hinzu kommt, daß er als Selbständiger keinerlei soziale Absicherung hat für den Fall, daß keine Aufträge vorhanden sind. Der Angestellte geht hingegen bei Kündigung zum Arbeitsamt und erhält seine ihm zustehende Überbrückungsleistung.

Das alles darf man nicht vergessen, wenn über Honorare gesprochen wird. Wer an dieser Stelle vor hat, sich in der PR selbständig zu machen, dem sei aus eigener Facherfahrung gesagt, daß er *dreimal mehr verdienen muß,* um letztlich das Gehalt zu haben, was er als Angestellter sein eigen nennt!

Einzelaufgaben/Jobs

Natürlich können Sie einen PR-Berater oder eine nahestehende Agentur auch jobweise beschäftigen. Denn nicht alle Aufgaben bedürfen einer längeren Beratungszeit. Ein Jubiläumsfest, ein Tag der offenen Tür oder eine Presse-Konferenz lassen sich auch als Einzelleistung buchen. Dann rechnet Ihnen die Agentur die technischen Kosten für die Realisierung aus, kalkuliert den Arbeitsaufwand und gibt Ihnen dann eine Richtzahl vor, zu der das Gesamt-Spektakel abgewickelt wird.

Zeitverträge

Auch Zeitverträge sind eine beliebte Variante. Sie ähneln den Beratungsverträgen, werden aber nicht auf unbestimmte Dauer, sondern auf eine bestimmte Zeit geschlossen. So kann man beispielsweise mittels Zeitvertrag einen Berater beauftragen, eine hauseigene PR-Abteilung aufzubauen. Steht die Abteilung dann, kann man dazu übergehen, diese mit einem eigenen Mitarbeiter zu besetzen. Die Gehälter für Mitarbeiter im PR-Bereich sind ebenfalls sehr breit gestreut. Das fängt monatlich bei 3 000,– DM für einen PR-Assistenten an und steigt an bis zu 15 000,– DM und darüber für die Pressechefs in den großen Konzernen.

Verdienen sollte heute unter der Voraussetzung adäquater Qualifikation:

- ein PR-Assistent 3 000,– DM
- ein PR-Bereichsleiter 4 500,– DM
- ein PR-Leiter im Investitionsgüter-Bereich 6 000,– bis 8 500,– DM
- ein Redakteur einer Hauszeitschrift 5 000,– bis 7 000,– DM.

Die kleinen Nettigkeiten, wie Weihnachtsgeld, 13. Monatsgehalt, Firmenwagen usw. sind dieser Grundhonorierung entsprechend hinzuzufügen, je nachdem, wie sozial das Unternehmen eingestellt ist.

Hier noch einige Preise aus der Szene:

- Für ein PR Rohkonzept zahlen Sie 3 000,– DM
- für eine kleine PR-Konzeption mit Texten 5 000,– DM
- das mittlere Jahreskonzept kostet 10 000,– DM
- eine umfangreiche Ausarbeitung für die komplette Positionierung des Unternehmens in der Öffentlichkeit ab 15 000,– DM
- Fotografen mit Presse-Erfahrung buchen Sie zwischen 1 200,– DM und 2 500,– DM
- Graphikerarbeiten kosten Sie Stundensätze zwischen 80,– DM und 120,– DM.

Nun sind günstige Stundenhonorare auch noch kein Zeichen dafür, daß Sie tatsächlich preiswert einkaufen. Denn es ist ja dadurch noch nicht gesagt, wie schnell Ihr Auftragnehmer mit der Arbeit fertig ist.

Am Beispiel Graphik zeigt sich das immer am deutlichsten: Da gibt es

Leute, die für 40,– DM die Stunde arbeiten. Wer da meint, einen günstigen Mitarbeiter bekommen zu haben, ist oftmals enttäuscht, wenn er die Endabrechnung präsentiert bekommt. Da hat der günstige Graphiker acht Stunden gebraucht und 400,– DM in Rechnung gestellt, um eine Pressemappe zu entwerfen. Die gleiche Arbeit hätte der mit 120,– DM dotierte Graphiker in zweieinhalb Stunden fertiggestellt und folglich nur 300,– DM berechnet.

Hinzu kommt, daß der günstigste freie Mitarbeiter nicht immer der beste ist. Denn die Leute mit den höheren Honoraren verfügen meistens über die längere Erfahrung, die schnelle Hand, ein hohes Maß an Kreativität.

Auch hier kann man Ihnen nur raten, aus den ersten Gehversuchen in der Zusammenarbeit mit freien Leuten zu lernen und in letzter Konsequenz eine Gruppe um sich zu scharen, mit der gute Erfahrungen gemacht wurden.

Es wird Sie sicherlich Lehrgeld kosten, weil der Kommunikationsmarkt zur Zeit (1986) mit vielen Leuten überbesetzt ist, die mangels besserer Anstellungsmöglichkeiten den Schritt in die Selbständigkeit gewagt haben. Bei den großen Freisetzungsprozessen in der Industrie während der vergangenen vier Jahre wurde in Verlagen, Industriebetrieben und Kommunikationsagenturen mit dem eisernen Besen durchgekehrt. Dabei wurden viele Leute ausgemustert, die – um nicht arbeitslos zu werden (was ja bekanntlich als Makel gilt) – den Schritt in die Selbständigkeit gewagt haben. Visitenkarte und Schreibtisch in der Wohnstube nebst Telefon reichen ja aus, um »Berater« zu werden. Diese Leute überschwemmen den Markt, und weil sie in Sachen Akquisition natürlich besonders aktiv sind, werden Sie oft auf diese Art ›Fachleute‹ stoßen.

Teil V

1. Keine Angst vor dem Selbermachen!

Die Zusammenarbeit mit externen Beratern kommt sicherlich für viele Unternehmen nicht in Frage. Besonders die Inhaber kleiner Unternehmen, die dieses Buch lesen, werden angesichts solcher Honorare mit den Achseln zucken und feststellen, daß der Einsatz eines professionellen Beraters den ganzen Jahresgewinn aufzehren würde.

Sicherlich ist es jedoch richtig, die Preise im Markt zu kennen, damit man weiß, was die Leistung wert ist, wenn man sie selber erbringt. Nun hat dieses Buch Ihnen schon viele Tips gegeben, wie Sie in Bezug aufs Selbermachen vorgehen sollten. Eine gewisse Unsicherheit bleibt trotzdem, ob das, was man selber als Presse-Erstlingswerk produziert hat, denn nun auch das richtige ist. Hier kann ich Ihnen nur empfehlen, mit diesem Presse-Erstling in eine ortsansässige Redaktion zu gehen und tatsächlich einen der Journalisten zu befragen, was er von Ihrem Werk hält. Es ist keineswegs unüblich, eine Redaktion zu besuchen, denn Journalisten suchen (und brauchen) schließlich den Kontakt zur Öffentlichkeit. Und einer freundlichen Anfrage kann sich kein Journalist entziehen.

Er wird sich also sicherlich einige Minuten Zeit nehmen, um Idee und Texte auf ihre Verwendbarkeit hin abzuklopfen. Wenn Sie Glück haben, baut er die ihm so dargestellte Nachricht gleich in die nächste Ausgabe ein. Wenn nicht, dann wird er Ihnen auf jeden Fall recht klar zu verstehen geben, wo taktische Fehler liegen und wie man die Nachricht publikumswirksamer aufbereiten könnte.

Auf diese Art und Weise erhalten Sie ein hohes Maß an Sicherheit und schalten Fehler weitestgehend aus. Und: Sie haben den ersten Redaktionskontakt geknüpft. Der Mann, den Sie gebeten haben, Ihnen zu helfen, wird sich sicherlich auch noch nach Jahren an das Gespräch rückerinnern, wenn er Ihre bis dahin besser gewordenen Pressemitteilungen überfliegt und ab und an auch zum Abdruck bringt.

2. So schreiben Sie Ihre Presse-Mitteilungen richtig

Zu Eingang wies ich bereits darauf hin, daß man nicht unbedingt »schreiben« können muß, um gute Presse-Arbeit zu machen. Oft reicht es schon aus, wenn Sie Ihr Wissen auf Ihre Art zu Papier bringen und dem Journalisten die Arbeit des Umformulierens überlassen. Besonders bei Einzel-Aktionen im regionalen Bereich ist »Schreiben« nicht das Thema, denn viele Informationen werden der Lokalzeitung per Telefon vermittelt oder die Lokalzeitung schickt bei Interesse jemanden raus, der ein Interview macht und daraus dann den Bericht fertigt.

Es ist jedoch immer richtig, daß man die wichtigsten Daten, die man mitzuteilen hat, stichpunktartig zu Papier bringt. In der Verlagsbranche spricht man hier vom *Waschzettel.*

Der Waschzettel – die ›völlig unjournalistische‹ Nachricht.

So ein Waschzettel ist ein ganz geschicktes Provisorium. Hier kommt es nicht darauf an, diesen im Stil der Zeitung oder wie eine besonders dramatische Reportage zu schreiben. Auf dem Waschzettel befindet sich eine Sammlung aller Informationen, die sich mit dem Thema völlig unjournalistisch auseinandersetzen. Er ist eher eine Gedankenstütze für den Journalisten, befreit ihn von der lästigen Pflicht, alles mitnotieren zu müssen. Der Waschzettel ist damit die einfachste Form der Presse-Mitteilung und trotzdem eine der wirksamsten, weil sie so unverbindlich ist. »In der Kürze liegt die Würze« – das beweist sich an diesem Pressepapier in seinem gesamten Wahrheitsgehalt. Überfrachten Sie einen Waschzettel nie mit viel Schreibe. Großzügig bemessener Raum 1 1/2zeilig und mit maximal 20 Zeilen beschrieben, reichen in der Regel aus. Wenn Sie sich darauf beschränken, werden Sie feststellen, wie transparent Ihr Pressethema wirkt, wie schnell es vom Journalisten erfaßt werden kann und wieviel persönlichen Freiraum ihm noch bleibt, das Thema mit seinen Worten und seinem zusätzlichen Wissen und Archivmaterial auszuschmücken. Vergessen Sie jede Wortgewandtheit bei der Formulierung. Beschränken Sie sich ausschließlich auf Fakten. Ein Waschzettel muß *eine Nachricht sein* und soll weder ein Kommentar noch eine Selbstbeweihräucherung werden.

3. Alle Formen der Pressebericht-Erstellung zum Kennenlernen

Nachfolgend möchte ich Ihnen einige Hinweise dazu geben, wie man Presse-Mitteilungen schreibt und welche Arten von Mitteilungen es gibt. Nun heißt das nicht, daß Sie jetzt unbedingt beginnen müssen, »Schreiberling« zu werden. Denn es gibt hinreichend Leute, die diese Begabung ihr eigen nennen und wesentlich schneller zu guten Ergebnissen kommen, als der, dem die Schreiberei nicht liegt.

Auch Schreiben ist eine Frage der persönlichen Effektivität. Wenn Sie selbst Stunden brauchen, um sich einen Bericht aus den Fingern zu quälen, so macht das der Fachmann in nur wenigen Minuten. Auch bei noch so viel Training und unter Befolgung noch so vieler Regeln wird der Unbegabte nie ein guter Schreiber, ebenso wie ein unmusikalischer Mitmensch nicht zum brillanten Sänger wird, nur weil ihm jemand beibringt, Noten zu lesen.

Wer die folgenden Regeln kennt, erreicht damit auf jeden Fall eines: Er kann Presse-Texte, die andere für ihn geschrieben haben, besser beurteilen. Presse-Text ist nicht gleich Presse-Text! Es gibt eine ganze Reihe von Variationen, die immer für den ganz speziellen Fall eingesetzt werden.

Nach dem Waschzettel, der in etwa als »Information« zu bezeichnen wäre, gibt es als wichtigsten Presse-Text die ›Meldung‹.

Die Meldung – die sachliche Darstellung.

Die Meldung ist ein Presse-Produkt, das täglich tausendfach auf die Presse niederhagelt. Meist sind es 10 bis 20 Zeilen Text, bei 35 bis 40 Anschlägen, die irgendeinen interessanten Sachverhalt zu vermitteln haben. Meldungen sind völlig wertfrei, wirken vom Aufbau eher trokken. Auf den Inhalt einer Meldung kommt es an. So haben Banalmeldungen wie beispielsweise die Tatsache, daß Sie ein neues Auto gekauft haben, keinerlei Bedeutung. Aber wenn Sie mit diesem Auto auf einer sonntäglichen Rallye den Preis der Region gewonnen haben, dann steckt da sehr viel mehr Substanz für eine Presseveröffentlichung drin.

Meldungen werden, seitdem es Journalismus gibt, nach immer gleichbleibenden Regeln aufgebaut:

Im ersten Satz muß *alles* stehen, was den Gesamtgehalt der Meldung ausmacht, und das nach folgender Fragestellung:

–Wer? → *–Was?* → *–Wann?* → *–Wo?*

Diese Fragestellung läßt sich bei Bedarf noch erweitern um zwei weitere Punkte, die da heißen:

–*Wie?* und –*Warum?*

In dieses ›Korsett‹ können Sie nun sämtliche Nachrichten hineinpacken, von denen Sie meinen, daß Sie für die Presse von Interesse sind, wobei Sie die Fragestellungen in der Reihenfolge variieren können.

Auch bei der Meldung erwartet kein Journalist einen perfekt vorformulierten Pressetext. Besonders im Bereich der Lokalzeitungen sind Redakteure da keineswegs verwöhnt. Denn sie bekommen schließlich »Meldungen« vom Karnickelzüchterverein bis hin zur Jugendwohlfahrtspflege – und dort sitzen wahrhaftig nicht die Profis.

Schreiben Sie also, wie Ihnen der Schnabel gewachsen ist. Wichtiger als der Schreibstil ist auf jeden Fall die Information, die in der Meldung steckt. So könnte eine Meldung nach dem vorabgenannten Schema lauten:

»Prokuristin Corinna Peveling feierte am 26.4.86 bei dem Reiseunternehmen Peveltours ihr 40jähriges Dienst-Jubiläum. Seniorchef Helmut Boos bedankte sich in einer Feierstunde bei der Jubilarin für die engagierte Mitarbeit und überreichte ihr im Namen der 32köpfigen Belegschaft einen historischen Stich einer niederrheinischen Mühle. Corinna Peveling ist Vorsitzende im Verein der Mühlenfreunde am Niederrhein«.

Solche und ähnliche Nachrichten finden Sie zuhauf in der Presse. Nehmen Sie Ihre Tageszeitung zur Hand und blättern Sie einfach mal durch die derzeitige Ausgabe, damit Sie das Gefühl bekommen, wie solche Meldungen gedruckt aussehen.

Wie wichtig eine Meldung ist, kann jeder nur selber entscheiden. Die vorab erwähnte Meldung ist sicherlich nicht für eine große überregionale Wirtschaftszeitung von Interesse. Aber im regionalen Bereich findet sie bestimmt ihren Abdruck, weil sie sehr viel Lokalkolorit beinhaltet.

Schaubild 1:
Aufbau einer Meldung:
Höhepunkt
nähere Umstände
Einzelheiten
(Anmerkung: Die Pressemeldung präsentiert das Wichtigste vorweg.)

Auf jeden Fall müssen Meldungen gewisse Elemente beinhalten, die der Leser erwartet. Sie stammen aus zehn Bereichen, denen ich sogleich typische Beispiele zugeordnet habe:

1. Aktualität – ein neues Werk
2. Folgenschwere – ein schwerer Unfall
3. Nähe – eine regionale Fusion
4. Öffentliche Bedeutung – Schaffung von Arbeitsplätzen
5. Dramatik – ein Brand im Betrieb
6. Kuriosität – eine originelle Kundenanfrage
7. Kampf – ein Streit mit den Behörden
8. Liebe – Spenden an ein Kinderheim
9. Gefühl – ein Seniorentreffen des Betriebes
10. Fortschritt – eine neue Produktgruppe

Hinzu kommt, daß die Meldungen *Neuigkeitswert* haben, daß sie *ungewöhnlich* sind und beim Leser im persönlichen Bereich *Emotionen* wecken. Ein neues Werk ist nur solange von Interesse, wie damit für die regionale Gegend ein Aufwärtstrend dokumentiert wird, der Auswirkungen auf die Arbeitsplatz-Situation hat. Wenn nun gerade im Ort ein neues Gewerbegebiet mit vielen Neugründungen entsteht, dann leidet darunter zwangsläufig der Wert der Meldung.

Sie sehen daran, daß man sich nicht ausruhen kann auf solchen grundsätzlichen Tips. Immer wieder muß man kritisch die jeweiligen Situation durchleuchten und realistisch den sogenannten News-Wert der Nachricht analysieren.

4. Generelle Regeln für Pressemeldungen

Hier einige weitere Regeln, die aus der Praxis geboren wurden und sich bestens bewährt haben:

1. Ordnen Sie den Stoff.
Denken Sie zurück an Ihre Schulzeit, da hat Ihnen der Lehrer auch empfohlen, vor Einschalten des Gehirns die Gedanken zu ordnen. Schreiben Sie erst einmal stichpunktartig auf, was Sie alles zu berichten haben, danach fügen Sie die Sache chronologisch zusammen, so daß daraus eine lesenswerte Angelegenheit wird.

2. Schreiben Sie einfach.
»Je einfacher denken ist eine große Gabe Gottes«, meinte schon Adenauer. Das gilt auch für das Schreiben. Vermeiden Sie Fremdworte und Fachbegriffe wo es nur möglich ist. Damit ist gewährleistet, daß jeder Ihre Texte versteht. Nur ein Presse-Text, der verstanden wird, erzielt seine Wirkung.

3. Schreiben Sie für den Leser.

Auch das sei an dieser Stelle noch einmal deutlich gemacht. Sie schreiben nicht für Ihr Unternehmen oder den Journalisten. Sie schreiben in letzter Konsequenz für den Leser. Und Leser setzen sich aus allen Bevölkerungsschichten zusammen – arm und reich, dumm und intelligent gleichermaßen liest beispielsweise die regionale Zeitung. Sie müssen also den Schreibstil dort ansetzen, wo er für alle grundsätzlich verständlich ist.

4. Bekämpfen Sie Hauptwörter.

Julius Cäsar schrieb auch nicht: Nach erfolgter Ankunft und Besichtigung der Verhältnisse war die Erringung des Sieges möglich. Oh nein, er faßte sich kürzer: »Ich kam, sah und siegte . . .«

5. Fassen Sie sich kurz.

Nichts ist langweiliger als weitschweifiges Palaver. Viele Dinge kann man in wenigen Sätzen ausdrücken. Kurzfassungen wirken klarer, kommen schneller zu den wichtigen Aussagen und sind wesentlich leichter zu erfassen als jedwede langatmige Textierung.

6. Sorgen Sie für Aktualität.

»Nichts ist so alt wie die Tageszeitung von gestern«. Zeitungsmachen ist ein schnelles Geschäft. Diesem Rhythmus müssen Sie sich anpassen. Meldungen, über denen Sie Tage brüten, bevor Sie zur Presse gegeben werden, sind dann meist überaltert und interessieren niemanden mehr.

7. Bleiben Sie objektiv und frei von Kommentaren.

Pressemeldungen sind nicht dafür gedacht, Ihre Ansichten zum Thema zu beinhalten. Ihre Meinung kann ja nicht die Meinung der Redaktion und letztlich des Lesers sein. Was an die Presse gegeben wird, muß sachlich sein, ohne Nackenschläge gegen die Konkurrenz, ohne Stellungnahme zum politischen Alltag. Die Meinungsäußerung ist eine Aufgabe des Journalisten, das können und dürfen Sie ihm nicht abnehmen.

8. Schreiben Sie farbig.

Hier fängt die berühmte Begabung an. Wenn sich zehn Leute zum gleichen Thema äußern, dann sieht jede Berichterstattung anders aus. Wem es gelingt, der möge lebendig schreiben. Die deutsche Sprache hat immerhin 500 000 Worte, und aus denen läßt sich schon manche schöne Textkonstruktion gestalten.

9. Bauen Sie Namen in Ihre Texte ein.

»Namen sind Nachrichten», heißt eine alte Journalistenregel. Und in der Tat verbindet sich mit der Erwähnung eines Namens eine ganze Reihe an Erinnerungen und Vorstellungen.

Titel sind dabei nicht so wichtig, aber Vornamen! Wie wichtig Namen sind, können Sie selbst beim Durchblättern Ihrer Tageszeitung merken. Sportberichte sind nur deshalb interessant, weil hinter dem Spielergebnis stets eine Fülle an Namen steht.

10. Suchen Sie nach aktuellen Aufhängern.

Alle Pressemeldungen werden interessanter, wenn man ihnen einen aktuellen Bezug geben kann. So ist die Tatsache, daß die Salatzeit begonnen hat, prinzipiell noch kein Aufhänger. Wenn aber angesichts der russischen Kraftwerkskatastrophe dargestellt werden kann, daß der Salat aus dem Treibhaus stammt und deshalb nicht strahlenverseucht ist – erst dann ist Ihnen eine Publizierung so gut wie sicher. Solche Aufhänger gibt es jede Woche: Streiks, Grippewelle, Dollarschwankungen, Ölpreise, Überschwemmungen, Arbeitslosigkeit, Exportbeschränkungen und vieles mehr können interessante Aufhänger für Ihre speziellen Anliegen sein.

11. Vermitteln Sie aktuelle Zahlen.

Kein Redakteur kann jeden Markt kennen, er müßte einen Kopf in Computerform haben. Schmücken Sie deshalb einen Pressetext mit aktuellen Zahlen und Sie geben damit den Anschein von viel Sachkompetenz. Zahlen sind besonders interessant, wenn man zu ihnen einen lokalen Bezug schafft. Wenn Ihr Unternehmen das drittgrößte in seinem Fachbereich in Deutschland ist, oder jeder 10. Arbeitsplatz in der Stadt durch Sie gestellt wird, und Sie durch Ihre Gewerbesteuer 10 % zum Steueretat der Gemeinde beitragen, dann sind das Zahlen, hinter denen viele Informationen stecken.

12. Nutzen Sie verwertbare Zahlen aus Verbänden, denen Sie angehören.

In wievielen Verbänden sind Sie Mitglied? Hier wird viel Grundlagenarbeit betrieben, die sich in Daten, Zahlen und Fakten äußert. Schmücken Sie sich ruhig mit diesen fremden Federn und spannen Sie solche Aussagen in Ihre persönliche Presse-Arbeit ein. Wenn Sie Ihren Verband bitten, Sie in den Presse-Verteiler aufzunehmen, dann erhalten Sie sämtliche aktuellen Zahlen genauso schnell wie die Redaktionen der großen Zeitungen. Und Sie können mit diesen Zahlen in Ihrem lokalen Bereich tagesaktuell und pressewirksam nachziehen, indem sie diese zum Anlaß nehmen, Ihren eigenen Standpunkt darzustellen.

13. Nutzen Sie den Bekanntheitsgrad Ihrer Mitarbeiter.

Viele Mitarbeiter haben interessante Hobbies, die man gut für die Belange des Unternehmens einsetzen kann. Die Prokuristin ist Vorsitzende im Verein der Mühlenfreunde, der Lehrling ist Landesmeister im Kanufahren, der Altmeister machte den ersten Preis bei der Kleingartenausstellung. Solche Ereignisse strahlen auf das Unternehmen ab: »Herbert Mertens, Betriebsmeister der Firma Müller in Ravensburg, erhielt den ersten Preis auf der Kleingartenausstellung . . .«

Solche Einblendungen lassen sich oft problemlos gestalten und bringen Ihren Namen ins Spiel.

14. Nutzen Sie auch den Bekanntheitsgrad von Prominenten.

Aussagen bekannter Politiker können Sie getrost in Ihrer eigenen Presse-Arbeit verwenden. Wenn der Bundeskanzler an die Industrie appelliert, Ausbildungsplätze zu schaffen, dann sei Ihnen gestattet, mitzuteilen, daß Sie dem Aufruf des Kanzlers gefolgt wären und drei weitere Ausbildungsplätze geschaffen haben.

Noch ein paar Tips:

- Pressemeldungen sollten *Ihren* Namen immer nur ein einziges Mal aufführen. Und dann nicht in gesperrter Schrift, sondern in normal gemischten Buchstaben. Die Unsitte, Firmennamen bis zu einem dutzend mal in zwanzig Zeilen aufzuführen, ist allerorten vorhanden und treibt die Redakteure zur Verzweifelung.
- Pressemeldungen werden 1 1/2- bis 2zeilig geschrieben. Jede Redaktion wird das eine oder andere im Text ändern wollen, ohne aber das Manuskript neu schreiben zu müssen. Entsprechende Vermerke

an einer Pressemeldung, daß Kürzungen oder Änderungen nicht erlaubt seien, führen zu einer sofortigen Ablage via Papierkorb.

Merke: Redaktionen sind in der Auswahl ihrer Nachrichten grundsätzlich frei. Versuchen Sie bitte niemals, mit einem Hinweis auf ihre Anzeigenaufträge eine redaktionelle Berichterstattung zu erpressen. Sie wollen schließlich auch keine Zeitung lesen, in der Unternehmer bestimmen dürfen, welche Nachricht ins Blatt kommt. Solche Art des Journalismus ist Verbandszeitschriften vorbehalten.

Teil VI

1. Die Presse-Information – die umfangreiche Berichterstattung

»Eine Presse-Information muß knapp, präzise, aktuell, objektiv und frei von Wertung farbig geschrieben sein.« So und ähnlich lauten die Kernsätze, die der junge PR-Mann im Seminar lernt. Das klingt so einfach, kann aber so schwer sein für den, der keine Erfahrung hat.

Presse-Informationen schreibt man, wenn man eben mehr als eine kurze Meldung vorzuweisen hat, wenn das Thema erklärungsbedürftig ist, wenn Zusammenhänge und Sachverhalte dargestellt werden müssen. Das geht dann meistens nicht innerhalb von zehn Zeilen, sondern bedarf seiner zwei/drei Seiten, um vernünftig herausgebracht zu werden.

Um solche längeren Berichte interessant zu halten, gibt es ebenfalls zwei Kniffe, die in Ergänzung zu den bereits benannten Tips die Presse-Information interessant machen:

In jedem Absatz muß eine Nachricht stehen!

(Auch Namen sind Nachrichten, sagte schon Tucholsky). Das hat den Vorteil, daß der Leser von Absatz zu Absatz geführt wird. Immer, wenn er die Lust verliert, weiterzulesen, stolpert er wieder über eine neue interessante Information, die sein Wissen zusätzlich erweitert. Erst wenn er den gesamten Pressetext gelesen hat, ist er vollständig im Bild über das Gesamtthema.

Jeder Absatz muß problemlos wegfallen können, ohne daß der Gesamt-Inhalt verstümmelt wirkt.

Durch diesen kleinen Trick wird dem Redakteur geholfen, der sich ja *als erster Leser* mit dem Pressetext auseinanderzusetzen hat. Er ist nur in den seltensten Fällen in der Lage, das gesamte Manuskript zu veröffentlichen. Das zwingt ihn, zu kürzen. Und Streichungen erfolgen in der Regel absatzweise. Wenn also das Manuskript so aufgebaut ist, daß man gleich zwei, drei Absätze kürzen kann, ohne daß der eigentliche Gesamtinhalt verstümmelt wirkt, dann ist dem Mann bei seiner Arbeit geholfen. Dieses Kürzen muß so weit möglich sein, daß im Zweifelsfalle aus einem Gesamtbeitrag eine Kurzmeldung werden kann.

Zu diesem Zweck ist der Anfang eines Berichtes wie eine Meldung abzufassen, die nach den bereits vorgestellten 4 bis 6 »W's« aufgebaut ist (–Wer/–Was/–Wann/–Wo/–Wie/–Warum).

Viele mögen jetzt meinen, daß eine solcherart aufgebaute Berichterstattung doch ungeheuer schwer zu erarbeiten sei, wenn jeder Absatz für sich alleine stehen soll, ohne verstümmelt zu wirken. Keineswegs. Bedenken Sie, daß es bei vielen Unternehmen – wie in der Versicherungsbranche – Schreibautomaten gibt, mit denen sich verschiedene Textbausteine zu einem Brief zusammensetzen lassen. Der Schadenssachbearbeiter diktiert an seinem Schreibtisch nur noch »Nummern«, die die Datentypistin in die Maschine gibt. Und aus den 2 000 Textbausteinen werden zwölf herausgezogen, die einen Brief bilden, der so aussieht, als sei er individuell verfaßt. So ähnlich funktioniert das auch bei längeren Presse-Informationen.

Überschriften müssen im Text wiederholt werden.

Jeder Bericht braucht eine Überschrift. Da Sie aber nicht wissen, in welcher Art Ihr Bericht erscheint, können Sie sich nicht darauf verlassen, daß Ihre Überschrift auch verwendet wird. Eine zu lange Überschrift paßt eben nicht für einen einspaltigen Umbruch. Und eine zu kurze Überschrift wirkt wiederum bei langer Aufmachung als zu klein. Aus diesem Grunde kann es vorkommen, daß die Überschrift in der Redaktion gänzlich verändert wird. Viele Textaussagen basieren auf der Hauptüberschrift. Ist diese plötzlich verschwunden, kann darunter der gesamte Text kränkeln, der plötzlich »ohne Kopf« wie ein Torso wirkt. Um dem vorzubeugen, bauen Sie bitte Ihre *Überschrift immer noch einmal in den Fließtext* ein, so daß dieses Problem ausgeschaltet ist.

Zwischentitel lockern den Umbruch auf.

Drei lange Seiten voll mit Text – die wollen gelesen werden! Solche langen Texte wirken selbst bei gelockertem Umbruch immer noch sehr umfangreich. Besser ist es, jeweils nach drei bis fünf Absätzen einen Zwischentitel einzubauen. Das erhöht einerseits die Lese-Bereitschaft, weil jeder das Gefühl hat, nur so lange lesen zu müssen, wie ihm das gefällt. Es hat aber auch den zusätzlichen Vorteil, daß sich der Schnell-Leser anhand von Hauptüberschriften und Zwischentiteln einen raschen Überblick über das Gesamt-Thema verschaffen kann. Der Zwischentitel sollte immer eine Kurzdefinition des folgenden Kapitels bieten.

Keine dramatischen Schlußakkorde, wie wir sie von der Schule her kennen.

Beim Schulaufsatz haben wir zwar gelernt, daß am Ende des Aufsatzes noch einmal ein brillant formulierter Schlußsatz stehen sollte, beim Pressetext sind solche Spielereien aber nicht angebracht. Denn streicht der Redakteur aus Platzgründen diesen späten Höhepunkt, dann endet das Manuskript für den Leser abrupt an einer Stelle, die ihm nicht verständlich ist. Auch solche intellektuellen Spielereien wie ein Titel, der auf das Ende Bezug nimmt, sind bei Presseberichten unbrauchbar. Sie bringen jeden Redakteur arg in Verlegenheit. Denn ihm fehlt meistens die Zeit, liebevoll konstruierte Texte so zu überarbeiten, daß sie vom Duktus her wieder stimmen. Und bevor er sich diese Arbeit macht, nimmt er lieber aus dem Füllhorn seiner Pressemeldungen die heraus, die einfacher zu bearbeiten sind und beim Leser auf gleiches Interesse stoßen.

Kurze, knappe Sätze sind gefragt.

Journalismus ist das Metier der kurzen Sätze. Aus nur sechs Worten besteht durchschnittlich ein Satz in der BILD-Zeitung. Mehr als 25 Worte pro Satz werden Sie kaum in einem Medium finden. Deshalb sollten Sie nach dem ersten Zusammenstellen Ihres Presse-Berichtes noch einmal streng mit sich selbst sein und per Rotstift durch das Manuskript wandern.

Bei einem solchen Exkurs entdecken Sie noch manchen Schachtelsatz, bei dem man durch Umwandlung eines Kommas in einen Punkt eine neue und wesentlich aufmerksamkeitsstärkere Satzkonstruktion schaffen kann. Bandwurm-, Schachtel- und Kettensätze sind der Literatur vorbehalten, passen aber in keine Presse-Information.

Denken Sie immer daran, daß Tageszeitungen und viele Magazine »schnelle Medien« sind. Kein Leser hat die Muße, sich hier an der Formulierung der deutschen Sprache zu begeistern. Man möchte ohne langes Nachdenken und intensives Lesen zum Thema gelangen. Ein Manuskript, an das diese Regeln nicht angelegt werden, wird mit Priorität auch vom bearbeitenden Redakteur geächtet. Denn er muß ja Sorge dafür tragen, daß seine Zeitung möglichst aus einem Guß ist. Gestelzte Manuskripte passen nicht in die Gesamtauffassung und wandern daher mit Vorliebe in den Papierkorb.

2. Wie lang dürfen Presse-Berichte sein?

Alle Journalisten stöhnen über zuviel Papier auf ihren Schreibtischen. Und auf den vorstehenden Seiten haben Sie ja ständig gelesen, daß Sie sich möglichst knapp und präzise ausdrücken sollen. Daraus kann man nun schlußfolgern, möglichst nur noch 3-Zeiler zu schreiben und an die Presse zu geben. Ich empfehle Ihnen, soviel zu schreiben, wie an *tatsächlichen Informationen vorhanden ist.* Nur der, der nichts zu sagen hat, der sollte (wie schon angeraten) lieber schweigen! Es ist auch eine Sünde, die Nachricht, die in einen 3-Zeiler passen würde, zu drei Seiten aufzublähen. Mit der Sprache sind solche Konstruktionen ja immer möglich.

Gehen Sie grundsätzlich davon aus, daß ein guter Journalist immer reichhaltig Informationen braucht. Natürlich ziert er sich, das zuzugeben. Aber auch für ihn ist es einfacher, aus einem sinnvollen Textangebot zu wählen und sich bausteinartig seine Story zusammenzusetzen als wenn man mit Nachrichten- und Textumfang geizt.

Es gibt einen brauchbaren Zeittrick: Was ein Journalist in zehn Minuten aufnehmen und intellektuell verarbeiten kann, ist immer richtig. Was dann eine Viertelstunde und mehr überschreitet, dürfte bei den wenigen Stunden, die der Journalist täglich zum Lesen und Recherchieren hat, als Zumutung gelten und höchstens von einem Großkonzern anläßlich der Jahreshauptversammlung dem Zeitungsmacher abverlangt werden.

Da Journalisten nicht Zeile für Zeile lesen, sondern darauf geschult sind, sich selektiv durch ein Manuskript durchzuarbeiten, können Sie diese zehn Minuten gleichsetzen mit einer halben Stunde, die *Sie* benötigen, wenn Sie ein solches Manuskript Zeile für Zeile sorgfältig durchlesen.

Je einfacher deshalb der gesamte Manuskript-Aufbau ist, desto größer sind die Chancen des Abdrucks.

3. Abwandlungen der Presse-Informationen

Nur selten werden Sie Gelegenheit haben, ein Manuskript auf Wunsch und Veranlassung eines Verlages zu verfassen. Aber immerhin ist mit dieser Möglichkeit zu rechnen, wenn Sie verschiedentlich dem Verlag *sauber formulierte* Presse-Informationen eingereicht haben. Denn dann passiert es dem, der einmal an die Öffentlichkeit herangetreten ist, daß ihn ein Verlag *gegen Honorar* bittet, zu dem einen oder anderen Thema einen längeren Beitrag zu erarbeiten. Wenn es sich dabei um technischwissenschaftliche Themen handelt, dann wird der Stil sicherlich vom Thema bestimmt. Über ein Mittel gegen Fußpilz kann man gewiß nicht so locker schreiben wie über die Verkaufsaktivitäten eines Schokoladenherstellers.

In Abwandlung der Presseinformation gibt es drei weitere Formen der Berichterstattung:

Der Handlungsbericht.

Der Handlungsbericht reiht einzelne Handlungen aneinander und behandelt jede wie eine eigene Nachricht. Von Handlung zu Handlung formuliert sich der Schreiber immer weiter in die Details hinein bis das Gesamt-Thema erschöpfend abgehandelt ist.

Bericht des
Wichtigsten

Wiederholt mit
Einzelheiten

. . . mit noch mehr
Einzelheiten

. . . immer mehr
Einzelheiten

Besonders in Wirtschaftsmagazinen findet sich diese Form der Abhandlung wieder. Selbst trockene Themen erhalten damit eine gewisse Dramatik, die bei einem Aufbau als normale Information nicht zu erreichen ist.

Der Tatsachenbericht.

Beim Tatsachenbericht werden die Fakten nach Wichtigkeit geordnet. Man startet mit der Haupttatsache und arbeitet sich dann durch zu den vielen anderen Tatsachen, die notwendig sind, um eine Gesamt-Information zu erstellen. Tatsachenberichte finden Sie in den großen Publikumszeitschriften, wenn große Affären unser Land schütteln und einige clevere Journalisten eine ganze Fülle an erdrückenden Informationen erarbeitet haben, die im Zusammenhang mit einer Hauptanschuldigung recherchiert wurden.

Hier der Ablauf:

Haupttatsache

zweite Tatsache

dritte Tatsache

vierte Tatsache

Der Zitatenbericht.

Bei dieser Form der Berichterstattung setzt man seinen Ausführungen stets bekannte Zitate berühmter Leute oder Medien voran. Vor allem solche Themen, die sich eher im spekulativen Raum befinden, lassen sich durch solche Zitatenberichte wirkungsvoll und glaubwürdig erarbeiten. Besonders bei gesamtwirtschaftlichen Zusammenhängen, die von vielen Unwägbarkeiten begleitet sind, kann der Zitatenbericht zu einer anschaulichen Meinungsbildung beitragen. Durch die herangezogenen Zitate erhält der Bericht einen sehr lebendigen Charakter.

Hauptzusammenhang

Zitat

Zusammenfassung

Zitat

Zusammenfassung

Die Dokumentation.

Die Dokumentation ist die präzise und analytische Fortschreibung einer Gesamt-Situation und kann durchaus mehrere hundert Seiten umfassen. Sie beinhaltet eine vollständige Wiedergabe aller wissenswerten Daten, Texte usw. und beschreibt ein Thema vollständig, umfassend für spätere Zeiten. Jede Dissertation ist als solche Dokumentation ganz spezieller Themenkreise zu werten. Wer einmal an einem solchen Werk gearbeitet hat, weiß ein Lied von dieser ›Fleißarbeit‹ zu singen.

Sie werden wenig Gelegenheit haben, diese Arten der Berichterstattung zu erstellen. Dennoch erschienen sie mir wichtig, um aufzuzeigen, daß der Journalismus noch einige Formulierungsmechanismen mehr als die profane Nachrichtenschreibe besitzt.

Der Vollständigkeit halber seien auch die weiteren Möglichkeiten der journalistischen Berichterstattung noch erwähnt, die Sie aber bitte nie als Grundlage für Ihre Zusammenarbeit mit der Presse nehmen.

4. Die kommentierende Bericht-Erstattung

Kommentare sind in der Pressebericht-Erstattung *für Unternehmen* tabu. Mit der kleinen Ausnahme, daß Sie sich per Kommentar wehren können, wenn sich die gesamte Presse gegen Sie stellt. Als 1986 die Grünen und darüber hinaus die Medien angesichts der Reaktorkatastrophe der UdSSR in Panik machten, allerorten der Ruf nach Abschaltung der Atomkraftwerke erfolgte, da war es nur recht, daß sich die Branche mit klaren Kommentaren an die Presse wandte und das Gesamt-Thema richtigstellte. In solchen dramatischen Fällen ist der Kommentar oder – genauer gesagt – die kommentierende Berichterstattung erlaubt.

Normalerweise hat jeder Journalist etwas dagegen, wenn ihm ein Unternehmen per Kommentar eine Meinung aufoktroyieren will. Kommentierende Berichterstattungen sind aber wiederum statthaft, ja sogar erwünscht, wenn Sie für Ihre Hauszeitschrift, für eine Verbandszeitschrift oder eine anderes Medium in den eigenen Reihen geplant ist.

Folgende Formen der kommentierenden Berichterstattung kennt der Journalismus:

- Leitartikel: Stets der repräsentativste Meinungs-Artikel in der Zeitung oder Zeitschrift
- Kritik: Sport, Musik, Kunst insgesamt, hier hat der Kritiker seine Domäne, wobei Kritik nicht unbedingt negativ zu sehen ist, sondern helfen soll, bessere Leistungen zu erzielen (einer muß es ja mal sagen . . .)
- Glosse: Ein witziger oder ironischer Kurzkommentar, brillant geschrieben und amüsant zu lesen.

Die individuelle Bericht-Erstattung.

Die Kür jedes Journalisten ist natürlich die individuelle Bericht-Erstattung, zu dem ihm oft einige Wochen, manchmal sogar Monate Zeit vom Verlag zugebilligt werden. Aus vielen Recherchen und Reisen wird ein Thema zusammengestellt und in drei Variationen den Lesern angeboten:

- Korrespondentenbericht: Solcher Bericht ist geprägt vom Schreibstil und von der Sachkompetenz seines Schreibers. Er trägt auch den Namen des Schreibers als eine Art Gütesiegel.

- Feature: Damit bezeichnet man Berichte, die aus dem Nichts eine Story machen. Wenn ein 80jähriger eine 20jährige heiratet, dann kann ein Journalist aus dieser Situation mittels des Instruments Feature ein Dutzend Stories für's Volk zaubern, die nichts weiter als unterhalten sollen.
- Reportage: Schließlich und endlich ist da noch die Reportage. Der ganz große, lebendig geschriebene Bericht, der davon lebt, daß eine ganze Fülle sauber recherchierter Informationen zu einem großen Ganzen gemixt werden.

Das ist sie, die ›Klaviatur des journalistischen Handwerks‹, die Sie kennen sollten, damit Sie bei Ihren zukünftigen »Kollegen« eine gewisse Sachkompetenz vorweisen können.

Wer die Stilelemente in seiner Gesamtheit kennt, hat auch ein Hilfsmittel an der Hand, um einzuschätzen, welche Nachricht für welchen Verlag die richtige ist. So werden Sie bei einem Verlag, der sehr häufig Reportagen veröffentlicht, mit der klassischen Pressemeldung nur selten landen können. Andererseits lohnt es sich aber bei solchen Verlagshäusern, den Journalisten das Angebot zu machen, in speziellen Fachfragen als kompetenter Gesprächspartner zur Verfügung zu stehen. Auf diese Weise gelangt Ihr Name immer wieder in das Medium, wenn man Sie im Rahmen eines Interviews um Ihren Rat oder Ihre Meinung fragt.

Zeitschriften wiederum, die hauptsächlich von Features leben (wie die Soraya-, die Sex-and-Crime-Presse) dürften für den Versand von sachlichen Informationen unberücksichtigt bleiben. Hier muß man mit den Wölfen heulen, um eine Pressemeldung oder ein Presse-Foto unterzubringen. Sie muß in den Stil des Objektes passen, wenn Chancen für einen Abdruck gegeben sein sollen.

Teil VII

1. Auf den richtigen Rahmen kommt es an: Pressebogen und Pressemappe

Weißes Papier zu bedrucken, reicht auf gar keinen Fall aus, wenn man eine Presseinformation auf den Weg bringen soll. Form und Stil muß das Produkt schon haben. Die Presse-Information ist auch eine Art Brief, die auf den Journalisten ansprechend wirken soll. Selbst der beste Inhalt wird von einer schlechten Verpackung abqualifiziert. Genauso, wie Sie Ihren Geschäftsfreunden auf anständigem Papier blitzsaubere Geschäftspost schicken, die nach immer gleichem Zuschnitt aufgebaut ist, genauso sollte Ihre Kommunikation mit der Presse aussehen.

Als Papierformat eignet sich *generell* nur das DIN A 4-Format. Oben steht – möglichst von einem Graphiker gestaltet – in auffälliger Weise das Wort *»Presseinformation«*. Die Gesamtanmutung des Bogens sollte so eigenständig sein, daß auch für den Redakteur daraus ein Wiedererkennungseffekt gegeben ist. Über das Jahr verteilt, können es schließlich gut und gerne ein Dutzend und mehr Informationen sein, die Sie den Verlagen schicken. Und wenn der Schriftzug markant genug ist, halten Sie sich beim Redakteur auf Dauer besser in Erinnerung als mit ständig wechselnder Optik.

Organisatorischer Aufbau »Presseinformation«

1. Ist der Rand breit genug, damit sich der Journalist Notizen machen kann?
2. Ist die Pressemeldung auch nur einseitig geschrieben?
3. Ist das Schriftbild weitzeilig genug?
4. Ist der Spaltenumfang exakt auf 35 bis 40 Zeichen reduziert?
5. Ist ein Vermerk auf dem Presseblatt, wie viele Zeilen bei wie vielen Anschlägen der Bericht hat?
6. Ist gegebenenfalls ein Sperrfrist-Vermerk aufgedruckt?
7. Sind ausreichend Zwischenüberschriften im Manuskript eingeklinkt?
8. Wurde darauf geachtet, alle Adjektive, wie großartig, ungerecht usw. zu verbannen?
9. Liegt dem Bericht noch eine entsprechende Kurzfassung bei?
10. Ist der Ansprechpartner (also ich) auf der Pressemitteilung angegeben?
11. Sind Anschrift, Telefon-Nummer (mit Durchwahl) ordnungsgemäß und leicht lesbar auf dem Blatt untergebracht?

12. Ist die Gesamtanmutung »redaktionsgerecht«?
Quelle: »Arbeitshandbuch Presse und PR« Joachim H. Bürger, 2. Auflage 1985, Stamm-Verlag/Essen

Zu jeder Presse-Information gehört ein *Anschreiben,* in dem Sie ganz kurz (fünf Zeilen reichen) den Journalisten über Inhalt und Zweck der Presse-Information aufklären. Dieses Anschreiben hat den Vorteil, daß es im Archiv des Redakteurs landet und sämtliche Daten, wie Telefon-Nummer und Ansprechpartner, beinhaltet. Denn das Manuskript wandert bekanntlich redigiert in die Setzerei und verschwindet nach Abdruck auf Nimmerwiedersehen. Durch den beigelegten Brief allerdings bleiben Sie der Redaktion »bekannt«.

Wenn Sie neben der Presseinformation öfter auch noch Fotos verschikken werden, so sollten Sie außerdem eine entsprechende *Pressemappe* herstellen lassen, die stilmäßig zum Pressebogen paßt. Auf ihr findet sich in gleicher Aufmachung und Ausstattung der Schriftzug ›Presseinformation‹ wieder, wie er auf den Pressebögen abgebildet ist. Innen drin befindet sich eine große Einschlaglasche, in der die Fotos vor Knicken geschützt eingelegt werden können. Es schadet nichts, wenn Sie auf der Rückseite der Mappe noch einmal sämtliche Namen und Daten des Unternehmens abdrucken.

Nun sollte man den Versand von Pressemappen nicht überstrapazieren. Wenn nur ein Foto und ein Bericht erarbeitet sind, dann ist es meist viel zu teuer, diese beiden Sachen in einer riesigen Mappe zu verpacken. Hier reicht es sicherlich, wenn Sie zum Schutz des Bildes einen kartonierten Briefumschlag versenden. Es gibt aber prominente Anlässe oder größere Aussendungen, bei denen eine repräsentative Mappe die Wichtigkeit des Themas deutlich unterstreicht.

2. Die Presse-Kartei – eine Datenbank für den Erfolg

Viel Details, die die Qualität und Effizienz der Presse-Arbeit ausmachen, haben Sie bereits kennengelernt. Ein handwerkliches Detail fehlt Ihnen noch, um mit Kontinuität Presse-Erfolge zu erreichen. Das ist die *Presse-Kartei,* eine Sammlung von Anschriften und Namen, an die Sie Ihre Presse-Informationen schicken wollen. Je besser diese Kartei gepflegt ist, desto realistischer sind Ihre Chance für einen Abdruck. Die Presse-Kartei ist deshalb genauso sorgfältig zu pflegen wie die Kundenkartei, die Sie schließlich auch hüten wie Ihren Augapfel. Denn hinter jeder Karteianschrift steht ja eine Möglichkeit, einen Pressebeitrag unterzubringen. Leider ist es so, daß es zwar viele Leute gibt, die Presse-

Arbeit regelmäßig betreiben, es aber andererseits nur wenige gibt, die eine perfekt gepflegte Presse-Kartei besitzen.

Selbst in größten Konzernen liegen solche Karteien »im argen«. Aus der Praxis weiß ich, daß etablierte Presse-Abteilungen in ihren Karteien bis zu 20 % Karteileichen mit sich herumführen und bis zu 50 % Fehler in den einzelnen Anschriften vorhanden sind. Solche Fehler kosten die Industrie jährlich Millionenbeträge, nur weil mancher Pressechef nicht erkannt hat, wie wichtig eine wohlsortierte Kartei ist.

Dabei gibt es hinreichend Nachschlagewerke und andere Möglichkeiten, mit denen man seine Kartei überprüfen und komplettieren kann.

Sie müssen es sich zur Aufgabe machen, jede Kartei *mindestens einmal im Jahr* grundlegend zu durchforsten und zu recherchieren, ob die gesammelten Adressen und Ansprechpartner noch existent sind. Aus der Redaktionspraxis weiß ich, daß oftmals jahrelang ein Kollege angeschrieben wird, der schon längst in eine andere Stadt und eine andere Redaktion übergewechselt ist. Es ist für die verbleibenden Leute im höchsten Maß frustrierend, wenn ständig eine solche falsch adressierte Sendung den Verlag erreicht. Und noch etwas: Jeder Redakteur fragt sich bei soviel Laxheit, ob denn die Pressemeldung, die er zu bearbeiten hat, genauso schludderig zusammengetragen ist wie die falsche Adresse vermuten läßt.

Natürlich werden Sie immer über einen gewissen Zeitraum Karteileichen mit sich herumführen. 20 % aller Anschriften, über die Sie verfügen, verändern sich *einmal pro Jahr,* wie ich aus eigener Karteierfahrung weiß. Da geht ein Mitarbeiter, hat der Verlag eine neue Telefon-Nummer, wird das Erscheinen einer Zeitschrift eingestellt oder mit einer anderen fusioniert und, und . . .

Wenn Sie solche Veränderungen nicht wahrnehmen, dann überaltert Ihr Presse-Verteiler binnen weniger Jahre und ist nur noch ein kurioses Sammelsurium. Die Post wird zwar dabei reich, wenn Sie ständig dank falschem Verteiler nicht mehr vorhandene Adressen anschreiben – Sie aber wundern sich, warum niemand mehr Ihre Nachrichten druckt.

2.1 Aufbau eines Presseverteilers

Es gibt Presseverteiler, die beinhalten bis zu 6 000 Adressen. Das sind etwa 40 % sämtlicher Adressen, die man überhaupt laut STAMM-Leitfaden kennt. Soviele werden sicherlich nur von großen Verbänden und Konzernen gebraucht.

In der Automobil-Industrie beinhaltet der Presse-Verteiler im Schnitt 1 500 Adressen von Motorsport- und Wirtschaftsjournalisten. Verbandsorganisationen bringen es gut und gerne auf 400 bis 1 000 Adressen, die regelmäßig mit Nachrichten bestückt werden.

Und selbst in einem regionalen Bereich können Sie es auf 50 bis 100 Adressen bringen, die für Ihre Presse-Arbeit relevant sind. Ich empfehle, einen Presseverteiler dort aufzubauen, wo die meisten Chancen für einen Abdruck gegeben sind, bei der *Lokalpresse:*

1. Sammeln Sie sämtliche Adressen von Lokalzeitungen in Ihrem Einzugsbereich.

Denken Sie dabei nicht nur an die zwei bis drei Tageszeitungen. Hinzu kommen auch die Zeitschriften der Industrie- und Handelskammer, die Organe der Sportverbände, der Schulen, der Heimatvereine, der Volkshochschule sowie die heute beliebten Stadtteilzeitungen, die zwischenzeitlich auch jeden Winkel der Nation abdecken.

2. Tragen Sie zu diesen Titeln die Namen der zuständigen Redakteure ein!

Jede Gazette hat ein Impressum, und dort fnden Sie die Namen sämtlicher Mitarbeiter aus der Redaktion.

3. Tragen Sie zu den Titeln ferner den Namen der zuständigen Fotografen ein.

Nicht nur die Schreiber sind wichtig, auch die Fotografen werden Sie immer einmal brauchen. Die Namen der Fotografen finden Sie – soweit diese nicht im Impressum genannt sind – immer *unter den Bildern* in der Zeitung. »PR-Foto: Willy Stark«.

Die solchermaßen zusammengestellte Liste kann bis zu 30 Titel im Regional-Bereich umfassen. Mit den verschiedenen Namen haben Sie einen Kontaktbaustein zu fast 100 Presseleuten. Eine solche Liste ist ein Kapital, mit dem Sie viel Resonanz schaffen können. Bei jeder öffentlichen Veranstaltung Ihres Betriebes sollten die Namen der Zeitungsleute genauso auf der Einladungliste stehen wie die Honoratioren der Stadt. Rufen Sie die Leute nicht nur an, wenn Sie etwas von Ihnen wollen. Auch ein Gespräch zwischendurch mit einem Tip aus dem lokalen Bereich hilft mit, den Kontakt zur Redaktion zu vertiefen. Schließlich machen Sie das bei Ihren Kunden ja genauso. Da kann man auch nicht immer nur über das Geschäft sprechen, sondern sucht ständig nach neuen Möglichkeiten, mal außerhalb der Geschäftsverbindung zu telefonieren. Nicht anders ist es bei der Zusammenarbeit mit Journalisten.

2.2 Weiterungen im überregionalen Bereich

Neben der Lokalzeitung sind für Ihre Pressearbeit sicherlich noch viele andere Medien interessant. Denn wenn Sie nicht nur ein »lokales Produkt« oder eine »lokale Dienstleistung« anbieten, dann ist dieser Kreis immer weiter zu schlagen, je nachdem, wo Ihre Abnehmer sitzen.

Sie können sich nun der Mühe unterziehen und auch diesen erweiterten Presseverteiler selber pflegen. Wenn Sie ihn regelmäßig nutzen, wird sich die Mühe lohnen, nach dem gleichen Schema die Weiterung voranzutreiben und Tagespresse, Fachzeitschriften, Wirtschaftszeitungen, Magazine und andere Publikationen mehr auszuwerten, um an die Namen der Redakteure heranzukommen. Allerdings ist das ein hoher Aufwand. Einfacher ist es, solche Adressen bei Bedarf zu kaufen. Es gibt zwei Institutionen, die diese Adressen anbieten:

1. Das umfangreichste Adress-Sortiment hat der Print-Publication-Service GmbH, 4000 Düsseldorf 30, Sternstraße 63A, der exklusiv sämtliche 15 000 Anschriften des STAMM-Leitfadens in jeder nur möglichen Facettierung anbietet. Sie können dort aus einem umfangreichen Katalog jeweils 100%ig gepflegtes Adress-Material auf Selbstklebeetiketten oder in jeder anderen Form ausgedruckt gegen eine bescheidene Mietgebühr binnen 24 Stunden erhalten. Damit haben Sie eine Chance, sämtliche Verlage in der Bundesrepublik ansprechen zu können.
2. Schmaler sortiert ist der Verlag Dieter Zimpel in München. Zimpel ist der Herausgeber des PR-Reports und bietet sämtliche *Zeitungsadressen* in der Bundesrepublik an.

Preislich tun sich beide Verlage nicht viel. 1 000 Adressen kosten im Schnitt ca. 200 DM, so daß eine Karteipflege in größerem Stil kaum noch lohnend erscheint.

Besonders der Print-Publication-Service bietet die Möglichkeit an, komplette PR-Karteien für Industriebetriebe zu führen. Das heißt, Ihre eigenen Adressen werden von dort immer auf den neuesten Stand gebracht. Und das für wenig Geld.

Fehler werden durch die Alltagsarbeit des Verlages im Adress-Bereich praktisch ausgeschaltet, so daß Sie immer über einen brandaktuellen Verteiler verfügen und keine Irrläufer in Kauf nehmen müssen, die ja letztlich nicht nur Porto, sondern eine ganze Menge Geld mehr kosten: Papier, Druck, Fotos, Verpackung, Versand etc.

Viele große Unternehmen haben sich zwischenzeitlich schon dieses

Services bedient und nutzen ihn so intensiv, wie jeder Mittelständler mit seinem Steuerberater die DATEV nutzt.

3. Der richtige Weg zum guten Presse-Foto

Was wären Zeitungen und Zeitschriften ohne ihre Bebilderung? Eine »Wüste«, bestehend aus tausenden von Buchstaben, die in sich eine graue Fläche bilden. Bilder sind so wichtig für eine Zeitung wie das Salz für die Suppe. Es gibt zwei Arten von Presse-Fotos:

Da ist erstens das klassische Presse-Foto, das von einem Fotografen des Verlages erstellt wird. Und dann gibt es darüber hinaus das *Produkt Presse-Foto*. Über das erstgenannte sprechen wir im Anschluß, während das zweite unter dem Aspekt der Produkt-PR abgehandelt wird.

Das Foto des Presse-Fotografen.

Schlagen Sie zu diesem Zweck noch einmal Ihre Tageszeitung auf. Sie finden im Lokalteil vielfältige Fotos aus dem Alltag der Provinz. Da werden Baustellen gezeigt, Impressionen aus der Natur, Bilder diskutierender Ratsherren, Auto-Unfälle, aber auch Fotos, die einen Bezug zu einem Unternehmen oder einem Unternehmer herstellen. Die Fotos sind vom Presse-Fotografen des Verlages gemacht, der alleine oder gemeinsam mit dem Lokalreporter auf der Suche nach veröffentlichungswürdigen Anlässen ist.

Nun hängt die Möglichkeit, auch per Foto in die Zeitung zu gelangen, vom Anlaß ab. Da auf zehn Textbeiträge im Durchschnitt nur ein Foto abgedruckt wird, ist die Chance natürlich ungleich kleiner als die, einen Pressetext zu plazieren.

Für ein Presse-Foto muß deshalb ein reizvoller Anlaß gegeben sein.

Das Bild soll schließlich den ansonsten grauen Presse-Text lockern, er soll den Leser zum kurzweiligen Betrachten auffordern. Presse-Fotos dürfen nicht stupide, sondern müssen mehr noch als der Text interessant, aktuell, sehenswert sein. So wird kaum ein Presse-Fotograf zu Ihnen kommen, um die Jubilarfeier Ihrer Prokuristin zu fotografieren, wenn Sie selbst das Präsent der Belegschaft übergeben. Anders, wenn ein prominenter Politiker oder Wissenschaftler zugegen wäre, um der Jubilarin das Präsent zu überreichen . . . Auch das Einspannen von Hilfsorganisationen ist immer von Vorteil für ein attraktives Presse-Foto.

Wenn Sie der Deutschen Krebshilfe eine Spende übergeben, wenn ein

Kinderheim auf Kosten eines Malerbetriebes renoviert wird, wenn eine Behindertenwerkstatt eine neue Maschine geschenkt bekommt, dann sind das durchaus Anlässe, die für ein Foto geeignet sind.

Autogrammstunden in Büchereien oder Schallplattengeschäften sind ein ebenso willkommener Anlaß, sich mit Prominenz zu umgeben und den Presse-Fotografen zur Bildberichterstattung zu motivieren.

Auch »Gags« kommen gut an, wenn sie tauglich sind für ein Pressebild. Ein Elefant zu Besuch im Porzellanladen – das wäre ein spritziger und volksnaher Fotoinhalt. Natürlich dürfen Sie auch bei Presse-Fotos die Regeln nicht vergessen, die teilweise für den Presse-Text gelten. So sieht es kein Pressefotograf gerne, wenn rund um das Ereignis ein ganzer Schilderwald mit Ihrem Namens-Schriftzug aufgebaut ist und er verzweifelt nach einer Perspektive sucht, die nicht »wie Werbung aussieht«. Auch das Einkleiden von Besuchern in T-Shirts oder mit Schirmmützchen, auf denen der Name des Unternehmens prangt, sind viel zu viel Werbung. Da Bilder immer mit Bildunterschriften »konsumiert« werden, reicht eine dezente Nennung Ihres Firmennamens als Initiator der im Bild dargestellten Ideen völlig aus. Man sollte nie des Guten zuviel tun. Wenn allerdings der Firmenname »ganz natürlich« ins Bild zu bringen ist, so ist dagegen nicht zu sagen. Wenn das neue Bürohaus den Hintergrund bildet und die Außenwerbung prangt neu und strahlend daran, dann gibt es keinen Grund, diese abzumontieren, um das Bild »wertfrei« zu halten. Dagegen hat auch kein Presse-Fotograf etwas einzuwenden. Verderblich sind nur die so augenscheinlich vorproduzierten Szenen, in denen die Namenszüge des Unternehmens linkisch hingestellt sind, nur um ja ins Bild zu gelangen.

Auch *Auszeichnungen* sind immer eine Möglichkeit, mit dem Bild in die Zeitung zu gelangen. Wenn dem Chef das Bundesverdienstkreuz überreicht wird, wenn der Handwerker in die Prüfungs-Kommission der Innung berufen wird oder wenn die Auszubildenden die Abschlußprüfung mit Prädikat gemacht haben – solche Anlässe sind eines Fotos würdig. Weder Pressemann noch Leser haben das Gefühl, mit »Werbung« überrollt zu werden. Schließlich handelt es sich um Ereignisse von öffentlicher Bedeutung. Aber in dieser Unterschwelligkeit liegt ein besonderer Reiz. Hier wird zwar keine Nachricht unters Volk gestreut, die sich auf Umsatz und Erträge des Unternehmens auswirkt, hier wird jedoch sehr viel für die Imagepflege getan. Ein Unternehmen, das ein- oder zweimal pro Jahr auf diesem Wege eine Würdigung erfährt, hat sicherlich einen guten Ruf und gilt im örtlichen Bereich als Garant für Solidität und Qualifikation.

Presse-Fotos für Herstellergemeinschaften

Wie beim Presse-Text, so gibt es zwischenzeitlich auch beim Presse-Foto eine ganze Reihe von Abwandlungen, die mehr oder minder »werblich« wirken. Gern produziert, weil gerne aufgegriffen, werden Presse-Fotos von Hersteller- oder Erzeugergemeinschaften. Die gesamte deutsche Landwirtschaft füttert regelmäßig die Tageszeitungs-Redaktionen mit Presse-Fotos. Wenn eine neue Kartoffel-Ernte eingefahren wird, die besonders gut ausgefallen ist, dann steht der Landwirtschaftsminister auf dem Acker zwischen einer glücklichen Bauernfamilie und lobt die neue Ernte. Wenn die Rotkohl-Ernte für die Konserven-Industrie gute Erträge zeigt, auch dann sieht man propere Bauersfrauen Kohlköpfe vor die Produktionsstätten der Verarbeiter anliefern. Themen lassen sich in diesem Bereich unendlich viele und jährlich wiederkehrend neu bringen. Ihre Aufgabe soll es sein, den Verbraucher auf die neue Ernte aufmerksam zu machen und dadurch den aktuellen Frische-Absatz zu beflügeln.

Nicht nur aus der Landwirtschaft stammen solche Themen. Auch die Energie-Erzeuger und sogar Vater Staat beteiligen sich bei solchen Presse-Foto-Aktionen, bei denen eine »Werbung« öffentlich nicht stattfindert. Wenn es um Energie-Einsparung geht, dann sind Fotos mit sonntäglich radelnden Familien möglich. Oder Geldscheine fliegen von einer Zentralheizung hoch zum Fenster hinaus – was symbolisiert, daß »Geld zum Fenster hinausgeheizt wird«. Besonders pfiffig sind auch Textbeiträge, die ganz ohne Firmenbezug Tips zur Wohnungsrenovierung geben. Da wird über Dispersionslacke und deren Verarbeitung gesprochen, über Tapetenrollen informiert. Auch hier geht es mehr darum, einen Trend herbeizuführen, der dann allen Herstellern eines Wirtschaftsverbandes zugute kommt.

Leicht haben es Unternehmen, die Produkte von allgemeinem Interesse herstellen. Die Automobilindustrie wurde bereits zu Anfang dieses Buches benannt. Dort werden Fotos in Hülle und Fülle produziert: Autos auf Gebirgsstraßen, mit jungen Mädchen am Steuer, durch Matsch und Schnee.

Ein Dutzend Autozeitungen und die regelmäßigen Verlagsbeilagen zum Thema Auto in praktisch jeder Tageszeitung sind die Abnehmer für solche Fotos.

Aber auch Möbelhersteller und Bekleidungsfabrikanten haben es in Sachen Presse-Fotos gut. Denn diese Produkte unterliegen modischen Tendenzen, sind damit von öffentlichem Interesse und werden stets benötigt, wenn ein Verlag ein Spezialthema herausgeben möchte. Besonders im Bereich der Frauenzeitschriften und Spezialtitel (Schöner Wohnen) haben sie gute Abdruckchancen.

Die Presse-Abteilungen der großen Herstellerwerke arbeiten oftmals Hand in Hand mit den Redaktionen. Einmal im Jahr wird der Redaktion das neue Programm vorgestellt, verbunden mit dem Hinweis, daß alle diese schönen Produkte leihweise zur Verfügung stehen würden, wenn sie für einen Presse-Bericht benötigt werden. Plant dann der Redakteur einen Bericht, so setzt er sich mit den verschiedenen Anbietern in Verbindung und läßt für seine mehrseitige Foto-Reportage von allen Anbietern die benötigten Produkte ins Fotostudio schaffen. Da werden dann ganze Wohnungen aufgebaut. Wenn das Thema ›Mode und Wohnen‹ hieße, würde auch noch eine glückliche und modern gekleidete Familie in den schönen Möbeln herumhopsen. Unten rechts befinden sich dann stets die »Bezugsquellenhinweise«, denen man entnehmen kann, wo all die schönen Sachen zu kaufen sind. Diese letzte Form des Pressefotos geht fließend über in den Bereich der Produkt-PR, auf die ich nachfolgend eingehen werde.

Teil VIII

1. Presse-Arbeit für Produkte – eine Art »Presse-Werbung«?

In den bisherigen Ausführungen haben wir uns eingehend damit auseinandergesetzt, wie die Grundstrukturen der Öffentlichkeitsarbeit sind und welche Grundsatzregeln es für Presse-Arbeit zu beachten gilt. Sie haben erfahren, wie Journalisten denken, welche Ereignisse »pressetauglich« sind, welche Formen der Berichterstattung man wählen sollte. Sie wissen nun, daß Presse-Arbeit ein Instrument des Informations-Managements ist, mit dem man auf hohem Niveau das Image von Unternehmen in entsprechende Richtungen oder in Spezialsegmenten korrigieren kann.

Nun sollte man neben der Hohen Schule der Öffentlichkeitsarbeit aber auch den Presse-Alltag nicht vergessen. Und in diesem Presse-Alltag ist es die Aufgabe eines Öffentlichkeitsarbeiters, die Neuigkeiten aus der Produktion wirksam über die Presse zu vermarkten.

Denn jeder Unternehmer ist zu Recht der Überzeugung, daß seine neuen Produkte auch von Publikumsinteresse sind. Dieser Bereich, den man früher noch als »Schleichwerbung« behandelte und der noch vor wenigen Jahren verpönt war, wird heute als Produkt-PR bezeichnet und ist durchaus Bestandteil zahlloser Zeitungen und Zeitschriften geworden. Nun gibt es auch hier mehr Produkte als Zeitungs-Seiten. Es gibt ferner Produkte, bei denen der Redakteur mit einer Selbstverständlichkeit ohnegleichen die Veröffentlichung vornimmt. Und dann gibt es wieder Produkte, deren Aufnahme in sein Medium er heute immer noch als eine Art »Schleichwerbung« ansieht und sie deshalb von der Öffentlichkeit fernhält.

Wenn Sie das Glück haben, Pressemann in der Elektronik-Branche zu sein, dann ist das Erreichen von Presseveröffentlichungen kaum ein Problem. Denn es vergeht kein Monat, in dem nicht von vielen Zeitungen und Zeitschriften Tests von Hifi-Anlagen, Berichte über deren Qualität und Rubriken wie »Neues auf dem Hifi-Markt« erscheinen. Auch Autos, Motorräder und freiverkäufliche Medikamente gehören heute zu den regelmäßigen »Rennern« im Bereich der Produkt-PR.

Gut gemachte Produkt-PR kann durchaus eine flankierende Kommunikationsmaßnahme zur Werbung sein. Mit oftmals geringen Mitteln kann ein Millionenpublikum erreicht und der Absatz eines Produktes erheblich gesteigert werden. Denn die Glaubwürdigkeit solcher Berichterstattung ist ungleich höher als die der Anzeigenwerbung, darüber besteht kein Zweifel. Weil das natürlich viele wissen, tummeln sich auf dem Feld der Produkt-PR auch Abertausende, die die Redaktionen mit ihren Fotos überschwemmen. Selbst wenn man beobachtet, daß nun mancher Verlag heute in regelmäßiger Folge Neuheiten-Seiten und Neuheiten-Rubriken druckt – die Menge der Fotos läßt sich einfach nicht unterbringen, denn die Innovationsfreude der Industrie ist ungebrochen.

Auch hier gilt wieder, was bereits für die Pressemeldungen galt: Von hundert Fotos kommt immer nur eins zur Veröffentlichung.

Deshalb kommt es darauf an, auch in diesem Bereich gute Tips und Tricks zu kennen, die den Erfolg einer Veröffentlichung verbessern.

Den größten Fehler, den viele machen, sei Ihnen erst einmal zu Anfang mitgeteilt. Viele Unternehmen meinen, daß man Fotos, die anläßlich der Werbekampagne gemacht wurden, ja durchaus gut als »Presse-Fotos« verwenden könnte, »da sie ja sowieso einmal fotografiert seien«! So wird an ein werblich aufgebautes Foto dann noch der Begleittext drangeklebt und fertig ist das Presse-Foto.

Weit gefehlt. Der Journalist fühlt sich hier als Handlanger der Werbung verschaukelt, was durchaus verständlich ist. Denn es ist schon eine arge Zumutung, dem Journalisten ein Werbemotiv unterzujubeln, das möglichst noch zur gleichen Zeit großformatig und farbig als Anzeige einige Seiten weiter das Heft ziert.

Deshalb prägen Sie sich bitte *auf ewig (!)* diese Sätze ein:

1. Produkt-PR darf keinerlei Ähnlichkeit mit der Werbung haben!

Damit ist auch der Werbefotograf nicht der richtige Partner, um solche Fotos zu erstellen, sondern der geschulte Presse-Fotograf. Dem Werbefotografen kommt es darauf an, das Produkt von seiner schönsten Seite zu zeigen. Er belichtet ästhetisch, putzt das Produkt, bis es auf Hochglanz ist und sorgt über die Kameraeinstellung für zauberhafte Blickwinkel. Ganz anders geht der Presse-Fotograf ran: Er sucht die »aktuelle Seite« des Produktes, zeigt es im Einsatz, versucht die Robustheit darzustellen oder bringt es zusammen mit Personengruppen, die das Produkt benutzen. Sein Fotostil ist »journalistisch«. Versuchen Sie auch nie, einen Werbefotografen zum Pressefotografen umzupolen. »Sie sind ja grade dabei, machen Sie doch auch noch ein paar Pressefotos . . .«.

Er kann es nicht, weil er kein Pressemann ist. Genauso wie man keinen Jungliteraten zum Werbetexter umpolen kann, kann man keinen Werbefotografen zum Pressefotografen machen!

2. Produkt-PR muß saisonalen Bezug haben.

Viele Produkte haben einen saisonalen Bezug, entweder was den *Kauf* angeht (besonders zu Weihnachten), was die *Benutzung* angeht (nur im Sommer), was die *Herstellung* angeht (immer nach der Ernte), was den *Betrieb* angeht (vor der Urlaubszeit). Je saisonaler der Bezug, desto größer natürlich die Chance des Abdrucks. Kein Journalist hat Interesse daran, beispielsweise im Hochsommer über M + S-Reifen, Türschloßenteiser und Schneeketten zu berichten. Deshalb wäre der Versand von Produkt-PR-Fotos zu diesen Themen in dieser Saison herausgeworfenes Geld. Wer das richtige Foto zur richtigen saisonalen Zeit herausschickt, hat die Abdruckchancen wiederum verbessert.

Am einfachsten geht das noch bei Tageszeitungen, die keine lange Vorlaufzeit haben und bei denen ein kurzfristiger Versand möglich ist. 14 Tage bis drei Wochen vor Saisonbeginn allerdings sollte das Foto in den Redaktionen vorliegen.

Wochenzeitungen haben dagegen schon längere Produktionszeiten. Hier sind drei bis fünf Wochen die notwendige Vorlaufzeit. Und bei den Monatszeitschriften rechnen Sie bitte mit zwei bis drei Monaten Vorlaufzeit, weil dort besonders lange Produktionszeiten gegeben sind.

Wer also mit seinem Produktfoto alle drei Medienarten gleichzeitig bedienen will, der muß einen *zeitverschobenen Versand* vornehmen. So wird das Foto mit dem neuen Türschloßenteiser dann tatsächlich im *September* an die *Publikumspresse,* im *Oktober* an die *Wochenpresse* und Anfang *November* an die *Tagespresse* verschickt. Der Wunsch nach Veröffentlichung konzentriert sich dann in allen drei Mediengruppen auf die erste Frostperiode, die erfahrungsgemäß *Ende November* zu erwarten ist. Solchermaßen geplante Aktionen fallen dann konzentriert in den überschaubaren ganzheitlichen Zeitraum von vier Wochen.

Das hat noch einen weiteren Vorteil: Würde der Publikumsredakteur beispielsweise bereits im September das Türschloß-Foto in der Tagespresse vorfinden, so hätte es für ihn keine Aktualität mehr. Schließlich ist es ja seine Aufgabe, den Lesern ständig etwas Neues vorzustellen. Und alles, was vorher veröffentlicht wurde, gilt als »out«. Bei dem zeitverschobenen Versand können solche Ausrutscher nicht mehr passieren. Selbst wenn der Redakteur Anfang November das gleiche Presse-Foto in der Tagespresse ›ortet‹, dann kann er es aus seinem Heft nicht mehr herausnehmen, weil die Publikumszeitschriften viele Teile des redaktionellen Inhalts bereits Wochen vor dem eigentlichen Erscheinen produzieren.

3. Produkt-PR-Fotos müssen schnell begreifbar sein.

Gehen Sie getrost davon aus, daß der Redakteur sich höchstens zehn Sekunden Zeit nimmt, um Ihr Foto zu betrachten. Denn schließlich ist es eines von vielen, die ihn in seiner Redaktion täglich erreichen. Wenn er nicht innerhalb dieser zehn Sekunden »begreift«, was das Foto aussagen soll, wandert es garantiert in den Papierkorb. Deshalb müssen Produkt-PR-Fotos von einer nicht zu übertreffenden Aussagekraft sein. Solche Fotos erarbeitet kein Paßfotograf im Ort oder etwa der Chef selber mit seiner Hobbyausrüstung. Sie brauchen dafür schon einen Profi. Für die Produktion von Presse-Fotos sind die besten (und damit leider auch die teuersten) Fotografen gerade gut genug.

Legen Sie also Ihr Presse-Foto verschiedenen Testpersonen vor. Wenn diese nicht binnen weniger Sekunden sagen können, was auf dem Foto dargestellt werden soll, können Sie sich das Geld sparen, das Foto herauszusenden – es wird keine Gnade beim Redakteur finden. Prüfen Sie übrigens die Aussagekraft des Fotos nicht nur in der Größe, die Ihnen vorliegt. Sondern beachten Sie auch die Verkleinerung. Denn das große Presse-Foto von 13 x 18 cm Normalformat wird oft nur winzig klein reproduziert und kann viel von seiner Wirkung verlieren. Der Journalist hat den Blick dafür, wie ein Foto in der Verkleinerung wirkt. Da Ihnen dieser »Blick« allerdings fehlt, sollten Sie von jedem Presse-Foto einen Minimal-Abzug fertigen lassen bis auf einer Verkleinerungs-Stufe von 6 x 4 cm!

4. Produkt-PR muß einen aktuellen Inhalt haben.

Ein weiterer wichtiger Faktor ist die Aktualität des Themas. Ein Redakteur, der die Qual der Wahl hat, wird immer nur das aktuellste Thema wählen. Man berichtet über die neuesten Autos, die neueste Stereoanlage und die verrücktesten Ideen. Wenn Sie also nichts gravierend Neues anzubieten haben, können Sie sich das Geld für Produkt-PR sparen, denn sie würde sich angesichts der massiven Konkurrenz nicht durchsetzen können.

Chancen haben Sie, wenn zwar das Produkt nicht neu ist, aber der Anwendungszweck: Wenn der Teppichreiniger zur Sommersprossen-Entfernung geeignet ist, wenn der Fotoapparat Röntgenaufnahmen macht, dann haben auch etablierte Produkte eine Abdruckchance.

Auch wesentliche technische Änderungen (besonders nach schlechten Testergebnissen) sind von Interesse.

5. Produkt-PR sollte kreativ mit zu erwartenden Ereignissen gekoppelt werden.

Neben dem saisonalen Bezug kann man mit guter »Spürnase« auch Ereignisse voraussehen.

Fernsehsendungen, Messen, Volksfeste und Sporttermine beispielsweise sind oft über Wochen im voraus zu planen. Auch politische Ereignisse werfen ihre Schatten voraus. Selbst die Wetterentwicklung ist einigermaßen im voraus planbar. Wenn Sie bereits heute das Gespür haben, welches Thema zu welcher Zeit »pressegängig« ist, dann können Sie daraus die Ideenentwicklung des Fotos schöpfen. Die Presse unterliegt ferner gewissen Trends, die Jahr für Jahr zu erwarten sind: Wenn der Herbst beginnt, so können Sie sich beispielsweise auf das stets wiederkehrende Thema »Saunabaden« geradewegs verlassen. »Basteln mit Kindern« ist wiederum ein typisch weihnachtliches Thema, wie der Februar vom »Karneval« beherrscht wird. Das sind Zeiten, die für Saunazusätze, Uhu und Alka-Seltzer geeignet wären, und das jedes Jahr auf's Neue.

6. Produkt-PR nie mit negativen Situationen verbinden.

Selbst in der Werbung ist es heute umstritten, mit negativen Erlebnisbildern zu arbeiten, um Aufmerksamkeit zu wecken. Solche Negativ-Kampagnen müssen sehr sensibel erarbeitet sein, wenn sie nicht zur Peinlichkeit ausarten wollen. Bei der Produkt-PR verbietet sich eine negative Berichterstattung, weil sie in das Umfeld der Berichterstattung nicht hereinpassen würde. Der Einordnungsmaßstab des Redakteurs heißt meistens »Produkte für ein schöneres Leben« oder ähnlich und soll dem Leser ein *positives* Lebensgefühl vermitteln.

7. Produkt-PR nicht mit Prominenten koppeln.

Während in der Öffentlichkeitsarbeit Aktionen mit Prominenten im allgemeinen eine gute Resonanz erbringen, ist deren Einsatz bei der Produkt-PR gänzlich ungeeignet. Eine Weinkönigin mag zwar für ihr Weinbaugebiet und für die Presse eine darstellbare Figur sein. Wenn Sie aber einen Fußballer vor eine Stereo-Anlage setzen und diesen lustvoll den Tönen lauschen lassen, dann wirkt ein solches Foto »gestellt«. Der Journalist wittert, daß es sich hier um bezahlte PR handelt, und daß man ihn hierfür mißbrauchen will, dies auch noch zu unterstützen.

In diesem Zusammenhang sei vielleicht auch noch das Psycho-Dilemma erwähnt, in dem sich der Journalist befindet. Er weiß natürlich einerseits, daß er hier von der Industrie »benutzt« wird und seine Arbeit als billiger Werbe-Ersatz gilt. Er weiß aber auch, daß sich Verbraucher durchaus für Nachrichten aus der Industrie interessieren. Andererseits gebietet ihm seine journalistisch getrimmte Grundeinstellung, möglichst wertfrei über die Themen zu berichten.

Deshalb ist es so wichtig, daß man den Mann in der Redaktion nicht »unnötig reizt«, indem man zu viel »Werbung« in die Bilder hineinpackt. Je eher er noch das Gefühl hat, hier eine akzeptable journalistische Leistung zu vollbringen, desto eher ist er geneigt, das Foto zum Abdruck zuzulassen.

8. Produkt-PR klar von den Aktivitäten des Wettbewerbers abgrenzen.

Wie auch bei Werbekampagnen sollte bei der Produkt-PR eine klare Abgrenzung zu den Aktivitäten des Wettbewerbers geschaffen werden. Stil, Aufmachung und der textliche Ansatz dürfen nicht den Fotos des Wettbewerbs gleichen, dann wird immer nur einer das Rennen machen. Und für den, der nicht ausgewählt wurde, fängt in diesem Verlagshaus *ein Jahr der Abstinenz in Sachen Presse-Foto an.* Denn wer nicht in die Rubrik mit den neuen Produkten aufgenommen ist, kann nicht erwarten, im Folgemonat mit einem ähnlichen Foto und noch ähnlicherem Produkt dabei zu sein. Meist dauert es ein ganzes Jahr, bis der Journalist das Thema ein zweites Mal anfaßt. Sie können sich in dieser Zeit jede Aussendung sparen.

9. Produkt-PR-Fotos müssen mit dem Medium harmonieren.

Bei vielen Produkten ist es mit einem Foto allein nicht getan. Wenn Sie beispielsweise einen abschließbaren Fenstergriff haben, der es Einbrechern schwermacht, durch das Fenster einzusteigen, dann ist diese Nachricht grundsätzlich für *alle* Zeitschriften geeignet. In einer Heimwerker-Zeitschrift wird es ausreichen, wenn Sie eine sachliche Darstellung des Produktes nebst seiner Schlüssel zeigen. Für eine Frauenzeitschrift dagegen würde eine solche Aufnahme viel zu sachlich wirken. Da erwartet man einfach eine ganz andere Bildauffassung. Solche Beispiele gibt es viele. Sie steigern Ihre Abdruckchancen, wenn Sie nicht ein Foto pauschal an alle schicken, sondern durchaus den unterschiedlichsten Redaktionen Ihr Thema »mediengerecht« servieren. Das ist nicht ganz billig. Aber bedenken Sie, daß beispielsweise eine Veröffentlichung in einer Zeitung wie der HÖR ZU schnell einen Wert von über 30 000,– DM darstellt – und dafür lohnt es sich auch schon, über individuelle Presse-PR-Fotos nachzudenken.

10. Produkt-PR-Fotos mit Personen wirken menschlicher.

Viele Produkte wirken trostlos, wenn man sie als reine technische Abbildung zeigt. Ein Toaster, ein Rasenmäher, ein neues Fahrrad verlangen förmlich danach, durch den Menschen bedient zu werden. Auch wenn es darum geht, bei Produkten das Größenverhältnis darzustellen, ist der Mensch selber oder die menschliche Hand notwendig, um das zu signalisieren. Eine Taschenuhr hat ohne die haltende Hand die Größe einer Bahnhofsuhr. Eine Brotschneidemaschine ohne Zugabe einer Hausfrau wirkt wie ein Sägewerk.

Nun müssen Sie nicht die schönsten Damen, Herren und Kinder des Landes bei den Modellagenturen buchen, um Ihr Foto zu veredeln. Zeigen Sie lieber Leute aus dem Leben, Menschen, wie man sie täglich in den »normalen« Pressefotos einer Zeitung sieht. Zu schöne Menschen wirken auf solchen Presse-Fotos wieder zu künstlich. Die Bäuerin in der Kittelschürze, die auf dem Acker die Kartoffeln hält, wirkt glaubwürdiger als das knackige Fotomodell, das mit Kußmund eine Kartoffel herzt. Bitte beachten SIe auch, daß die Auswahl des Fotomodells vom Produkt und dessen Einsatz abhängig ist. Ein Kind läßt man nicht mit technischem Gerät hantieren. Ein Mann bedient keinen Toaster, eine Frau keine Bohrmaschine.

Ausnahmen bestätigen die Regel: Wenn Sie einen Rasenmäher haben, der auch von zarter Frauenhand denkbar leicht zu führen ist, dann ist der Einsatz einer Frau als Fotomodell natürlich angebracht, um dem Foto mehr Aufmerksamkeitserfolg zu verschaffen.

11. Sachaufnahmen bedürfen einer besonderen Dramatik.

Im handwerklich-technischen Bereich dominiert die Sachaufnahme unter den Produkt-PR-Fotos. Da sieht man Schraubenschlüssel, Bohrmaschinen, Farbeimer, Dübel und vieles mehr. Leider wirken so dargebrachte Fotos wie Auszüge aus dem Ersatzteilkatalog der Firmen selbst. Mangels besseren Materials druckt manche Fachzeitschrift und auch manche Handwerkerzeitschrift diese Sachaufnahmen ab. In der Regel aber so klein, daß man sich an der Trostlosigkeit des Fotos nicht stören muß. Ist jedoch einmal eine gutgemachte Aufnahme dabei, bildet sie gleich den Blickfang für eine komplette Seite. Das heißt: Je attraktiver Ihre Sachaufnahme, desto großformatiger wird in der Regel deren Veröffentlichung sein. Es lohnt sich also, den Fotografen zu bitten, das sachliche Produkt auch aus Blickwinkeln zu zeigen, die unüblich sind. Per Mikrofotografie kann man Details raffiniert herausarbeiten, Perspektiven können mit der Kamera so verschoben werden, daß völlig neue und journalistisch wirksame Blickwinkel entstehen.

Seien Sie mutig in solchen Dingen – der Redakteur dankt es Ihnen durch großzügige Bemessung des Redaktionsraumes.

12. Verzicht auf den Firmennamen im Bild steigert die Abdruckchance.

Besonders unbeliebt machen sich Presse-Fotos, auf denen unretuschierbar und unübersehbar der Name des Herstellers gezeigt wird. Ja, manche Fotos sind so aufgebaut, daß kaum noch das Gerät, sondern sehr viel mehr der Name ins Auge sticht. Auch eine solche Darstellungsform mindert die Abdruckchancen, weil wiederum zu sehr die Absicht der »erschlichenen Werbung« herausschaut. Wenn schon der Produkt- und der Firmenname vorhanden sind, dann bitte so klein, daß er den Realitäten entspricht. Wägen Sie von Fall zu Fall ab, ob es nicht besser ist, einen Retuscheur zu bitten, per Spritzpistole das Bild anonym zu machen und Sie sich auf die Erwähnung des Namens im Text verlassen.

2. Beliebte Variationen des Produkt-PR-Fotos

Der Vollständigkeit halber sollen Sie für Ihre Arbeit noch einige Variationen des Pressefotos kennenlernen. Diese Variationen sind relativ selten, weil es eben etwas Mühe kostet, sie zu erdenken und zu reproduzieren. Wer sich allerdings die Mühe macht, solche Presse-Aussendungen zu erdenken und dazu auch das passende Thema hat, trifft in den Redaktionen auf viel Entgegenkommen. Denn das ist Journalismus, wie ihn der Redakteur liebt. Da ist nicht nur irgendetwas Heruntergeknipstes, sondern da hat sich jemand die Mühe gemacht, mit dem Bild eine kleine Reportage zu erarbeiten.

1. Vorher/Nachher-Fotos.

Diese Varianten bieten sich in der Kosmetikindustrie ebenso an wie im Bereich des Baubedarfs. Der Erfolg einer Kosmetik-Serie zeigt sich am besten, in dem man nach dem Vorher Nachher-Prinzip die Frau vor der Behandlung und Stunden nach der Behandlung zeigt. Vorher »alt und schlaff« wird die Haut nach der Behandlung »jugendlich schön«. Auch Themen wie nachträglicher Badezimmer-Einbau eignen sich für Vorher Nachher-Darstellungen. Links auf dem Foto sieht man den unaufgeräumten Speicher – schmuddelig und grau. Auf der rechten Seite des Fotos strahlt uns das neue Badezimmer entgegen – ganz aus Bauelementen in Systembauweise zusammengesetzt.

Solche Bilder haben viel Aussagekraft, weil sie eine Geschichte erzählen, ohne daß es vieler Worte bedarf.

2. Bildmontagen von Zeichnungen und Fotos.

Es gibt viele Produkte, die *erklärungsbedürftig* sind. Systemgeräte beispielsweise, bei denen durch Zusammenstecken verschiedener Teile eine völlig neue Wirkung erreicht wird. Auch die Wirkweise zwischen dem Innenleben und dem äußeren Chassis sind oft in einem Foto nicht verständlich genug darzustellen. Hier bietet sich die Montage zwischen Bild und Zeichnung an, die dieses Informationsdefizit korrigiert. Auf einen Blick kann der Leser sehen, in welcher Form sich das im Bild gezeigte Produkt verändern läßt und welche vielfältigen Möglichkeiten es ihm bietet. Hier müssen nicht mehr langatmige Texte das Bild erklären, jeder hat die Funktion plastisch vor Augen.

3. Schaubilder, Graphiken, Zeichnungen.

Man kann nicht alles fotografieren. Besonders wenn es um Dienstleistungen geht, erscheint ein Text ohne Bebilderung manchmal schwerfällig und ein Bild langweilig. Hier bieten sich Zeichnungen, Graphiken und Schaubilder an. Sie haben einen hohen Informationsgehalt, lockern den Umbruch einer Zeitung wesentlich auf und vermitteln das Anliegen auch für den flüchtigen Leser durchaus plakativ. Schaubilder und Graphiken werden darüber hinaus im Vergleich zu den allgemeinen Pressefotos selten genutzt. Es gibt beispielsweise nur fünf offizielle Dienste in der Verlagslandschaft, die sich des Themas angenommen haben und die Redaktionen mit solchen Schaubildern bedienen.

Wenn auf zehn Pressefotos ein Schaubild kommt, so wird deutlich, daß man sich mit diesem Medium nicht in einem so harten Konkurrenzkampf befindet wie bei den Pressefotos. Von der Produktionsseite her entstehen keine Mehrkosten, da Schaubilder ebenso wie Fotoabzüge reproduziert werden. Vielfach ist ihre Herstellung sogar noch billiger, da man keinen teuren Fotografen mit allem Drum und Dran buchen muß, sondern hierfür einen guten Graphiker einsetzen kann, der nicht ganz so hohe Kosten verursacht.

Schaubilder werden sicherlich in der Zukunft ein wichtiges Informationsmaterial, wenn sich Medien wie Bildschirmtext weiterentwickeln. Denn Btx ist wie kein zweites Medium dafür geschaffen, Schaubilder darzustellen.

Schaubilder werden meist einspaltig, seltener zweispaltig angelegt. Sie brauchen also von vorneherein weniger Platz als ein Presse-Foto, was die Chance des Abdruckes anhebt. Aber auch hier gilt die gleiche Regel wie beim Pressebild: Man muß innerhalb von zehn Sekunden erfassen können, was das Schaubild mitteilen soll. Ist es zu mühsam und kompliziert aufgebaut, wird es nicht weiterverwendet.

Zeichnungen und Graphiken wiederum verstehen sich mehr als Ergänzung eines Presse-Fotos. Wenn das neue Auto aus Japan nicht nur ein neues Styling hat, sondern auch einen Motor mit völlig neuer Funktion, dann wird das *Foto* das Auto-Styling zeigen und die *Zeichnung* den Motor in Form einer Explosionszeichnung. Viele Autohersteller geben ihren Presseaussendungen solche Detail-Zeichnungen bei, die auch gerne von den Redaktionen genutzt werden. Sie wirken »so schön technisch« und vermitteln dem Leser das Gefühl, als habe der Verlag unendlich lange recherchiert.

Bitte glauben Sie aber nicht, daß Sie nun aus ihrer Konstruktions-Abteilung die Blaupausen nehmen und daraus entsprechende Zeichnungen anfertigen lassen können. Zeichnungen und Graphiken müssen pressegerecht aufgebaut sein, blitzsauber in der Anlage und auch bei Verkleinerung und Vergrößerung noch absolut perfekt wirken. Die Kunst liegt bei den wenigen Fachleuten, die hier optimale Ergebnisse erbringen, oft auch im Weglassen verschiedener Details. Nicht jedes Ritzel beim Automotor kann gezeigt werden, denn dann würde die Zeichnung viel zu unübersichtlich. Auch hier beschränkt sich der Fachmann auf das Wesentliche, wobei die Vereinfachung so perfekt ist, daß sie niemandem auffällt. Solche Zeichnungen sind allerdings nicht billig, weil ein Fachmann bis zu zwei Tage daran arbeitet, die Grundvorlage herzustellen.

Wer diese generellen Regeln beachtet, hat seine Chancen schon ungleich verbessert, zu denen zu gehören, die in der Rubrik »Neue Produkte« landen. So wichtig wie der Inhalt der Fotos, so wichtig ist aber auch der Versand: Doch davon im nachfolgenden Kapitel.

3. Wege in die Redaktion

Jeder kleine wie große Verlag ist auch in Abteilungen aufgeteilt, die sich um spezielle Tätigkeiten kümmern. Hier spricht man jedoch nicht von der ›Abteilung‹, sondern vom ›Ressort‹. Jedes Ressort hat wiederum ganz spezielle Redaktions-Aufgaben zu erfüllen. Richten Sie also Ihre Produkt-PR *immer an das Ressort,* von dem Sie meinen, daß es für Ihre Botschaft der richtige Ansprechpartner ist. Und wenn die Möglichkeit besteht, daß nicht nur ein Ressort, sondern zwei oder gar drei sich für das Foto interessieren könnten, dann sollten Sie es gleich dreifach mit gezielter Angabe des jeweils zuständigen Ressorts herausschicken.

Wenn Sie die Namen der zuständigen Redakteure kennen – noch besser, denn dann landet das Foto ohne Umweg auf dem Schreibtisch des richtigen Mannes. Vermeiden Sie allerdings, jede Nachricht an den Chefredakteur zu richten. Durch diese Unsitte erhält der arme Mensch zwar täglich säckeweise Post, diese wird jedoch von irgendeiner Sekretärin durchgewühlt. Nur das erreicht ihn letztlich, was für ihn bestimmt ist. Alle anderen Sendungen nehmen nun ihren Lauf durchs Haus und nur noch mit Glück kommen sie tatsächlich im zuständigen Ressort an.

So gibt es in den meisten Verlagshäusern folgende Ressorts:

- Garten-Redaktion
- Wirtschafts-Redaktion
- Kultur-Redaktion
- Redaktion Vermischtes
- Redaktion Familie und Freizeit
- Motor-Redaktion
- Reise-Redaktion
- Neuheiten-Redaktion
- Mode-Redaktion
- Beilagen-Redaktion
(Hier werden Themenbeilagen unterschiedlicher Fachbereiche erstellt.)

Das sind die wesentlichen Redaktionen, in denen Produkt-PR-Fotos Verwendung finden. Bei Politik und Sport haben solche Fotos nichts zu suchen. Sie passen weder in das Umfeld der Berichterstattung noch werden sie vom Leser dort erwartet. Leute, die viele Presse-Fotos verschicken, lassen sich meist *einen Stempel* anfertigen, auf dem diese Begriffe groß und übersichtlich zur Verfügung stehen. Es kommt nicht auf Eleganz, sondern auf Funktionalität an, um der Poststelle im Verlagshaus, die täglich ihre Zentner zu bewältigen hat, behilflich zu sein und damit den Wert seiner Sendung wieder mal um ein paar Prozentpunkte zu steigern.

Die unterschiedlichen Interessen der Fachredaktionen.

Was interessiert denn nun wen, fragt sich der Leser. Die batteriebetriebene Pfeffermühle paßt schließlich in die Familien-Redaktion (Haushalt), in die Garten-Redaktion (Grillfest) und auch in die Redaktion ›Vermischtes‹.

Deshalb hier eine kleine Aufstellung am Beispiel von zwei Ressorts, welche Produkte für welche Redaktionen geeignet sind:

Motor-Redaktion. Informationen rund um das Auto: Autos, Reifen,

Zubehör, Schmieröle, Tuning, Veranstaltungen rund um Autos, Motorräder.

Redaktion Familie und Freizeit. Kosmetikneuheiten, Schlankheitskuren, Bekleidung, Textilien allgemein, Kinder, Gesundheit, Haushaltsartikel, soziale Themen.

Es gibt leider keine allgemeinverbindlichen Hinweise, in welchem Verlag nun welche Redaktion für ein Thema zuständig ist. Das ist teilweise auch davon abhängig, welches Ereignis welcher Redaktion zugeordnet wird.

So wird in Messe-Städten die Berichterstattung rund um ein regionales Messe-Ereignis mit Priorität von der Lokalredaktion vorgenommen. Auswärtige Zeitungen schicken dagegen ihre Wirtschafts-Redaktion zur Messe und analysieren das Ereignis nur aus der wirtschaftsbezogenen Sicht. Deshalb ist es also angebracht, immer mehrere Redaktionen gleichzeitig zu bedienen, wenn man sich keine Chance entgehen lassen will.

4. Wo sind welche Chancen am größten?

Wir unterscheiden auf jeden Fall fünf Formen von Medien, die Sie mit Ihren Pressemeldungen bedienen können:

- Fernsehen + Funk
- Tageszeitungen, Stadtteilzeitungen
- Wochenzeitungen
- Publikumszeitschriften
- Spezialtitel und Fachzeitschriften.

Nun hat jedes Medium seine spezifischen Eigenschaften, seine Vor- und Nachteile für die Presse-Arbeit. Deshalb nachfolgend eine kurze Analyse der Möglichkeiten, die Ihnen die Presselandschaft bietet.

Fernsehen und Funk – hier zählt die bare Mark.

Das gilt bei allen für das Größte: Einmal richtig mit seinen *Produkten* im Fernsehen zu sein, davon schwärmt jeder Unternehmer.

Leider ist die »Trefferquote« für Produkt-PR im Fernsehen geringer als ein Lottogewinn. Denn die Zahl der Sendungen, die dazu geeignet wären, ist verschwindend klein. Spielfilme, Nachrichten, Serien und Sport bilden das Gros des Unterhaltungsangebotes. Sendungen wie »Panorama« sind viel zu kritisch, um sich mit PR bestücken zu lassen.

Nur die unternehmerfreundliche Sendung »WISO« bietet ab und an einmal die Chance eines Firmenauftritts. Die dritten Fernsehprogramme bieten zwar etwas mehr Gelegenheit durch spezielle ›Hobbysendungen‹, aber auch hier ist es kaum möglich, auf »normalem« Wege seine Sendung zu bekommen.

Auch den Funk kann man ausklammern bei den PR-Betrachtungen, weil hier neben der gleichen Situation von knapper Sendezeit noch der Nachteil hinzu kommt, daß man Produkte nicht »zeigen« kann.

Es gibt nur eine Branche, die sowohl im Fernsehen als auch im Funk ihre Auftritte hat: die Automobilbranche. Des deutschen liebstes Gefährt ist auch bei Funk und Fernsehen ein beliebtes Sendethema.

Seit einigen Jahren läßt sich bei den Sendeanstalten eine völlig neue Form der PR finden: *Product-Placement,* eine Form der »bezahlten PR«. Die Idee stammt aus USA, wo schon seit über 15 Jahren gegen Bezahlung geschickt Produkteinblendungen in Spiel- und Fernsehfilme aufgenommen werden. Mit Dallas, Denver und James Bond schwappte die Product-Placement-Woge auch nach Deutschland herüber.

Wenn J.R. Ewing seinen aufgedunsenen Whisky-Leib genüßlich in die Fauteuilles seines Mercedes fallen läßt, wenn die Dallas-Mädel per Porsche über die Highways preschen, dann ist das keineswegs Zufall, sondern gegen Bezahlung erreicht worden. So finden Sie gleiches nunmehr auch in Deutschland. Wenn Derrick im BMW durch München kurvt, dann kostet das immerhin die Kleinigkeit von 70 000,– DM. Dafür ist das Fahrzeug allerdings auch fast eine Minute im Bild zu sehen, was bei Einschaltung in normalen Werbeblöcken glatt das Doppelte gekostet hätte.

Wenn Sie in einer Familiensendung wie der ›Lindenstraße‹ sehen, daß ein Kleinkind an der Nesquick-Packung nuckelt, auch dann ist das nicht Zufall, sondern bezahlte Einblendung.

Das Geschäft mit dem Product-Placement ist für beide Partner ein gutes Geschäft. Der Filmproduzent hat interessante Mehreinnahmen, die er in die Produktion oder in seine eigene Tasche stecken kann. Und der Mitwirker erreicht für die Hälfte dessen, was ein Werbespot gekostet hätte, eine interessante unterschwellige Plazierung seines Produktes. Hinzu kommt, daß er sogar *Werbezeit außerhalb der statischen Werbeblöcke* hat, die ZDF und ARD ansonsten zu bieten haben. Während das Werbefernsehen heute immer mehr abgeschaltet wird, ist die Zahl der Zuschauer bei Serien und Spielfilmen ungleich höher. Wer genau rechnet, wird schnellstens feststellen, daß er nur etwa 20 bis 25 % dessen bezahlt, was er ansonsten für werbliche Präsenz im normalen »Werbeblock« bei den beiden Sendeanstalten hätte hinblättern müssen.

Product-Placement ist keine Kleingeldbranche. Etwa 20 000 DM sind die untere Größe, für die Sie in eine Produktion aufgenommen werden. Diese Kommerzialisierung hat aber für die konventionelle PR den Nachteil, daß kaum ein Produzent bereit ist, Sie und Ihr Produkt kostenlos und tatsächlich »zufällig« auf die Mattscheibe zu bringen. So wird das Fernsehen mehr und mehr kommerzialisiert. Zwar verstoßen diese neuen Formen der Beeinflussung kräftig gegen die selbstgesteckten ethischen Richtlinien der Sendeanstalten, doch daran stört sich heute kaum noch jemand.

Auch der *Sport* ist durch das Fernsehen zum Werbeträger geworden. Wenn Sie die Bandenwerbung in den Stadien betrachten, wenn Sie auf den Leibchen der Sportstars Firmennamen sehen, dann sind das alles keine kostenlosen Gefälligkeiten und dem gezielten Raffinement, den guten Kontakten eines PR-Beraters zu verdanken. Immer und überall ist Geld im Spiel, wenn im Fernsehen Namen von Firmen auftauchen oder sich Prominente zu Firmen, Produkten und Erzeugergemeinschaften äußern. Produkt-PR werden Sie kaum unentgeltlich plazieren können.

Tageszeitungen/Stadtteilzeitungen

Tageszeitungen haben sicherlich den »meisten Platz«, um Produkt-Fotos zu drucken. Dennoch werden Sie solche hier selten vorfinden. Tageszeitungen sind *eine Domäne für institutionalisierte PR-Fotos.* Wenn die Tulpenzeit beginnt und die holländischen Bauern ein diesbezügliches Presse-Bild erarbeiten lassen, wenn der Bürgermeister einer Kleinstadt von ›Frau Antje‹ (von Käse aus Holland) in Käselaiben aufgewogen wird, wenn der Landwirtschaftsminister bei der Kartoffelernte hilft – aus diesen Themen schöpfen Tageszeitungen ihren täglichen Bilderstoff. Die Produkt-Fotos sind recht selten, und wenn sie gedruckt werden, dann im Zusammenhang mit *Sonderbeilagen* (Das moderne Haus, Der schöne Garten oder ähnlichem). Die Tageszeitung allerdings eignet sich dagegen hervorragend als Abnehmer für Schaubilder, besonders dann, wenn damit wirtschaftliche Zusammenhänge von allgemeinem Interesse dargestellt werden. Auch neue Bücher, Schallplatten und innovative Unternehmens-Neugründungen sind in der Tageszeitung gut aufgehoben. *Negativ* ist zu werten, daß eine Tageszeitung nie die Anschrift des Herstellers weitergeben würde. Damit mindert sich der Wert der Tageszeitung für Produkt-PR erheblich, denn was nutzt Ihnen eine Veröffentlichung, wenn kein Mensch in der Lage ist, zu erfahren, wo es das von Ihnen angebotene Produkt zu kaufen gibt.

Bei den Stadtteilzeitungen, von denen es immerhin 1 300 verschiedene Ausgaben in der Bundesrepublik gibt, sind die Chancen dagegen wiederum gut, gedruckt zu werden. Weil die Gruppe noch neu ist und weil die Ausschnittdienste sie zu selten erreichen, ist auch das Angebot des hereinkommenden Redaktionsmaterials wesentlich bescheidener im Vergleich zu einer großen etablierten Tageszeitung oder der Publikumspresse. Hier gelten auch sämtliche journalistischen Regeln nicht. Da Stadtteilzeitungen kostenlos verteilt werden und nur vom Anzeigengeschäft leben, kann man mit ihnen alles nur Mögliche veranstalten. Hauptsache, die Kasse stimmt. Wenn also Ihr Produkt-PR-Foto bei einem solchen Verlag landet, dann ist die Möglichkeit für einen Abdruck zwar sehr hoch, aber mindestens ebenso hoch ist die Chance, daß Sie einer der »Anzeigen-Terrier« anruft und nachfragt, *»ob Sie nicht bei Abdruck des Fotos auch bereit wären, eine Anzeige zu schalten«.*

Das ist nun wahrhaft nicht in Ihrem Sinne, denn hätten Sie das Geld für kostspielige Anzeigenwerbung, hätten Sie doch nicht Produkt-PR als Medium eingesetzt. Ich empfehle allerdings Verbänden und anderen Institutionen, die bisher nur die Tagespresse bedient haben, zukünftig auch die Stadtteilzeitungen zu belegen. Die Adressen bietet Ihnen der bereits benannte PPS – Print-Publication-Service in Düsseldorf an.

Wochenzeitungen – kaum Chance für Produkt-PR.

Wochenzeitungen (wie die ZEIT) bieten kaum Chancen für Produkt-PR. Denn diese Medien legen Wert darauf, als besonders anspruchsvoll charakterisiert zu werden und widmen sich in der Regel Themen aus Wissenschaft und Kultur. Natürlich gelingt es immer wieder einem Unternehmen, mit einer Pressenachricht in diese Medien zu kommen. Meist bewegen sich aber dann auch die darzustellenden Produkte in dem Klimafeld von Naturwissenschaft und Kultur. Wem es gelingt, sein Produkt mit dem Themenkreis der Wochenzeitung zu koppeln, kann natürlich Glück haben. Das Metallsuchgerät, mit dem man alte römische Münzen ausfindig machen kann, bekäme auf diese Weise eine interessante Beziehung zum Objekt. Es wird allerdings auch nur dann gedruckt, wenn sich ein längerer diesbezüglicher Bericht mit der kulturhistorischen Schatzsuche beschäftigt.

Illustrierte und Publikumszeitschriften.

Mit dieser Mediengattung ist der Markt heute mehr als besetzt. Rund 40 Frauenzeitschriften gibt es, hinzu kommen noch Dutzende von Spezialtiteln für alle möglichen Schwerpunkt-Leserschaften, von dem Junge-Mutter-Magazin bis hin zum Senioren-Gesundheitsratgeber. Eigene Redaktions-Teams halten ständig Ausschau nach neuen guten Ideen. Wenn Sie eine Zeitschrift wie BRIGITTE durchblättern, finden Sie im

Anhang eine fast halbseitige Bezugsquellen-Auflistung. Überall im Blatt verstreut findet man Produkt-Nachrichten. Dazu gehören Presse-Fotos ebenso wie Eigenproduktionen der Verlage. Da findet man vorne die Mode- und Kosmetik-Übersicht reichlich garniert mit allen nur möglichen Accessoires aus der Industrie. Dann folgen Gesundheitsberatung, Küchentips, Einrichtungstips und je nach Saison Gartentips oder Tips für den Winterurlaub.

Insgesamt hat eine Zeitschrift wie BRIGITTE weit über 100 Redaktionsseiten zu füllen, und das Woche für Woche. Hier ist also ein ständiger Bedarf an Informationen aus der Industrie gegeben. Bei anderen Frauenzeitschriften die gleiche Situation. Überall sucht man nach guten Ideen und möchte diese möglichst exklusiv zum Abdruck bringen.

Hier ist grundsätzlich das Terrain für PR-Abteilungen und professionelle PR-Beratung gegeben. Diese halten den ständigen Kontakt zu den Redaktionen, wissen oft um die geplanten Themen und beschaffen dafür die notwendigen Accessoires und Textbeiträge aus den Reihen der Industrie. Aber neben dieser individuellen Betreuung weiß man auch das gutgemachte Profi-PR-Foto zu schätzen. Es bewirkt hier zweierlei: Einerseits besteht die Möglichkeit, daß es im Original zum Abdruck gelangt. Andererseits kann es auch sein, daß die Redaktion diese Fotos zum Anlaß nimmt, ein Originalmuster für die Einbeziehung in eine größere Reportage anzufordern.

Ich empfehle Ihnen, mal an einem Kiosk einen Stapel von Zeitungen zu kaufen und diese sehr genau daraufhin zu analysieren, *welche Art* von Produkten vorgestellt und *wie* diese Produkte dargestellt werden. Besonders die Texte in ihrer oft erstaunlichen Kürze bei enormer Präzision sind eine Studie wert. Daraus lernen Sie, was der Verlag verlangt, welchen News-Wert die Ideen und Fotos haben sollen und wieviel Wert auf qualitatives Fotomaterial gelegt wird.

Hauptlieferant solcher PR-Fotos sind oftmals die Versandhäuser, die aufgrund ihrer internationalen Einkaufsbeziehungen Produkte kennenlernen, die es auf dem deutschen Markt noch nicht gibt. Da sie gleichzeitig durch ihren Versand-Katalog die Vermarktung übernommen haben, sind das beste Voraussetzungen für die Redaktionen, nicht nur Originelles vorzustellen, sondern sich gleichzeitig der nationalen Verfügbarkeit sicher zu sein.

Jede Mediengruppe hat ihre Besonderheiten. Männerzeitschriften, wie Playboy und andere sind stets auf der Suche nach luxuriösen oder amourösen Besonderheiten, die ein rechter Playboy braucht. Wenn Sie also Wohnzimmersessel im Rennfahrer-Look oder Bettwäsche aus schwarzer Seide herstellen, wird sich die Redaktion mit Wohlwollen um dessen Publizierung kümmern. Dagegen werden hier »brave« PR-Nachrichten nie zum Abdruck gelangen, weil sie nicht in den Stil des Heftes hineinpassen.

Bedenken Sie, daß sich jeder Verlag wöchentlich, 14tägig oder monatlich neu am Kiosk beweisen muß, weil er einen *gewissen Anspruch erfüllt.* Wer den Playboy liest, erwartet diese ganz spezielle Mischung aus Erotik, Chauvinismus und Exclusivität. Der Verlag kann es sich beim besten Willen nicht erlauben, dieses Image aufs Spiel zu setzen, indem er jetzt sein Heft vollpflastert mit ›braven‹ Nachrichten. Deshalb ist es auch sinnlos, Verlage mit ganz speziellem Anspruch in einen normalen Presseverteiler aufzunehmen. Die Zeit und das Geld kann man sich sparen.

Spezialtitel und Fachzeitschriften.

Spezialtitel im Publikumsbereich sind die vielen Perodika, die sich mit Auto, Freizeit, Reisen und Sportarten wie Segeln, Golf, Tennis und anderem mehr beschäftigen. Teilweise verfügen sie heute über Auflagen, die in die hunderttausende gehen. Spezialzeitschriften leben davon, daß sie von einem Thema alles wissen und damit ideale Ratgeber für ihre Leser sind. Rund 100,– DM kostet doch immerhin jedes normale Abonnement einer Spezialzeitschrift, und dafür möchte der Leser etwas geboten bekommen. Chancen haben auch da nur Produktideen, die tatsächlich den Spezialisten ansprechen. Hier ähnelt die Spezialzeitschrift der Fachzeitschrift, die auch nur Informationen in einem begrenzten Umfeld veröffentlicht. In solchen Verlagen handelt man nach dem Motto: »Schuster bleibe bei Deinen Leisten« und veröffentlicht nur das, was den Spezialisten wirklich interessiert. Diese Abgrenzung muß auch sein, denn gäbe es sie nicht, würde der Spezialtitel zu einem schlechten PR-Bauchladen verkommen, was wiederum dem Abonnement-Geschäft schaden würde.

Auch bei diesen Titeln lohnt es nur, mit wirklich sachgerichteten Informationen an den Verlag heranzutreten. In einer Seglerzeitschrift werden Seglerinformationen erwartet und keine Nachrichten über Staubsauger und Abendkleider.

Bei Fachzeitschriften gibt es ein Überangebot an Titeln. Ca. 5 000 davon sind auf dem Markt.

Es gibt *keine* Interessengruppe in unserem Land, die nicht mindestens von einer und im besten Falle von bis zu 50 Fachzeitschriften bedient wird. In der Wachstumsbranche Computer-Industrie ist das Feld der Zeitschriften unübersehbar geworden. Das führt dazu, daß niemand mehr in der Lage ist, die Zeitschriften alle zu abonnieren. Also verschikken die Verlage die Objekte im Freiversand an ausgewählte Zielgruppen. Man lebt von den Anzeigen, die man mit entsprechender redaktioneller Gestaltung »garniert«. Im Fachzeitschriftenbereich herrscht »freie Medien-Marktwirtschaft«. Wer genügend Anzeigen schaltet, bekommt ausreichend Redaktionsraum. Sogar die Anzeigenpreise sind heute eine handelbare Größe geworden. 50 % Rabatt sind bei kleinen Verlagen keine Seltenheit und dazu kommt noch Bereitstellung von jeder Menge redaktionellem Inhalt. Schlimmer geht es noch in Italien zu, wo 3 000 kleine Rundfunkstationen um Werbegeld von Metzgereien, Friseuren und anderen Kleingeschäfts-Leuten buhlen.

So viele Fachzeitschriften es auch geben mag, nur die wenigsten werden wirklich gelesen. Kein Computer-Fachmann ist in der Lage, sämtliche 50 Fachzeitschriften auszuwerten, die für ihn gemacht sind. Er käme vor lauter Lesen nicht mehr zum Arbeiten. Beschränken Sie sich in PR-Dingen auf die wirklich guten Medien. Man erkennt sie daran, daß sie nicht frei verteilt werden, sondern nur im Abonnement zu beziehen sind. Nur der, der für eine Zeitung bezahlt, ist von der redaktionellen Qualität überzeugt. Hier also treffen Sie mit Ihrer Nachricht auf die meisten Leser und haben eine denkbar wertvolle Plattform für gute PR-Arbeit. Das soll nicht heißen, daß Sie nicht jedes Medium mit Ihren Nachrichten bedienen, und daß Sie sich auch freuen sollen, wenn diese Nachricht gedruckt ist. Nur die Wirkung in den vielen möglichen Titeln sollte man nicht überschätzen.

Bei Fachzeitschriften gelten die bisher genannten Regeln nur bedingt. Beispielsweise ist es hier keinesfalls unehrenhaft, das Werbefoto gleich zum Pressefoto zu machen oder umgekehrt das Presse-Foto in die Werbung einzubauen. Auch im Text sind oft Ähnlichkeiten vorhanden und auch erwünscht. Die Fakten, die in der Anzeige stehen, finden sich, anders verpackt, aber in gleicher Gewichtung, auch auf den Redaktionsseiten wieder. Vielfach ist eine solche Multiplikation sogar angestrebt. Hier kommt es auch nicht unbedingt darauf an, in der Wahl seiner Pressebeiträge perfekten Journalismus zu liefern. Meist werden die Beiträge von Ingenieuren geschrieben, die sich oft seitenlang zu einem Thema äußern und komplizierte technische Sachverhalte erklären.

Der *fachliche Inhalt* bringt dem Leser oft mehr als die sorgsame, journalistische »gefeaturte« Form der Schreibe. Fachredakteure selbst sind auch in den seltensten Fällen Journalisten, die das Handwerk schulisch gelernt haben. Meist sind es schreibgewandte Techniker oder Autodidakten, die eher durch Zufall in eine Fach-Redaktion geraten sind. Hier hat man nicht das Gefühl von »Zeitungsmachen«, hier ist Sachlichkeit Trumpf. Abgesehen von Pressemeldungen und Presse-Informationen anläßlich neuer Maschinen und/oder Messe-Ereignissen werden Beiträge mit der Fachpresse individuell koordiniert und dann im Rahmen verschiedener Abstimmungen zur Druckreife gebracht. Handelt es sich um mehr wissenschaftliche Beiträge, bei denen das Produkt des Unternehmens eine eher untergeordnete Rolle spielt, erhält der Schreiber sogar ein kleines Honorar (im Durchschnitt 100,– DM pro Druckseite), mit dem sein Aufwand abgedeckt ist. Weil dieses Umsetzen langer redaktioneller Beiträge nicht jedermanns Sache ist, wird die Überarbeitung oft mit spezialisierten Fach-PR-Beratern durchgeführt, die in der Lage sind, aufgrund ihrer Branchenkenntnis schlimmstes Ingenieur-Deutsch in eine allgemein verständliche und lesefreundliche »Schreibe« zu verwandeln.

5. Hinweise zur Produktion von Presse-Informationen und Presse-Fotos

Rein theoretisch können Sie zwischenzeitlich 15 000 Verlagstitel anschreiben und diesen Ihre Unterlagen zuschicken. Sie haben dann von der Schülerzeitung bis zu Blättern aus der Welt der Geisteswissenschaften alles dabei, was sich in Deutschland irgendwie auf Papier artikuliert. Diesen Aufwand wird natürlich keiner treiben wollen, weil auch hier die Kosten bei weitem zu hoch sind. Denn etwa 2,50 DM kostet Sie auf jeden Fall eine ganz normale Presse-Aussendung, von den Kosten für Text- und Fotoproduktion einmal abgesehen.

Wenn Sie den Text nicht selber schreiben, sondern damit einen Fachmann beauftragen, so wird Ihnen dieser je nach Umfang des Themas und der Qualität der vorhandenen Unterlagen für eine dreiseitige Presse-Information und eine dazugehörige Kurz-Version sicherlich einen Arbeitstag von 1 200,– DM in Rechnung stellen müssen. Das stückelt sich dann in zwei Stunden für den Erst-Besuch, vier Stunden für die Arbeit, eine Stunde für die Vorstellung des Textes in Ihrem Haus und eine Stunde für eventuelle Erweiterungen und zusätzliche Hinweise.

Dazu kommt das Fotografen-Honorar. Wenn es eine Aufnahme wird, bei der ein Modell mitarbeitet, so wird sicherlich ein Tages-Honorar von 1 500,– DM fällig. 250,– DM an Film- und Fotokosten und etwa 400,– DM Modellkosten zuzüglich 100,– DM an Spesen kommen dazu. Das Foto wird Sie also – soll es gut sein – 2 250,– DM kosten.

Nun muß das ganze verschickt werden. Wenn Sie die Tagespresse und die wichtigsten Publikumstitel anschreiben, kommen gut und gerne 350 bis 400 Anschriften zustande. Man sollte hier nicht zu knapp planen. Auch wenn mancher Journalist die Meldung nicht gebrauchen kann, so hat er nichts dagegen, wenn er von Ihnen informiert wird.

Rechnen wir also auf der Basis von 400 Anschriften weiter: Ca. 120,– DM kostet es Sie, die Anschriften auf Selbstklebe-Etiketten ausgedruckt beim Print-Publication-Service zu kaufen. Beim Schnelldrucker fertigen Sie drei Blatt Papier (Presse-Information) in einer Auflage von 400 Exemplaren zu einem Preis von rund 120,– DM, also 10 Pfennig pro Seite. Ein Foto im Format 13 x 18 gehört auch dazu, in einer zeitungsgerechten Hochglanz-Ausführung kostet Sie der Abzug rund 0,80 DM. Für einen vernünftigen Briefumschlag legen Sie nochmals 30 Pfennig hin und dazu kommt das Porto, das in der Klasse bis 100 Gramm und bei Versand als Drucksache bei 1,10 DM liegt.

Die Gesamtrechnung sieht also so aus:

Text		1 200 DM
Foto		2 250 DM
3 Seiten á 0,10 DM	0,30 DM	
1 Pressefoto 13 x 18 cm	0,80 DM	
1 Briefumschlag, rückenverstärkt	0,30 DM	
Drucksachen-Porto	1,10 DM	
Adresse	0,30 DM	
Aussendung pro Stück	2,80 x 400	1 120 DM
Gesamtkosten:		4 570 DM

Rechnen wir noch zusätzlich eine Sicherheitsreserve ein (auch für Erfolgskontrolle), so liegt eine gutgemachte Presse-Aussendung heute bei 5 000,– DM.

Wenn Sie damit nur drei Abdrucke in größeren Tageszeitungen erzielen, dann haben sich die Kosten für die Aktion wieder eingespielt. Alles, was über die drei Aktionen hinausgeht, ist wie kostenlose Werbung zu bewerten. Wenn Ihr Produkt so originell ist, daß die halbe deutsche Publikumspresse darüber berichtet, dann ist der Wert in Anzeigenmillimeter hochgerechnet schon ausgesprochen interessant. Deshalb ist Presse-Arbeit für kleine aber innovative Unternehmen so wichtig, da diese so den Publizitäts-Vorsprung der großen Konzerne zumindest teilweise aufholen können.

Der oben genannte Preis ist sicherlich als Maximalwert für eine gutgemachte Presse-Aussendung zu werten. Er läßt sich bei viel Eigeninitiative und guten Kontakten sicherlich noch um gut 20 % reduzieren. Darunter allerdings ist kaum etwas zu machen, weil Sie dann Gefahr laufen, daß die Qualität der Arbeit leidet.

6. Fachliche Details für vernünftige Presse-Fotos

Es gibt besonders bei Presse-Fotos einige technische Angaben, die konsequent eingehalten werden sollen, weil sich heute alle Redakteure darauf eingeschossen haben:

- Das Format des Fotos sollte *13 x 18 cm* betragen. Das ist das Standard-Format für sämtliche in Deutschland gefertigten Presse-Fotos. Erlaubt die Foto-Szenerie das nicht, so können Sie bis 18 x 24 vergrößern, was aber selten verlangt und gemacht wird.
- Zeitungs- und Zeitschriften-Redaktionen werden üblicherweise mit *schwarz-weiß-Fotos* bedient, die *hochglänzend* sind. Die Fotos werden ohne Rand hergestellt, was sie größer erscheinen läßt.
- Versenden Sie nie Dias an Redaktionen, die gehen dort in der Regel im Getümmel unter. Sie können gegebenenfalls im Anschreiben vermerken, daß es von Ihrem Presse-Foto auch Farb-Dias gibt und diese auch bei Bedarf zugeschickt werden.
- Auf der Rückseite muß sich eine *doppelte Bild-Legende* befinden, die perforiert ist. So ist dem Redakteur die Möglichkeit gegeben, den unteren Teil abzureißen und überarbeitet in die Setzerei zu geben, während der Teil 2 am Bild bleibt und dem Umbruch-Redakteur signalisiert, welcher Text zu welchem Bild gehört. Der Text sollte maximal fünf bis acht Zeilen bei 25 Buchstaben umfassen, mehr nicht! Urhebervermerke und auch der Hinweis, daß der Abdruck selbstverständlich honorarfrei ist, dürfen auf dem Bild nicht fehlen. (Werkfoto .... Abdruck honorarfrei ....)
- Geben Sie jedem Foto eine *Bild-Nummer,* damit Sie sich bei Anfragen aus der Redaktion nicht lange den Bildinhalt erklären lassen müssen, sondern anhand der Nummer sofort wissen, um welche Aufnahme es sich handelt.
- Fotos müssen sehr klare Konturen aufweisen. Je dunkler und diffuser sie sind, desto unschärfer wirken Sie beim späteren Druck auf dem nicht gerade exzellenten Zeitungspapier.
- Verzichten Sie (kleiner Hinweis auf den Zeitgeist!) darauf, Ihre Presse-Fotos mit nackigen Mädeln zu garnieren. Dieses Stilmittel war zwar in den siebziger Jahren sehr beliebt, gilt aber derzeit als verschlissen und ruft die Frauenverbände auf den Plan, die dem Verlag bei Veröffentlichung solcher Fotos ›Frauenfeindlichkeit‹ unterstellen.
- Retuschen, wie bei Werbefotos üblich, sind bei einem Presse-Foto nach Möglichkeit zu unterlassen (Ausnahme: Firmenname), da das Foto dann nicht mehr »echt«, sondern »konstruiert« aussieht.
- Auflagen von Presse-Fotos macht man am günstigsten mit spezialisier-

ten Betrieben. Es gibt eine Handvoll davon (Adressen im Anhang), die sich mit der Herstellung von *Massenfotos* beschäftigen. Dort wird auf ganz speziellen Maschinen im sogenannten Bromsilberdruck oder auch als Echtfoto eine Massenauflage erstellt, die deutlich unter den Preisen heimischer Fotografen liegt. Die Auflagen lohnen allerdings erst ab 300 Stück und setzen voraus, daß Sie immer eine Woche warten können, bis Sie die Sendung dann zum Weiterversand erhalten. Bei ausreichender Zeit kann hier erhebliches Geld bei gleichbleibender Qualität eingespart werden. So kostet ein Foto im Bromsilberdruck ca. 0,40 DM bei einer Auflage von 400 Exemplaren und ist damit um die Hälfte preiswerter als der Abzug aus dem örtlichen Labor.

Nachteil: Eine Sendung kann auf dem Postweg schon mal zwei bis drei Tage unterwegs sein.

Wichtig für den Textteil:
Der Bildtext soll *nicht das Foto* beschreiben, sondern versteht sich als *ergänzender Text.* Denn der Leser »sieht« ja das Foto und muß es nicht zusätzlich erklärt bekommen.

Wenn Sie diese Hinweise beachten, kann einer guten Bild-Bearbeitung nichts mehr im Wege stehen.

Tip: Nehmen Sie die vorweg gedruckte Checkliste regelmäßig zur Hand, wenn Sie ein Presse-Foto versenden wollen. Denn die Erfahrung lehrt, daß man bei den oft längeren Zeitabständen zwischen den einzelnen Versandaktivitäten das eine oder andere vergißt. Nur die ständige Selbstkontrolle verhütet solche Fehler. Ich mache es trotz jahrelanger Praxis-Erfahrung auch so, daß ich jede Aussendung nachträglich nochmal auf der Basis der Ihnen hier niedergeschriebenen Fakten vergleiche, beziehungsweise die Arbeit von Mitarbeitern daraufhin abteste. Dauert keine Minute und kann unter Umständen sehr effektvoll sein.

7. Kommerzielle Pressebilderdienste – eine Alternative zum Selbermachen

Es gibt eine Handvoll Pressebilderdienste in der Bundesrepublik, die Ihnen im Sinne von Full-Service die Erarbeitung eines Pressebildes abnehmen. Dazu gehört beispielsweise KONTAR Pressebilderdienst in Offenbach.

Für den gleichen Betrag, den sie fürs Selbermachen brauchen, übernehmen diese Unternehmen von der Bildidee über die Fotografie bis hin zum Versand der Fotos und der Ausschnittskontrolle sämtliche Leistungen, die mit der Erstellung eines Pressebildes und einer kompletten

Presseaussendung zusammenhängen. Der Profit dieser Dienste liegt in der Spezialisierung und in der Porto-Ersparnis. Denn Woche für Woche verschicken die Bilderdienste nicht etwa nur ein Foto an die Presse, sondern oft eine ganze Auswahl, aus denen der Redakteur wählen kann. Weil es sich bei den Leuten um Profis handelt, können Sie sicher sein, daß sich keinerlei Fehler in die »Mache« einschleichen. Da stimmen Bild und Text, da ist der Aufmerksamkeitswert in Ordnung. Weil es sich bei diesen Bilderdiensten um professionelle Betriebe mit jahrelanger Erfahrung handelt, kann man sich deren Beratung blindlings anvertrauen. Denn diese Fachleute sind wirklich »durch Erfahrung klug geworden«. In der Folgewirkung geben solche Bilderdienste auch nur Fotos an die Presse, die handwerklich solide erarbeitet sind. Der Redakteur, der also eine Sendung von KONTAR bekommt, weiß genau, daß ihm hier kein Schund angeboten wird, sondern daß es sich um vertretbare Produkt-PR-Aufnahmen handelt. So ist zwischen den Presse-Bilderdiensten und den Zeitungen eine über Jahre hinweg positive Zusammenarbeit entstanden, die als Vertrauensbonus zu werten ist und besonders bei schwachen Bilderthemen den Rücklauf teilweise erheblich steigert. Vor allem dem Neuling auf dem Pressebildermarkt sei anempfohlen, die ersten Gehversuche mit den Profis zu machen.

Teil IX

1. Ausschnittdienste: Wissen, wo der Abdruck erfolgt ist

Die Presselandschaft ist, wie gesagt, riesig. Man kann sie in folgende Großeinteilung bringen:

- Fachpresse
- Verbandsorgane
- Regionalpresse
- Anzeigenblätter
- konfessionell gebundene Presse
- Nachrichtenagenturen
- Wirtschaftspresse
- Lokalpresse
- Publikumspresse
- Kundenpresse
- Schülerpresse
- Funk und Fernsehen

Diese Medien sind über das ganze 60 Millionen-Einwohner-Land verteilt. Es ist völlig unmöglich, alle Medien zu kennen, denn dafür ist der Markt zu unübersichtlich.

Nun sagen Sie zwar in Ihrem Anschreiben bei Presse-Aussendungen und auch auf den Presse-Fotos mit steter Höflichkeit »Um Zusendung von Belegexemplar wird gebeten«, doch höchstens die Fachzeitschriften halten sich daran (weil sie sich Anzeigenaufträge erhoffen). Bei allen anderen Objekten ist der kluge Spruch von den Belegexemplaren eigentlich einzusparen . . . wenn nicht immer das Fünkchen Hoffnung da wäre, das doch das eine oder andere Heft ankommen könnte.

Also braucht man sogenannte Ausschnittdienste. Davon gibt es etwa eine Handvoll seriöser Natur, die sich darauf spezialisiert haben, aus der Presse herauszuschnippeln, was auch immer da abgedruckt wird. Dafür nimmt der Ausschnittdienst eine monatliche Grundgebühr von ca. 50,– DM für die laufenden Kosten. Darüber hinaus zahlen Sie nur nach der Anzahl der gefundenen Ausschnitte. Hier liegt der Preis bei ca. 0,40 DM pro »Schnittstelle«. Bei einer erfolgreichen Presse-Aktion erhalten Sie so im Laufe mehrerer Wochen ein kleines Päckchen Ausschnitte, an denen Informationszettel hängen, aus welchem Medium der jeweilige Ausschnitt stammt.

Sie haben verschiedene Möglichkeiten, mit den Ausschnittdiensten zusammenzuarbeiten:

- Für eine laufende Wettbewerbsbeobachtung geben Sie den Diensten ein *»Stichwort«* vor. Unter diesem Stichwort sammeln die Leute nun alles, was irgendwie greifbar ist. Da sind dann Ihre eigenen Presse-

Aktionen ebenso drunter wie die des Wettbewerbs. Auf jeden Fall haben Sie so einen guten Überblick über das Marktgeschehen und einen Spiegel der aktuellen Medienlandschaft vor Augen. Wer Öffentlichkeitsarbeit betreibt, kann auf solche Ausschnittdienste nicht verzichten, weil sie ihm viele Informationen aus dem Markt geben, die ohne diese umfangreiche Recherche untergehen würden. Gute PR-Abteilungen stellen aus Ausschnitten regelmäßig einen Presse-Spiegel zusammen, der im Schnelldruck oder in fotokopierter Form im eigenen Haus verteilt wird und auch an Geschäftsfreunde des Hauses zum Versand kommt.

Ist Ihr Stichwort zu global, kann es Ihnen passieren, daß Ihnen das Ausschnitt-Unternehmen die Schnipsel gleich säckeweise ins Haus schickt. Beispiel: »Energie« ist eben umfassender als »Kohle«, wobei »Hausbrand« dann dafür Sorge tragen würde, daß nur noch Ausschnitte über Kohle gesammelt werden, die den Haushalt betreffen.

Wenn Sie nicht kontinuierlich nach Stichwort sammeln lassen, andererseits sich auf die wenigen Pressemeldungen beschränken wollen, die Sie herausgegeben haben, so schicken Sie im Rahmen Ihres Monatsbeitrages dem Ausschnittdienst das verschickte Pressefoto nebst Presse-Notiz.

Fortan werden die Sammler mit Argusaugen nach diesem Foto Ausschau halten und nur dessen Veröffentlichung dokumentieren. Sie werden die Erfahrung machen, daß es im Tageszeitungsbereich vor allem die kleineren Verlage sind, die von den Angeboten der Wirtschaft und deren Presse-Agenturen Gebrauch machen. Viele kleine und mittlere Verlage wissen, daß man mittels solcher Fotos praktisch kostenlos redaktionellen Raum gefüllt bekommt.

Bis zu sechs Wochen nach der Aussendung ist immer noch mit Ausschnitten zu rechnen, wobei die Hauptausschnittmenge nach drei Wochen kommt und die Kurve dann deutlich absackt. Nach sechs Wochen ist Ihr Foto mit Pressemeldung in Vergessenheit geraten. Selten wandert die Nachricht ins Archiv und wird zu einem späteren Zeitpunkt für ein Reportage-Thema wieder herausgebaggert.

Bei den Ausschnittdiensten können Sie ferner aus einer Liste (wie eine Speisekarte) bestimmen, in welchen Medienbereichen das Sammel-Unternehmen für Sie tätig werden soll. Meist sind es Tageszeitungen, Wochenzeitungen und die Publikumspresse, in denen die Dienste aktiv sind. Die Fachpresse gehört praktisch nicht dazu, weil sie zu spezialisiert und der Markt auch zu umfangreich und so unübersichtlich ist. Gleiches gilt für die regionalen Stadtteilzeitungen, die auch nur in Ausnahmefällen von den Ausschnittdiensten gesammelt werden. Bei der Zusammenarbeit mit Ausschnittdiensten empfiehlt es sich immer, gleich *zwei Dienste* zu buchen. Beide zusammen erreichen nach dem Erscheinen der Notiz etwa 50 % bis 60 % der Veröffentlichungen – mehr leider nicht.

Großunternehmen haben oft drei Ausschnittdienste im Einsatz, um möglichst viel über den Markt zu erfahren.

Buchen Sie allerdings nur einen Dienst alleine, dann bewegt sich die Rücklaufquote bei ca. 40 %.

Das liegt daran, daß »vier Augen mehr als zwei Augen sehen«, um es einmal ganz banal auszudrücken.

Meistens ist im Rahmen einer Presse-Betreuung die Buchung von zwei Diensten durchaus vertretbar. Die Adressen der wichtigsten der Branche befinden sich im Anhang dieses Buches.

2. Am Tage danach – was kommt nach der Presse-Aussendung

Alles ist eingegleist. Nach Tagen oder Wochen der Hektik hat mit der Abgabe bei der Post und der Bestellung der Recherchen beim Ausschnittdienst die PR-Aktion eine erste Verschnaufpause zu verzeichnen. Denn wer nicht zu den Routiniers gehört, der arbeitet lange und intensiv an einer Aktion, denn die vielen kleinen organisatorischen Schritte läpperten sich zu einer stattlichen Aufgabe. Da mußte das Manuskript nach Fehlern durchgesehen werden, da mußten die Vorlagen zum Schnelldrucker, Fototermine gebucht, Adressen gekauft und vieles mehr organisiert und eingeleitet werden.

Das Schlimmste, was Ihnen nun passieren kann, ist, daß gar nichts passiert!

Und das ist nicht einmal unüblich. Die besten Aktionen sind wie immer im Leben die, bei denen man von vornherein nicht mit großem Erfolg gerechnet hat. PR ist trotz sorgfältigster Vorbereitung immer noch ein Lotteriespiel, bei dem man nie genau sagen kann, welche tatsächliche Resonanz erreicht wird. Und spätestens auf diesen Seiten des Buches haben Sie gelernt, daß man nicht in 400 Redaktionen seine Kontaktleute sitzen haben kann, die auf freundschaftliches Schulterklopfen hin der PR-Botschaft sofort die Zeitung opfern . . .

Je nach Informationsgehalt der Presseaktion passiert nun innerhalb von vierzehn Tagen zweierlei:

- Da ruft die Redaktion an und bittet um weiterführendes Material
- Da bittet ein Redakteur um ein Muster-Exemplar, um es persönlich auszuprobieren, bevor er sich zu einer Veröffentlichung entschließt.

Es muß also im Unternehmen einer *zuständig sein* und wissen, was er den Journalisten sagen und wieweit er über weitergehende Informationen und Musterexemplare verfügen darf.

Das mit dem weitergehenden Informationsmaterial ist das geringste Problem. Sie können dem interessierten Redakteur sicherlich Werbeprospekte, Gebrauchsanleitungen, Patentamtsanmeldungen und TÜV-Abnahmeberichte zuschicken.

Wenn es um Muster geht, gilt es, verschiedene Wege zu beschreiten.

Wenn Sie Güter im Wert bis etwa 100,– DM per Presse-Information anbieten, können Sie gut und gerne mit 50 Musterbestellungen rechnen. Denn Journalisten sind auch Menschen und möchten auf diese Weise das Goodwill der Veröffentlichung auch ein wenig für sich ausnutzen – menschlich verständlich. So finden Taschenlampen, Wärmedecken, Camping-Kocher und anderes mehr in den Redaktionsstuben freundliche Abnehmer, die sich aber dann auch in der Regel mit einer Publizierung bedanken. Alles, was so bis zu Eigenkosten von 50,– DM heranreicht (und also einen Handelswert von 100,– bis 150,– DM darstellt) sollte man den Redakteuren kostenlos zur Verfügung stellen. Auf diese Weise haben Sie einen Kontakt zu der Redaktion bekommen, den Sie in Zukunft weiter ausbauen können. Und Sie haben einem Mitmenschen, der Ihnen einen Gefallen getan hat, auch einen Gefallen getan.

Nun gibt es auch den Fall, daß Redakteure von hochpreisigen Mustern Besprechungsexemplare anfordern. Von Rückgabe spricht dabei allerdings erst einmal keiner. Wenn eine Hifi-Anlage im Handel ihre 4 000,– DM kostet, so kann man nun nicht die halbe Presselandschaft mit Mustergeräten überschütten. Hier ist also erst einmal zu selektieren, um welches Medium es sich handelt und ob tatsächlich eine Veröffentlichung erfolgen wird. Wenn der Redakteur bei HÖR ZU ein solches Gerät anfordert und entsprechend publiziert, dann kann man sicherlich beide Augen zudrücken und aufgrund der Millionenauflage auf eine Rückgabe verzichten. Bei einer kleinen Fachzeitschrift allerdings ist möglicherweise ein Testgerät ebenso teuer wie eine doppelseitige Anzeige – und da kann man nicht erwarten, daß Sie so großzügig mit Ihren Produkten umgehen.

Hier muß jeder dafür Verständnis haben, daß Sie in solchen Fällen um Rückgabe bitten. Beliebt ist auch, den Damen und Herren in den Redaktionen einen stolzen Journalisten-Rabatt einzuräumen, der in der Regel 50 % des üblichen Verkaufspreises beträgt. Hier haben Sie einerseits die Leistung des Journalisten honoriert, ihm andererseits aber nichts geschenkt.

Die Automobilindustrie macht es so, daß sie bei der Zurverfügungstellung von Testfahrzeugen dem Journalisten einen Grundrabatt von 10 bis

20 % anbietet und darüber hinaus bei Abnahme eines Testfahrzeuges 1 % Nachlaß auf jede 1 000 Kilometer, die über den Tachostand 10 000 hinausreichen. Ein Fahrzeug mit 50 000 Kilometern auf dem Tacho würde also *werksüberholt* und aufs beste gepflegt die Hälfte des Neuwagenpreises kosten. Da Testwagen oft in wenigen Monaten viele Kilometer auf dem Tacho haben, handelt es sich sogar immer um ein fast neues Modell.

Das Thema Test-Modelle sollte man immer sensibel handhaben. Denn oft entsteht dabei Unmut auf beiden Seiten. Meist sind es die kleinen Verlage, die am lautesten nach Testmustern rufen, aber letztlich am wenigsten veröffentlichen. Hier sollten Sie den Mut haben, auch mal eine Testmuster-Anforderung abzulehnen, wenn der Aufwand nicht in Relation zum erwarteten Erfolg steht. Bei großen Verlagen allerdings ist es immer richtig, ohne große Umstände die Gelegenheit beim Schopfe zu packen und ihn mit einem Testmuster zu beglücken.

3. Leserbriefe – »Presse-Informationen« mit Kommentar-Charakter

Eine Möglichkeit, in die Presse zu kommen, bietet auch der Leserbrief. Es gibt kaum einen Verlag, der nicht einen ausreichenden Raum pro Ausgabe zur Verfügung stellt, um Leserbriefe zum Abdruck zu bringen. Besonders in Wirtschaftszeitungen – wie DER SPIEGEL – sind diese Leserbriefseiten ein regelrechtes Forum deutscher Meinungsvielfalt. Auf diesen Leserbrief-Seiten können Sie sich verbal tummeln, wie Ihnen ›der Schnabel gewachsen ist‹: Da dürfen Sie meckern, motzen, motivieren. Leserbriefe sind die einzigen »Presse-Informationen«, die einen kommentierenden Charakter haben dürfen, genauer gesagt: sogar haben müssen, um interessant zu wirken.

Leserbriefe haben einen weiteren Vorteil – Sie werden tatsächlich in der Redaktion gelesen, und erst dann wird entschieden, ob man sie in das Heft hereinnehmen will oder ob nicht. Bei Presse-Informationen dagegen wird das Thema leider höchstens überflogen.

Nun ist der Leserbrief sicherlich nicht ein Instrument für kontinuierliche Presse-Arbeit, aber er ist eine wichtige flankierende Maßnahme, die man immer dann gezielt einsetzen kann, wenn sich dazu *Anlaß* bietet. Dieser *wirklich vorhandene Anlaß ist wichtig,* denn damit unterscheiden Sie sich von den chronischen Leserbrief-Schreibern, die es in jeder Stadt gibt. Meist ältere oder unterbeschäftigte Mitbürger machen sich einen Sport daraus, regelmäßig ihre Meinung an die Redaktion zu schicken.

»Da schreibt der Typ schon wieder«, ist der Stöhnlaut des Redakteurs, der von einem solchen Mitmenschen überschüttet wird. Dagegen sind die Briefe, die Substanz haben, weil sie aus einem triftigen Grund geschrieben wurden, immer richtig und haben hohe Abdruckchancen.

Neben diesem Anlaß gibt es noch weitere Regeln, die helfen, in die Rubrik Leserbriefe aufgenommen zu werden:

Leserbriefe müssen Schnellschüsse sein.

Nachricht lesen, Idee zum Leserbrief haben, hinsetzen und noch am gleichen Tag schreiben – das ist die richtige Vorgehensweise! Leserbriefe, die Tage später die Redaktion erreichen, werden nicht mehr veröffentlicht, weil meistens der Bezug zum diskussionswürdigen Artikel nicht mehr gegeben ist. Alle anderen Leser müssen sich schließlich noch an den bewußten Artikel erinnern können, auf den der Leserbrief Bezug nimmt, sonst ist er keine ergänzende, kommentierende Berichterstattung mehr.

In der Kürze liegt die Würze.

Je kürzer der Text, desto größer die Abdruckchance – das schreiben auch die Verlage auf ihren Leserbrief-Seiten. Und es stimmt. Denn weil der Leserbrief eine kommentierende Berichterstattung ist, fällt es dem Redakteur schwer, diesen so zu kürzen, daß er nicht sinnentstellt wirkt. Und das ist bei dem unterschiedlichen Schreibstil unserer Mitmenschen ein schweres Unterfangen. Gleichzeitig möchte der *Redakteur möglichst viele Leserbriefe in die Rubrik aufnehmen,* um die »Volksmeinung« deutlich zu machen. Leserbriefe sollten aus diesem Grunde nie länger als eine Schreibmaschinenseite sein.

Originalität erhöht die Abdruckchancen.

Wenn es eben möglich ist, sollte ein Leserbrief eine gesunde Portion Originalität beinhalten. Besserwisserei oder trockene wissenschaftliche Kommentierung sind unangebracht. Leserbriefe sollen den Stoff *ergänzen,* in dem sie sich des Themas noch einmal aus einem anderen Blickwinkel annehmen.

Leserbriefe schreibt man auf Firmenbögen.

Der eine Vorteil ist, daß ein solcher Brief ›offizieller‹ wirkt und nicht mit den Briefen der Dauerschreiber verwechselt wird. Er wird einfach ernster genommen. Der zweite Vorteil liegt darin, daß so gewährleistet ist, daß auch die vollständige Firmenbezeichnung unter dem Leserbrief abgedruckt wird. Und darauf sollte es Ihnen ankommen!

Leserbriefe nie zur Belehrung des Redakteurs schreiben.

Mancher Mitmensch nimmt den Leserbrief zum Anlaß, um damit eine regelrechte Redakteur-Beschimpfung vorzunehmen und erwartet von diesem, daß diese barsche Schelte gar noch veröffentlicht wird. Solche Leute haben den Begriff ›Leserbrief‹ falsch gedeutet. Leserbriefe sind nicht für den Redakteur geschrieben, sondern für andere Leser, die daraus Ergänzendes, Erklärendes, Zusätzliches oder Alternatives entnehmen sollen.

Redakteurbeschimpfungen dagegen werden nie Abdruck finden, denn welchen Grund sähe der Redakteur darin, sich beschimpfen zu lassen und das auch noch in aller Öffentlichkeit abzudrucken. Oder würden Sie Mängelrügen, die man Ihnen ins Haus geschickt hat, tags darauf »als Referenz« fotokopiert in die Kundschaft schicken?

Es darf auch als Unfug gelten, per Leserbrief kundzutun, daß man von der einen oder anderen Sache mehr weiß als der Redakteur. Auch auf diese Weise kompromittieren Sie ihn. Erreichen kann man damit vielleicht, daß man als »Kapazität« in die Kompetenz-Kartei des Schreibers gerät und dieser sich irgendwann des Fachmanns erinnert, wenn er wieder mal am Thema arbeitet – nur als Leserbrief finden solche Besserwissereien keinen Abdruck.

Üben Sie nie Druck auf den Verlag aus.

Zum täglichen Posteingang eines großen Verlagshauses gehören Briefe der unterschiedlichsten Couleur. Da wird empört an den Chefredakteur geschrieben und eine wilde Beschwerde über den Journalisten X abgegeben, möglichst noch verbunden mit dem Wunsche, »daß diesem Mann gekündigt wird«. Da werden Drohungen ausgestoßen, »daß man keine Anzeigen mehr schaltet, wenn nicht die Sache Y endlich unterbleibt«. Da tun sich ganze ›Schreib-Horden‹ zusammen, die alle zum gleichen Thema »barsche Briefe« schreiben. Und da mangelt es auch nicht an massivem Druck, daß »man mal mit dem Verleger redet, damit die Schmierfinkenarbeit endlich aufhört«. Über solche Briefe können die Zeitungsmacher – vom Chefredakteur bis zum Volontär – immer nur lächeln. Ein Verlag, der täglich hunderttausende von Mitmenschen erreicht, kann nicht erwarten, daß alle Leute gleicher Meinung sind. Irgendeiner fühlt sich täglich auf den Schlips getreten und stürzt sich in die Drohgebärde eines kläffenden Dackels. Vergessen Sie grundsätzlich solche Attacken gegen

Verlagsleute. Wenn ein Unternehmen täglich hundert Beschwerden bekäme, bräche hausintern eine Katastrophe aus. Wenn in einem Verlagshaus dagegen täglich 100 dieser Briefe ankommen, dann ist ein Freudenfest fällig. Denn damit ist schließlich bewiesen, daß ein Bericht auch tatsächlich gelesen wurde und den Steppenbrand entzündet hat. Ein besseres Zeichen für merkfähigen Journalismus gibt es in keinem Verlag!

Gute Leserbriefe sind Mangelware.

Wenn Sie Hetze, Besserwisserei und die anderen Negativismen vergessen und sich mit freundlich-konstruktiver Kreativität an die Konzeption eines Leserbriefes heranmachen, dann sind Ihre Chancen sehr gut, abgedruckt zu werden. Denn gute Leserbriefe sind erfahrungsgemäß Mangelware.

4. Gegendarstellungen – machbar aber ungeeignet

Journalismus ist nicht immer ein besonders sauberes Geschäft. Vor allem die Boulevardzeitungen leben davon, daß sie Stories so ›featuren‹, bis eine völlig verdrehte Wahrheit herauskommt. Nun unterliegen Boulevard-Journalisten auch dem Streß, täglich eine Welt von Horror, Crime und Sex erzeugen zu müssen, wie sie der Leser sich in seinen geheimen Träumen vorstellt. Boulevard-Zeitungen werden nicht gekauft, weil man sich sachlich informieren will. Sie werden gekauft, um in der Frühstückspause einen kleinen Grusel-Ausflug in die Welt der »sexbesessenen Mädchen«, der Mörder und Betrüger und in die Welt des Sport zu machen. Wäre dieser Wunsch nicht latent vorhanden, so könnte Vati auch die seriöse Morgenzeitung kaufen und sich ausführlich informieren. In dieser Art von Presse (aber auch in der kritischen Publikumspresse vom Stile eines STERN) kann sich eine Privatperson oder ein Unternehmer durchaus durch Verdrehung von Tatsachen plötzlich eines denkbar negativen Berichtes ausgesetzt fühlen. Da werden Unternehmer zu Umweltzerstörern, biedere Ehemänner zu Porno-Lüstlingen, Produkte zu Krebserzeugern und Dienstleistungen als Ausbeuterei gebrandmarkt.

Nun müssen Sie sich das nicht gefallen lassen. Wer sich von der Presse nachweislich verunglimpft fühlt, hat das Recht voll auf seiner Seite. *Jedes Bundesland hat sein individuelles Presserecht,* in dem die *Gegendarstellung* anerkannt ist. Dieses Gesetz sieht zwar vor, daß Sie für die Gegendarstellung bis zu drei Monate Zeit haben, in der Praxis erkennen die Gerichte aber nur eine Zeitspanne von maximal drei Wochen an.

Jeder Rechtsanwalt prüft für Sie, ob Ihre Ansprüche berechtigt sind und kann eine solche Gegendarstellung per Gerichtsbeschluß erwirken.

Der Verlag muß die Darstellung dann auch »in angemessenem Umfang« veröffentlichen und darf an Ihren Worten keinerlei Veränderung vornehmen!

So weit. So gut. Jetzt aber kommt das große »Aber«: Selbst wenn Sie sehr schnell sind, so dauert es (besonders bei Wochenzeitschriften) aus produktionstechnischen Gründen immer runde drei Wochen, bis Ihre Gegendarstellung in das Heft aufgenommen ist. Da steht sie dann irgendwo abgedruckt und der Leser, für den der Vorgang schon vergessen ist, sieht sie mit einem Gefühl von »na, der hat es aber nötig . . .« Am Lesen ist keiner so recht interessiert, denn üblicherweise werden Gegendarstellungen in der kleinsten nur möglichen Schrifttype gesetzt, die man als eine Art ›Augenpulver‹ bezeichnen könnte. Etwas größer als die eigentliche Gegendarstellung steht dann davor oder an deren Ende der sogenannte »Redaktionsschwanz«, in dem der Verlag höchst feierlich erklärt, daß »ihn das Gesetz verpflichte, diese Gegendarstellung abzudrucken«. Das klingt dann immer so, als käme der Abdruck des Textes einer ›Vergewaltigung‹ gleich, die der Verlag über sich habe ergehen lassen müssen. Nun hat zwar der, der eine Gegendarstellung erwirkt hat, sein Recht bekommen, aber einen wirklichen Nutzen wird er daraus nicht ziehen. Er rührt vielmehr in einem Thema herum, das für den Leser längst abgehalftert ist und steht *ein zweites Mal* in einem genauso negativen Umfeld in der Presse!

Besser ist es, *einen Leserbrief zu schreiben.* Wer sich zu Recht auf den Schlips getreten fühlt, wird beim Journalisten auf Verständnis treffen und hat eine gute Abdruckchance. Appellieren Sie an die »journalistische Fairness« des Schreibers und bitten Sie ihn, mit Ihrem Leserbrief die Fakten richtigzustellen. In den meisten Fällen werden Sie Erfolg haben, wenn Ihre »Reklamation« tatsächlich berechtigt war. Denn kein Journalist ist ein ›Ekel von Berufs wegen‹. Es ging ihm gewiß nicht darum, Sie persönlich mit einer Berichterstattung zu treffen. Er suchte nach einer *Story für den Leser* und hat dabei völlig übersehen, daß Sie es waren, der dabei verunglimpft wurde. Der Leserbrief ist die souveränste Art, hier die Realität wieder gerade zu rücken. Sie sparen Anwalts- und Gerichtskosten, und das Recht ist trotzdem auf Ihrer Seite.

5. Testurteile und was diese bewirken

In einer Welt, die Waren in Hülle und Fülle produziert, fühlen sich viele Journalisten aufgerufen, »Wachmänner des Fortschritts« zu spielen: Man testet Hifi-Anlagen und Autos, Haushaltsgeräte und Kinderspielzeug. Produkte, bei denen viele Anbieter auf dem Markt sind und bei denen hohes Publikumsinteresse vorausgesetzt werden kann, geraten täglich in die Hände testwütiger Mitmenschen. Nun gibt es den *normalen Verlags-Test.* Hier ruft Sie beispielsweise der zuständige Journalist aus dem Ressort Unterhaltungs-Elektronik an und bittet um Zurverfügungstellung einer Hifi-Test-Anlage. Mit vier oder fünf Anlagen und der Einbeziehung eines Testingenieurs begibt sich der Journalist nun daran, das Gerät im Verlag mit den anderen zu vergleichen. Bei Zeitschriftenlesern nämlich sind Testreihen denkbar beliebt! Viele Kaufentscheidungen werden aufgrund der journalistischen Akribie und der daraus resultierenden Empfehlungen gefällt. Im normalen journalistischen Geschäft fallen folglich die meisten Tests im Sinne von »nicht schlecht« aus. Der Journalist versucht, jedem Produkt noch eine *positive Komponente* abzuringen. Ist die Technik bescheiden, der Preis aber auch, dann wird diese schlechte Technik mit dem Preis entschuldigt. Selten erlebt man in der freien Presse ein niederschmetterndes Testurteil. Da in vielen Bereichen von Spezialtiteln die Hersteller der Testprodukte auch gleichzeitig Anzeigenkunden sind, ist das Verhältnis meist ausgewogen. Hinzu kommt, daß ein freier Verlag es nicht darauf ankommen lassen will, von einem Unternehmen eine Schadensersatzklage ins Haus zu bekommen, wenn aufgrund eines subjektiven, vernichtenden Testurteils der Absatz des Unternehmens in den Keller sackt. Der Erfinder der Zeitschrift DM, Waldemar Schweitzer, hat zwar dem Blatt in besten Zeiten eine Millionenauflage verschafft, ist aber aufgrund eines gerichtlichen Sperrfeuers aus der gesamten Industrie verarmt und hat sein Objekt verkaufen müssen. Heute wird es in der Handelsblatt-Gruppe verlegt und gilt jetzt als »kritisches Verbrauchermagazin« – zwischen Kritik und dem Abgeben eines Urteils liegen Welten . . . Sie können einem Produkt zwar bescheinigen, daß es die einen oder anderen Mängel aufweist, Sie können aber kein Urteil über das Produkt fällen, das dann im Klartext »mangelhaft« heißt.

Das kann heute nur eine Zeitschrift. Die von der »Stiftung Warentest« aus Berlin mit dem Namen »TEST«. TEST kann es sich erlauben, solche Urteile abzugeben, weil Vater Staat der Initiator und Finanzier der Stiftung Warentest ist. Kraft solch staatlicher Hilfe sind die Tests durch sorgfältige Vorarbeit und viel technischen Sachverstand sogar weitgehendst objektiv. Monat für Monat erscheint das Medium in einer Auflage von fast 700 000 Exemplaren. Eine negative Kritik in einer Zeitschrift mit dieser Auflage ließe sich verkraften, wenn TEST nicht noch einige Multiplikatoren eingebaut hätte.

So gibt es zwei Pressedienste der Institution, den TEST-Dienst und den TEST-Expreß, die in einer Auflage von 1 500 Exemplaren an die Redaktionen von Zeitungen, Zeitschriften, Rundfunkanstalten und an das Fernsehen verschickt werden. Damit werden die gnadenlosen ›Tabellchen‹ mit Testurteilen in die Gesamt-Medienlandschaft hinausgetragen und erlangen so bundesweit riesige Verbreitung. Alle Mehrfachleser und Nachtragsveröffentlichungen zusammengenommen, erreichen die herausgefundenen Testergebnisse auf Bundesebene sicherlich jeden 3. Konsumenten (!). Wer also das Testurteil »mangelhaft« erhalten hat, für den verändern sich schlagartig die Marktgegebenheiten. Er kann zumindest über einige Monate davon ausgehen, daß kaum ein Mensch sein Produkt kauft. Besonders bei Investitionsgütern leben die Nachwirkungen noch länger, denn die Stiftung Warentest gibt zum Ende eines Jahres dann noch *ein Jahrbuch* heraus, in dem fein säuberlich die negative Kritik noch einmal deutlich nachlesbar ist. Für kritische Konsumenten ist das Jahrbuch so eine Art Bibel, die man bei jedem Kaufentscheid für ein Investitionsgut zu Rate zieht. Waschmaschinen, Dampfbügler, Elektrogeräte – jede Anschaffung wird von den Aussagen des TEST-Jahrbuches abhängig gemacht.

Was kann man gegen negative Testergebnisse tun? – Nun, die Stiftung Warentest ist nicht unfair und veröffentlicht nie etwas, was Sie am Tage der Veröffentlichung wie ein Hammer trifft. Vielmehr werden Sie *Monate vorher* von der Stiftung Warentest angeschrieben. Ihnen wird mitgeteilt, daß Ihr Produkt für einen Test vorgesehen ist. Darüber hinaus werden Ihnen vor der Veröffentlichung noch einmal die Test-Methoden erläutert und auch die Test-Ergebnisse mitgeteilt, die Sie dann mit Ihren Kenntnissen vergleichen können. Nicht mitgeteilt wird Ihnen allerdings die *Test-Note*. Wenn die Test-Ergebnisse mit Ihren eigenen Messungen nicht übereinstimmen, so haben Sie immer noch das Recht zu widersprechen. Stimmt der Test mit den Realitäten überein, dann müssen Sie eine Veröffentlichung wohl oder übel über sich ergehen lassen und auch mal ein »Mangelhaft« in Kauf nehmen, wenn Ihre Produktion tatsächlich Schwächen aufweist.

Kinder-Räder, die bei Belastung zusammenbrechen, oder Elektrogeräte, die schlecht abgesichert sind, haben nun wirklich nichts in unserer Welt zu suchen. Sehen Sie also negative Testergebnisse nicht nur als Drama für den Produktionsausfall, sondern als Antrieb für eine sinnvolle Weiterentwicklung. (Nähere Informationen zur Arbeit der Stiftung Warentest bietet Ihnen das Buch »Vergleichender Warentest«, verlag moderne industrie, 1986.)

Wenn also Ihr Produkt im Test schlecht abgeschnitten hat, dann bleibt Ihnen für die Presse-Arbeit nur eins:

Sorgen Sie dafür, daß Ihre Produktions-/Konstruktionsabteilung sofort mit einer Überarbeitung des Produktes beginnt und die Verkaufsabteilung dieses unter einem neuen Namen vermarktet. Nehmen Sie das alte Produkt sofort aus dem Markt. Unterlassen Sie es auch, irgendeinen Bezug zu den Testergebnissen zu schaffen, Sie würden nur in alten Wunden graben. Es hat keinerlei Zweck, aller Welt kundzutun, daß Sie »nun endlich« an einer Verbesserung des Produktes arbeiten, denn das glaubt der skeptische Verbraucher nicht. Vielmehr assoziiert er bei dem neuen Produkt nur die Tatsache »das ist doch auch von der Firma, die da im Warentest so schlecht abgeschnitten hat . . .«

Schaffen Sie für das somit neu plazierte Produkt nicht nur eine eigene Werbe- und Verkaufsförderungs-Kampagne, sondern auch eine geschickte Produkt-PR-Kampagne, die alle die Tricks enthält, die Sie im Verlauf dieses Buches kennengelernt haben.

Hier verbieten sich alle anderen Experimente.

Bitte besuchen Sie auch die *Verbraucherzentralen.* Diese sind heute auch rege, wenn es um die kritische Beurteilung und Informationen des Verbrauchers über Marktvorgänge und hauswirtschaftliche Beratung geht. Die meist nur im regionalen Bereich tätigen Zentralen können durch ihre Empfehlungen oder Ablehnungen gerade in der Provinz zu einer negativen Stimmungslage zu Ihren Produkten sorgen. Man sollte deshalb über das Broschürenangebot dieser Zentralen Bescheid wissen. Fordern Sie also stets das *aktuelle Broschürenmaterial* an, damit Sie sehen, ob nicht durch Zufall eins Ihrer Produkte in diesen regionalen Empfehlungsblättern schlecht abschneidet und Sie nicht einmal etwas davon wissen.

Wer gute Produkte hat, der braucht Tests nicht zu fürchten, sondern darf sich sogar freuen, daß es dieses journalistische Instrument der Verbraucher-Information gibt. In vielen Bereichen – so in der Automobilindustrie – sind es die positiven Testergebnisse, die Verbraucher zum Kauf veranlassen.

Während beim Auto die Werbung ›stimuliert‹, gibt der Fahrtest dem Verbraucher einen ›Ruck zum Kauf‹. Als Hersteller von guten Produkten sollten Sie auch das Thema »Testen« einmal zum Anlaß nehmen, initiativ an eine Redaktion heranzutreten, und Ihr Produkt zum Test anzubieten. Es gibt kaum einen objektiveren Anlaß, mit der Presse zusammenzuarbeiten, als sich einer kritischen Test-Situation zu stellen. Das können Sie aber nur machen, wenn Ihr Produkt wirklich zu den besten gehört und es Ihnen damit gelingt, dem Wettbewerb eins auszuwischen. Sind Sie sich Ihrer Sache nicht so sicher, so lassen Sie lieber die Finger davon.

6. Der Wert von Sperrfristen für Presse-Informationen

Besonders bei Presse-Konferenzen werden Sie in der Regel umfangreiches Material zusammenstellen, zu denen oft auch die kompletten Rede-Manuskripte prominenter Redner gehören. Da nun nicht alle Journalisten die Zeit finden, eine Presse-Konferenz zu besuchen, um sich dabei umfassend über Ihr Anliegen zu informieren, wird man einigen Verlagshäusern die Pressemappen vorab zuschicken und um deren Auswertung bitten.

So könnte es also passieren, daß Teile von Reden veröffentlicht werden, die der Redner *zu diesem Zeitpunkt noch gar nicht gehalten hat!* Auch hätte der Journalist, der an der Pressekonferenz *nicht* teilnimmt, einen Zeitvorsprung vor seinem Kollegen, der sich der Mühe unterzieht, bei der Pressekonferenz anwesend zu sein.

Aus diesem Grunde hat sich die Verlagsbranche auf Sperrfristen geeinigt. Der Aufdruck *»Frei zur Veröffentlichung am . . .«* bedeutet, daß eine Veröffentlichung frühestens an einem solchen Tage erfolgen darf. Bei Redemanuskripten geht man sogar so weit, daß man die Uhrzeit vermerkt, zu der der Redner das Podium betritt. Denn sonst könnte es passieren, daß eine Rundfunkanstalt bereits morgens den Tenor einer Rede ausstrahlt, die der Redner erst nachmittags hält. Und es wäre doch peinlich, wenn die geladenen Gäste auf der Reise zur Veranstaltung bereits im Autoradio hören, was speziell für sie gegen Mittag vorbereitet war. Wenn Sie solche Sperrfristen bei Presse-Aktivitäten vorsehen, so sollten Sie sorgsam *die Namen der Verlage notieren,* denen Sie die Unterlagen zugeschickt haben.

Denn sollte ein Redner durch Krankheit ausfallen, dann wirkt es für den Verlag peinlich, über eine Rede zu berichten, die nie gehalten wurde. Dann muß der schnelle telefonische Kontakt zum Verlag und der Hinweis auf die ausgefallene Rede erfolgen.

Sperrfristen haben sich in der Praxis längst bewährt und die Gefahr ist gering, daß ein Verlag sich nicht daran hält. Sollte das einmal der Fall sein, so schreiben Sie den Leuten einen freundlichen Brief mit dem Hinweis, daß Sie aus diesem Grunde dem Verlag nur noch am Tage der Veranstaltung die Unterlagen zuleiten könnten.

Teil X

1. Alle Anlässe für den Informations-Transfer zum Journalisten

Nicht jede Information gelangt auf schriftlichem Wege in die Redaktion. Für viele Informationen müssen Anlässe geschaffen werden, zu denen man die Journalisten in ein persönliches Gespräch verwickelt. Journalismus wird bekanntlich nicht nur am Schreibtisch gemacht, sondern im Dialog mit Lesern, Unternehmern, Behörden und vielen anderen Trägern öffentlicher Meinung. Wer also in die Presse will, wer die Chance der Informationsmultiplikation richtig nutzen will, braucht den persönlichen Kontakt zum Pressemann, schafft vielfältige Chancen, Einladungen auszusprechen.

Eingeladen wird zu Presse-Konferenzen, Symposien, Interviews, Informationsreisen, zu »Tagen der offenen Tür«, Betriebseröffnungen und vielen Anlässen mehr.

1.1 Die Pressekonferenz

Bei Pressekonferenzen denkt Otto Normalverbraucher immer an die dramatischen Fernsehbilder, wenn die Bundespressekonferenz tagt, wenn im Weißen Haus die Internationale Presse sich über die Lage der USA informiert, wenn sich in krisengeschüttelten Landern die führenden Volksvertretungen zum Ausgang eines Krieges äußern. Solche Mammut-Konferenzen wirken nicht nur aufregend, sie sind es auch. Etwas bescheidener geht es zu, wenn Deutschlands Großkonzerne zu einer Presse-Konferenz laden. Wenn im ersten Quartal eines jeden Jahres Konzerne wie VW, Daimler, Veba, Ruhrkohle ihre Geschäftsberichte vorlegen, geht es nicht ganz so hektisch zu, dennoch sind auch deren Konferenzen gut besucht.

Nun mag das dazu geführt haben, daß auch viele Klein- und Mittelständler der Meinung waren »Was die Großen können, das kann ich auch« und aus diesem Grunde auf die Idee verfallen sind, einmal eine Presse-Konferenz zu veranstalten.

Viele mußten jedoch feststellen, daß sie zwar einen schönen Raum und ein noch schöneres Buffet gebucht hatten, die gesamte Geschäftsleitung sich zum Empfang schön hübsch gemacht hatte, daß nur nicht der erwartete Strom von Journalisten einsetzte, auf den alle so sehr gehofft hatten. Damit bin ich beim Punkt: Es gibt viel zu viele Pressekonferenzen für viel zu viele unnötige Anlässe. Besonders auf Fachmessen sind Tagungsräume regelmäßig ausgebucht, weil jeder Hinz und Kunz der Meinung ist, er müsse die Messe zum Anlaß nehmen, seine Produktneuheiten oder anderweitige Banalitäten unter das Journalisten-Volk zu streuen. Viele kleine Unternehmen besitzen auch den trügerischen Glauben, daß Sekt und Canapés der Anreiz seien, der Journalisten in die Konferenz lockt.

Nun ist zwar noch verständlich, wenn ein Unternehmen anläßlich einer Messe die Möglicheit nutzen möchte, mit Journalisten Kontakt aufzunehmen, denn diese sind ja eh' zur Messe angereist.

Am schlimmsten jedoch sind Presse-Konferenzen, zu denen man einen halben Tag anreisen muß, um dann zwei Stunden Schwachsinn über sich ergehen lassen zu dürfen. Völlig frustriert tritt dann mancher Journalist die Heimreise an, mit dem mißlichen Gefühl in der Magengrube, daß sich der Aufwand nicht gelohnt habe.

Erfahrung jedoch macht Journalisten klug: Pressekonferenzen werden nur noch besucht, wenn ein wirklich interessantes Thema vorhanden ist. Das tatsächlich nicht per Telefon oder Pressemitteilung »herüberzubringen« ist. Je wichtiger das Thema ist, desto qualifizierter auch die Delegation des Verlages, die diese Veranstaltung besucht. Gibt die Einladung den Anschein, daß man sich den Zeitaufwand sparen kann, wird der Verlag höchstens bereit sein, den Volontär (aus Lehrzwecken) zu einer solchen Veranstaltung zu schicken. Da stehen dann lauter unbedarfte Jungschreiber herum und laben sich innigst am aufgebauten Büffet. Für die Veranstalter jedoch kommt dabei nichts heraus außer hohen Kosten bei bescheidener Presse-Resonanz.

Wichtigste Regel also: Presse-Konferenzen immer nur dann veranstalten, wenn die anderen Wege der Nachrichten-Übermittlung nicht oder nur ungenügend funktionieren würden.

Damit scheiden »Werbeveranstaltungen« aus, die nur den Sinn haben, neue Produkte darzustellen. Dadurch konzentriert man sich auf die wirklich interessanten Themen. Wenn ein neues Werk eingeweiht wird, das in seiner Art einmalig ist und alle Auflagen des Umweltschutzes beispielhaft berücksichtigt, dann ist das sicherlich eine Situation, zu der eine Einladung zur Besichtigung mit nachfolgender Pressekonferenz gerechtfertigt ist.

Wenn ein Unternehmen Millionen in die Arbeitsschutzsicherung investiert hat und dafür mit dem Bundesumweltpreis ausgezeichnet wurde, ist es gewiß für Journalisten interessant, persönlich zu sehen, wie diese Arbeitsschutz-Sicherung im einzelnen durchgeführt wurde. Auch wenn ein Unternehmen sich plötzlich im Kreuzfeuer der Kritik sieht, weil man ihm eine überproportionale Verseuchung der Umwelt nachsagt, dann schafft eine Presse-Information nicht die mögliche Klärung, die eine Pressekonferenz erbringen würde.

Die Presse-Konferenz bietet die Chance zur persönlichen Präsentation der Firmenleitung. Das Unternehmen stellt sich selbst kritischen Pressefragen und wirkt dabei sehr souverän. Hier hat man die Möglichkeit, ein Thema in Rede und Gegenrede zu diskutieren und das Wissen bei allen Teilnehmern zu vertiefen.

Bei Pressekonferenzen ist die Anwesenheit der Unternehmensspitze ein MUSS. Dabei sollte sich der Kreis je nach Thema aus Geschäftsführer, Finanzdirektor, kaufmännischem Direktor und Entwicklungs-Chef zusammensetzen, so daß alle Arten von Fragen besprochen werden können. Bei sozialen Fragen ist es sicherlich gut, wenn auch Betriebsrat oder Personalchef zugegen sind.

Insgesamt muß gesichert sein, daß vorne auf dem Podium tatsächlich eine Gruppe sitzt, die fundierte Auskunft geben kann. Sie brauchen auch keine Angst davor haben, daß Sie *alles sagen müssen!* Wenn Fragen in einen Bereich hineinragen, der auch betriebsintern als geheim gilt, so weisen Sie darauf hin. Kein Journalist erwartet, daß Sie alles über sich erzählen wollen. Jeder kennt schließlich das Thema und weiß, daß er nur in diesem Bereich auf fundierte Aussagen hoffen kann.

Je nachdem, wie positiv sich das Verhältnis zum Journalisten entwickelt hat, werden Sie in der Informationsabgabe verfahren. *Sie bestimmen* aufgrund des Kreises, ob Sie Informationen abgeben, die dem besseren Verständis dienen oder ob Sie dem Journalisten vertrauliche Informationen vermitteln, auf denen dieser sich sein eigenes Weltbild aufbauen kann.

Oft sind vertrauliche Informationen geradezu nötig, um verschiedene Sachverhalte zu klären. Bei mancher ›politischen‹ Pressekonferenz beispielsweise dringt das Thema nur so wohltemperiert an die Öffentlichkeit, weil im Rahmen der Presse-Konferenz hinter vorgehaltener Hand die Hintergründe für den einen oder anderen Sachverhalt aufgeklärt wurden. *Erst ganzheitliches Wissen führt oftmals dazu, daß man den Detail-Sachverhalt begreift.* Ein Mißbrauch solcher Vertraulichkeit ist in der gesamten Presselandschaft so gut wie unbekannt. Kein Journalist kommt auf die Idee, so etwas auszuplaudern, denn das wäre das Ende seiner Karriere.

Die Kollegen würden ihn wie einen Aussätzigen behandeln, weil hier einer gegen ein altes Gebot der Journalistenarbeit verstoßen hat. Und eine Einladung zu weiteren Presse-Konferenzen würde dieser Mann auch nicht erwarten können.

Hier einige fachliche Tips für eine erfolgbringende Realisierung:

1. Wer trägt die Kosten?

Jeder Verlag ist ein Unternehmen, das nicht unbedingt Almosen der Industrie benötigt, um seine journalistische Arbeit zu bezahlen. Deshalb ist es bei einer wirklich sinnvollen Pressekonferenz unangebracht, wenn Sie den Leuten den Vorschlag machen, die »Reisekosten zu übernehmen«. Bedenklich wird es natürlich, wenn ein Mißverhältnis zwischen Aufwand und Kosten entsteht. So kann man nicht erwarten, daß der Verlag dem Journalisten eine Auslandsreise bezahlt, damit dieser irgendwo in Lateinamerika an einer Betriebsbesichtigung mit nachfolgendem Presse-Empfang teilnimmt. In solchen Fällen ist es angebracht, daß das Unternehmen die Kosten übernimmt.

Bei einer normalen Presse-Konferenz allerdings – wie Bilanzpresse-Konferenzen, Konferenzen anläßlich von Sozialthemen und anderes mehr – zahlt der Verlag die Kosten für An- und Abreise. Am Ort selbst allerdings sollten für den Journalisten keinerlei Kosten entstehen. Für Essen (gegebenenfalls Übernachtung) und natürlich für sämtliches, was mit der Berufsausübung zusammenhängt (Telefonieren, Telexen etc.) sollte der Veranstalter die Kosten übernehmen.

2. Einladung und Termin-Abstimmung.

Wenn ein Atomkraftwerk explodiert ist, werden Sie kaum eine Einladung verschicken, denn dann werden Sie sich ohnehin vor Journalisten nicht retten können und müssen so eine Art Not-Presse-Konferenz veranstalten. Anders ist es, wenn Sie zu Themen einladen, die nicht ganz so brandaktuell sind. Wenn Sie dafür einen Termin ins Auge gefaßt haben, dann sollten Sie bei einer befreundeten Redaktion durch Anruf erst einmal klären, ob nicht vielleicht genau an diesem Tage bereits andere Unternehmen zur Pressekonferenz aufgerufen haben. Da ein Journalist sich nicht vierteilen kann, würde das die Zahl der Besucher deutlich schmälern. Ist Ihr Termin günstig, so senden Sie etwa drei Wochen vor der eigentlichen Presse-Konferenz eine *schriftliche Einladung mit Rückantwortkarte* an die Journalisten. Die Rückantwortkarten geben Ihnen Hinweis darüber, welche Raumgröße, welche Bestuhlung, welches Büffet und welche Beschallung Sie gegebenenfalls organisieren müssen.

Einladungen sollten so ausführlich gestaltet sein, daß es dem einzelnen leicht fällt, zum Veranstaltungsort zu finden: Hotelprospekt, Stadtplan und anderes mehr werden als Orientierungshilfen gerne angenommen und schaffen zusätzlich ein positives Klima. Teilen Sie auch mit, ob ein gemeinsames Mittagessen geplant ist, ob es Zubringerdienste vom oder zum Flughafen gibt, oder was auch immer Sie tun werden, um dem Journalisten den Tag so angenehm wie möglich zu gestalten. Je ausführlicher die Einladung, desto besser kann sich der Eingeladene darauf einstellen.

Es empfiehlt sich, für die Journalisten der Tagespresse und für die Fachjournalisten getrennte Gespräche zu vereinbaren, weil die Interessenlage beider Mediengruppen höchst unterschiedlich ist. Eine Unsitte ist, Nichtjournalisten zur Presse-Konferenz zu laden. Der Hintergrund für dieses Tun ist natürlich »klar«: Das Unternehmen will damit versuchen, den Anwesenden ein »Volles Haus« zu suggerieren. Bei schwachen Themen und folgerichtig schwacher Journalisten-Resonanz erspart sich das Unternehmen oftmals die Peinlichkeit, vor einer Handvoll einsamer Pressevertreter zu sitzen.

Beim Bundesverband der Deutschen Industrie gibt es ein jährlich neu aufgelegtes Verzeichnis, in dem die Termine aller »großen Pressekonferenzen« veröffentlicht werden. Im regionalen Bereich registrieren die Kammerbezirke die Pressekonferenzen der heimischen Wirtschaft. Auch hier kann man sich hinreichend informieren und dann seinen Termin bestimmen.

Solche Pflicht-Veranstaltungen – also die Bilanz-Pressekonferenzen – setzen etwa im April ein, flauen aber bis Mitte Juli ab. Deshalb bieten sich die Zeiträume von Jahresbeginn bis Mitte März und dann ab September bis Mitte November an.

Die *Journalisten-Woche* fängt Sonntag an und hört Freitag auf (Ausnahme Sportredaktion), auch das darf man nicht vergessen. Deshalb sollte man *nie* eine Pressekonferenz auf den Freitagnachmittag legen, denn auf diese Weise würden Sie dem Redakteur noch den Feierabend vermiesen.

Als *Tageszeit* für Pressekonferenzen hat sich am besten die Zeit von 11.00 bis 13.00 Uhr bewährt, aber auch von 15.00 Uhr bis 17.00 Uhr läßt sich noch konferieren. In beiden Fällen ist An- und Abreise am gleichen Tag möglich.

Vorabinformationen über den Inhalt der Pressekonferenz wenige Tage vor dem Ereignis sind eine nützliche Hilfe, weil damit dem Journalisten die Möglichkeit gegeben wird, sich in das Thema einzustimmen. Damit ist er auch besser in der Lage, in der Diskussion konstruktiv mitzuwirken.

Wenn nicht alle Rückantwortkarten zurückgekommen sind und Unklarheit darüber herrscht, wie viele Journalisten nun teilnehmen, ist es erlaubt, drei Tage vor dem Ereignis noch einmal die Redaktionen anzurufen und um Terminbestätigung zu bitten.

Kleine Aufmerksamkeiten erhalten die Freundschaft.

Ein nettes Journalisten-Geschenk ist keine Bestechung, sondern eine Geste, ein Dankeschön für den Besuch. Pompöses ist allerdings nicht gefragt.

Auch hier muß die Mischung wieder stimmen. Der Eingeladene darf nicht etwa das Gefühl haben, daß er durch den Wert des Geschenks und durch den Gaumenschmaus zur Mittagszeit zu einer Veröffentlichung überredet werden soll.

Bei Geschenken versuchen Sie immer, eine Beziehung zu Ihren Produkten, zum Seminarort, zur Jahreszeit zu schaffen. Wenn es draußen wie aus Kübeln regnet, wird ein »Knirps« nicht nur als Geschenk angenommen, sondern kann sich auch gleich nützlich machen. Auch Gags sind gefragt. Ein »Taschenofen« auf Katalyt-Basis ist im Januar sicherlich ein originelles Geschenk, ebenso wie eine Stimmgabel anläßlich einer Präsentation einer neuen Langspielplatte.

Presse-Konferenzen müssen zur Institution werden.

Unangebracht ist, »mal« eine Pressekonferenz zu machen und dann nie wieder. Das ist ebenso sinnlos, als wenn man nur einmal eine Presse-Information herausschickt und dann lange Jahre nichts mehr. Die guten Pressekonferenzen werden zur Institution. Da geht es nicht nur darum, daß Sie einem Kreis von Journalisten neue Informationen geben. Vielmehr ist es auch von Bedeutung, daß sich Journalisten hier »immer mal wieder treffen«. Auf solchen Konferenzen geht es dann zu wie auf Unternehmerverbandstagungen: Man begrüßt sich, man kennt sich oder lernt sich kennen. Nicht Redner und Büffet sind entscheidend für den Erfolg, sondern der ›small talk‹ in den eigenen Reihen.

Denn wie beim Unternehmertag sehen sich manche Journalisten oft auch nur einmal im Jahr, und das immer anläßlich der gleichen Presse-Konferenz. Man nutzt diese Situation zum gegenseitigen Erfahrungsaustausch, plaudert darüber, was aus früheren Kollegen geworden ist, unterhält sich über Gott und die Welt. Wenn Sie es schaffen, eine solche Pressekonferenz zu initiieren, die sozusagen zum Selbstläufer wird, dann haben Sie für Ihr Unternehmen und für Ihre Karriere eine Menge getan. Und es lockert auch die Stimmung, wenn sich die Leute schon kennen und keine gegenseitigen Berührungsängste mehr haben. Doch bis Sie dahingefunden haben, müssen Sie erst einmal die *erste* Pressekonferenz inhaltlich so sinnvoll hinbekommen, daß der Erfolg auf Dauer bleibt.

Über den Inhalt einer Pressekonferenz.

In einer Stunde kann man eine Menge erzählen! Beschränken Sie also die reine Redezeit auf eine Stunde und sorgen Sie dafür, daß nicht ein Geschäftsleitungsmitglied einen Monolog hält, sondern daß es eine bunte Mischung verschiedener Beiträge wird, bei denen der einzelne möglichst nicht länger als 10 bis 15 Minuten dauern sollte. Bei schwierigen Bilanzthemen dürfen es auch mal 20 Minuten sein, aber bitte nie länger. Erst arbeiten, dann essen, sollte die Devise lauten, was soviel heißt, daß sie nicht die Zeit während der Vorträge dazu nutzen, den Journalisten ein Essen zu reichen. Da klappern dann die Teller, säbelt so mancher an seinem Stück Fleisch herum und hört dabei nicht mehr zu, was der Redner vorne zu verkünden hat. Essen macht darüber hinaus auch müde und stört die anschließende Diskussion. Lassen Sie nicht nur reden, nutzen Sie auch die Technik, um komplizierte Sachverhalte detailliert zu erklären. Dia-Projektor, Flip-Chart oder Overhead-Folien als moderne didaktische Arbeitsmittel sollten auch in einer Pressekonferenz nicht fehlen.

Nach dem Vortragsteil ist eine Stunde für weiterführende Fragen anzusetzen. Wenn Sie hierzu jedoch besonders bei einem neuen Kreis die Frage stellen *»Gibt es noch Fragen?«* dann herrscht *»Schweigen im Walde«*. Das ist psychologisch auch ganz verständlich. Denn wer auf diese Fragestellung hin reagiert, zeigt ja scheinbar, daß er nicht alles begriffen hat. Richtiger ist es, einen sensibleren Übergang zu schaffen von den Referaten hinein in die Fachdiskussion. Ich empfehle Ihnen, nach den Fachreferaten nicht abrupt in die Diskussion einzusteigen, sondern bereits in den letzten zehn Minuten der Vorträge in eine *offene Vortragsform* umzuwechseln, die auch *den Zuhörer mit einbezieht.*

Sprechen *Sie* die Journalisten an, geben Sie sich die letzten Minuten wie ein Seminarleiter, der sein Publikum in seine Darstellungen mit einbezieht. Dann lockert sich zusehends der Kreis und arbeitet konstruktiv an Themen mit.

Wenn das alles noch nicht nutzt und die anwesenden Journalisten stürzen sich ohne weitere Diskussion auf das aufgefahrene Kalte Büffet, dann war die Pressekonferenz sicherlich ein Reinfall.

Tip: Ein guter Brauch ist es, den PR-Mappen Namenslisten der teilnehmenden Journalisten beizulegen. Viele kennen sich nur aus Telefonaten oder gar nur aus dem Impressum, haben sich aber noch nie »in natura« gesehen. Eine Pressekonferenz, auf der man sich dann endlich mal kennenlernt, bleibt in guter Erinnerung und ist möglicherweise Grund genug, auch beim nächsten Mal wieder dabei zu sein. Diese Regel gilt aber nur für überregionale Pressekonferenzen, denn im lokalen Bereich kennen sich die Kollegen.

Was gehört in die Pressemappe?

Alle Journalisten werden während der Pressekonferenz fleißig ihre Notizen machen. Doch wird es kaum möglich sein, das Gesagte vollständig mitzunotieren. Deshalb ist eine Pressemappe ein notwendiges Requisit, um sicherzustellen, daß sämtliche benannten Fakten, die später in der Presse zum Abdruck gelangen, auch stimmen. Es empfiehlt sich, die *Vorträge* in diese Mappe einzulegen, wobei die Mappe durchaus schon vor der eigentlichen Pressekonferenz übergeben werden kann. Denn so hat der Journalist die Möglichkeit, dem Vortrag nicht nur zuzuhören, sondern parallel dazu zu lesen. Hören und Lesen gemeinsam sorgen dafür, daß er die Informationen besser versteht. Von allen Referaten sollten dann entsprechende Redaktionstexte in einer »Normal-Version« und einer »Kurz-Version« der Pressemappe beiliegen. Wenn Sie einen Unternehmensprospekt über Ihren Betrieb haben, so können Sie diesen der Vollständigkeit halber ebenfalls der Mappe beilegen, aber nur dann, wenn er nicht allzu werblich-protzig aufgebaut, sondern eher informeller Natur ist.

Last – but not least – sollte ein Kurzportrait Ihres Unternehmens den Inhalt Ihrer Mappe abrunden: Gründungsdaten, Belegschaft, Umsatz (davon Export), Investitionen, Umsatzerwartungen, Programmschwerpunkte, Niederlassungen, Zweigwerke, Tochtergesellschaften, Beteiligungen gehören in dieses Statement, das oft im Archiv des Verlagshauses abgelegt oder per Mikrofilm archiviert und bei aktuellem Bedarf wieder herausgeholt wird.

Tip: Vortragende, die noch nie auf einer Pressekonferenz gesprochen haben, sind immer leicht irritiert, wenn der anwesende Journalistenkreis während der Worte in den Unterlagen blättert und ihm bei seinem Vortrag keine Aufmerksamkeit schenkt. Der Mann zweifelt an sich und seiner Vortragskunst und meint, auf Teilnahmslosigkeit zu treffen. Das Gegenteil ist der Fall: Die anwesenden Journalisten ›arbeiten‹ bereits am Manuskript, vertiefen sich in seine Struktur, machen sich Anmerkungen, was sich für eine Veröffentlichung lohnt und was weniger interessant ist.

Was gibt es zu essen bei der Presse-Konferenz?

Das orientiert sich in der Regel am Thema. Wenn das Unternehmen eine glänzende Bilanz vorlegt, dann darf das Essen durchaus üppig ausfallen. Schreibt man rote Zahlen, dann sind Kaviar und Hummer gewiß nicht angebracht. Auch dann nicht, wenn man einen Sozialplan verkündet, denn auch dort würde lukullisches Übermaß Arbeiter und Betriebsrat in Verdruß versetzen.

Wenn solche Feinnervigkeiten nicht zu befürchten sind, sondern es sich um eine ganz normale Pressekonferenz handelt, dann sollte man durchaus ›was Anständiges‹ auf den Tisch stellen lassen. In seiner Redaktionsstube ist der Journalist schon aus Zeitgründen in Sachen »Essenfassen« nicht gerade verwöhnt: Bulettenbrötchen zwischen Redaktionssitzung und Außentermin oder Kantinen-Mittagstisch prägen den Arbeits-Alltag. Nach einer Pressekonferenz aber hat man meistens die Zeit, mal opulent zu essen – also, warum wollen Sie sich die Möglichkeit nehmen lassen, ein exzellenter Gastgeber zu sein, wenn die Stunde dafür günstig ist?

Noch zwei Merksätze als Abschluß zum Thema Presse-Konferenzen:
- Die Organisation von Presse-Konferenzen ist eine Manager-Tätigkeit, die einen Vollprofi verlangt.
- Journalisten wollen wie Staatsbesucher behandelt werden. Ein grimmiger Pförtner oder ein fehlender Parkplatz können das Goodwill spürbar negativ beeinflussen.

Die Presse-Konferenz ist das Terrain des PR-Mannes.

Besonders die Neueinsteiger in das Pressegeschäft sollten die folgenden Zeilen sehr sorgfältig lesen und als einen wichtigen Baustein für ihre berufliche Zukunft betrachten. Die Presse-Konferenz ist der Ort, an dem die geladenen Journalisten auch den »Leiter der Abteilung Öffentlichkeitsarbeit« unter die Lupe nehmen. Sie haben hierbei erstmals die Möglichkeiten, die Person, die Sie vielleicht nur aus seinen Presseberichten und aus einigen Telefonaten kennen, persönlich beurteilen zu können.

Viele Pressekonferenzen laufen leider so ab, daß der Pressemann am Eingang den Ankömmlingen die Hand schüttelt und ›Herzlich willkommen‹ sagt, sich aber dann in ein Mauseloch verkriecht und seine Geschäftsleitung auf der Bühne vorne agieren läßt. Er wird damit automatisch in die Rolle des »Presse-Kellners« gedrängt. Während vorne die große Politik gemacht wird und die Journalisten seiner Geschäftsleitung Fragen stellen, steht er im Abseits.

Für den Journalisten, der einen Pressemann in dieser Rolle sieht, kann nur der Eindruck bleiben, daß dieser Mitmensch tatsächlich Briefträger ist und keinerlei Kompetenz im Unternehmen besitzt. Leider gibt es viel zu viele Pressekonferenzen, bei denen man diesen Eindruck mitnehmen kann, weil es zu wenig PR-Leute gibt, die dem eingangs erwähnten Wunschbild des souveränen, dialektisch geschulten und vitalen Voll-Profis entsprechen.

Machen Sie es anders! Übernehmen Sie als PR-Mann nicht nur die volle Verantwortung für das Gelingen der Veranstaltung, sondern sehen Sie sich auch in der Rolle des Moderators, der die anwesenden Gäste offiziell begrüßt und bei der anschließenden Diskussion zwischen »Kollegen« und Geschäftsleitung die Fäden zieht. Lassen Sie sich diese Rolle nie aus der Hand nehmen. Zeigen Sie Stärke, wenn Ihre Geschäftsleitung Sie überrollen will. Denn schließlich ist es Ihre Aufgabe, das Unternehmen zu vertreten und den Kontakt zum Journalisten zu halten. *Sie* brauchen die Kontakte viel länger als Ihre Geschäftsleitung, die nach der zweistündigen Veranstaltung das Thema schnell wieder vergessen hat. Und *Sie* müssen den Beweis antreten, sachkompetenter und autorisierter Gesprächspartner zu sein. Auch wenn es Ihnen schwerfällt, eine Veranstaltung zu moderieren: Einerseits macht Übung den Meister, andererseits werden Sie aber auch schnell feststellen, daß man vom Podium aus immer eine gewisse »Macht« hat.

Lampenfieber legt sich in der Regel schnell und weicht der Genugtuung, daß man sich in der Legislative befindet, was sehr viel angenehmer ist als das ständige exekutive Verhalten.

Auch für die Karriere ist dieses Vorgehen förderlich. Viele PR-Leute haben auf diesem Stuhl nur übergangsweise gesessen. Es gibt keine bessere Plattform, um in andere Karrierebereiche vorzustoßen, ob sie nun in der Wirtschaft, in der Politik oder bei großen Verlagen zu finden sind. Deshalb muß man in Sachen Eigenpublizität sattelfest sein. Nur der, der sich aus der Masse erhebt, fällt auf und findet neue Kontakte, die ihm helfen, seinen Berufsweg weiter voranzuschreiten.

1.2 Pressefahrten – Lustreisen oder Informationsveranstaltungen

Würden Sie nicht auch gerne an einer mehrtägigen Reise in fremde Länder teilnehmen, wenn die Kosten dafür ein anderer übernimmt? Wahrlich, ja! Reisen bildet, so sagt man noch heute. Vielleicht ist das der Grund, warum so viele Unternehmen mit ihrem Kreis wichtiger Journalisten so gerne auf Reisen gehen. Für Reisen gibt es auch immer hinreichende Gründe: Wenn ein großer internationaler Autohersteller europaweit ein neues Auto einführt, dann kann man sich dafür die schönste Region Europas aussuchen. Da werden dann aus allen europäischen Ländern Motorjournalisten auf eine Insel im Mittelmeer oder einen schönen südländischen Küstenstreifen geflogen, damit sie die Möglichkeit haben, das Auto auf holprigen Straßen auf Herz und Nieren zu prüfen. Bananenimporteure fliegen mit Wirtschaftsjournalisten nach Lateinamerika und zeigen den Schreibkünstlern nicht nur ihre Monokulturen, sondern auch noch die schönsten Mädchen des Kontinents . . .

Wieder andere werden an die Quellen der Rohstoff-Förderung geladen, auf eine Bohrinsel in der Nordsee, in eine Goldgrube von Australien, zum kanadischen Ölschiefer-Vorkommen. Es gibt vom kleinsten Journalisten bis zum Chefredakteur Reise-Profis. Die nehmen jede Gelegenheit wahr, an eine solche Einladung zu gelangen. Dann gibt es ferner die, die sich ihrer tatsächlichen journalistischen Aufgabe besinnen und nur an Reisen teilnehmen, wenn sich daraus für ihr persönliches Weltbild und für ihre journalistische Aufgabe eine vernünftige Wissenserweiterung ableiten läßt. Die Beweggründe zum Reisen sind höchst unterschiedlich. Einheitlich ist nur die Resonanz, die auf solche Einladungen zu erwarten ist:

Sobald es ins Ausland geht, und der Grund dafür ist einigermaßen triftig, sind die Damen und Herren aus den Redaktionsstuben dabei.

Nun sind solche Reisen nicht gerade billig. Der Eingeladene darf auf jeden Fall erwarten, daß Sie mehr oder weniger alle Kosten übernehmen, die während des mehrtätigen Aufenthalts entstehen. Nur für sein persönliches Taschengeld müssen Sie nicht geradestehen. Der Abdruckerfolg, der nach einer gelungenen Reise entsteht, macht aber in der Regel die Einstandskosten bei weitem wieder wett.

Wenn ein Haus wie Opel beispielsweise anläßlich der Einführung des neuen Kadett 300 Journalisten in sechs Gruppen à 50 Personen für jeweils vier Tage nach Lissabon einlädt, dann ist das sicherlich nicht billig. Denn die Herren hatten Gelegenheit, sich an brandneuen Autos auszutoben, nachts fässerweise Portwein zu leeren und andere Nettigkeiten über sich ergehen zu lassen. Alles in allem kostet eine solche Super-Aktion dann eine runde Million DM, die Personalkosten nicht einmal mitgerechnet, wenn die komplette Presse-Abteilung sich um Bewirtung und Information der illustren Schar bemüht. Nur lohnt eine solche Sache, denn das was Wochen später über das neue Fahrzeug in den Medien zu lesen war, war so positiv und so umfangreich, daß es mehrere Werbemillionen gekostet hätte, eine gleich große Menge an Anzeigenraum zu erwerben.

Die Vorbereitung einer solchen Veranstaltung dauert gut und gerne ein ganzes Jahr, denn Zimmer, Flüge, Mahlzeiten müssen frühzeitig gebucht sein, Presse-Unterlagen, Fahrzeuge und viele andere kleine Extras organisiert und vorbereitet werden.

Auch wenn Sie nicht oft Gelegenheit haben, als Pressemann eine solche Super-Veranstaltung zu organisieren, so gibt es ein paar Grundregeln, auf die es ankommt, damit Ihre Pressefahrt ein Erfolg wird:

1. Das Objekt muß die Reise rechtfertigen.

Es hat keinen Zweck, in südliche Gestade zu fliegen, wenn nicht das *Objekt und das Reiseziel harmonieren.* Ein europaweit einzuführendes Auto auf den *schlechtesten* Straßen Europas testen zu lassen, das stimmt und wirkt glaubwürdig. Zur Einführung einer neuen Spülmaschine allerdings mit ausgewählten Journalisten eine Woche nach Zentralafrika zu fliegen ist wiederum übertrieben. Der eingeladene Journalist muß ja die Reise letztlich seinem Chefredakteur oder dem Verleger plausibel darstellen. Die paar Tage, die er im Verlag fehlt, kosten ja nun das Verlagshaus auch Geld, da schließlich sein Gehalt weiterläuft. Zu einer Pressefahrt kann eingeladen werden, wenn der Augenschein oder das Gespräch vor Ort für das Verständnis der Branchen- und Firmenprobleme nützlich ist.

2. Der informative Inhalt der Veranstaltung muß den Zeitaufwand rechtfertigen.

Selbst wenn die Reise »nur« drei Tage dauert, so darf man nicht unterschätzen, daß sich der Journalist auch auf eine Kurz-Reise einstellen muß. Das Beschaffen von Visa, die Anreise zum Flughafen, die Rückreise und das Überwinden des bei Fernreisen üblichen »Time-Lags« schlauchen unseren Mitreisenden so sehr, daß eine komplette Arbeitswoche fehlt. Da die Arbeit aber in der Redaktion liegenbleibt und auch nicht von Kollegen gemacht wird, nur damit der andere seine ›Lustreise‹ antreten kann, muß der informative Inhalt der Veranstaltung im angemessenen Verhältnis zum Zeitaufwand stehen. Kommt unser Mann zurück und hat das Gefühl, daß es »sich eigentlich nicht gelohnt hat, so viel Zeit zu investieren«, dann ist das trotz des hohen Finanzaufwandes keine gute PR für das Unternehmen gewesen.

3. Straffes Programm mit kompetenten Rednern.

Lassen Sie eine Pressereise nicht zur reinen Lustreise verkommen. Auch das dankt Ihnen keiner. Denn so arm ist kein Journalist, daß er nicht seinen »Urlaub« selber bezahlen könnte. Viel reizvoller ist es, ihn in ein straffes Programm einzubinden, das das Gefühl vermittelt, auf dieser Reise ›tatsächlich etwas gesehen und etwas gelernt zu haben«. Auch Journalisten sind »Herdentiere« wie jede andere touristische Gruppierung. Sie wollen in möglichst kurzer Zeit auf möglichst bequemen Wegen vieles kennenlernen, was ihnen neu ist. Ein Nachmittag »zur freien Verfügung« ist schon fast zu viel, weil die Gruppe dann, herausgerissen aus dem Aktiv-Programm, plötzlich auf sich alleine gestellt ist und in solchen Momenten nichts mit sich anzufangen weiß.

Bei Auslandsreisen kommt es darauf an, auch aus der Geschäftsleitung Leute »von hoher Qualität« dabeizuhaben. Geschäftsführer oder Vorstand sollten sich die Zeit nehmen, die Gruppe zu begleiten und ständig für Gespräche zur Verfügung stehen. Aber bitte nicht nur mit den ›Superstars‹ der Journalistenszene, sondern durchaus auch mit den Mitarbeitern der kleineren Verlagshäuser. Jedem muß das Gefühl gegeben werden, auf gleichem Niveau mit den Stars der Szene zu stehen. Auch sollte man die Reise nutzen, die Gäste mit ausländischen Delegationen bekanntzumachen. Meist drängen sich die Regierungen exotischer Länder, vor dem Gremium deutscher Journalisten einen kleinen Fachvortrag zu halten. Oft wird die Delegation ins Regierungspalais eingeladen, um dort ein »offizielles« Bild von der Entwicklung des Landes zu erhalten. Nutzen Sie diese Chance, denn Sie gibt der Reise eine weitere Legitimation, die Sie nichts gekostet hat, aber den PR-Wert wesentlich verbessert.

4. Sensible Einladungspolitik betreiben.

Man kann sicherlich nicht alle Repräsentanten der 15 000 Periodika einladen, sondern muß sich auf die der wesentlichen Zeitschriften beschränken. Aber in der Art von Beschränkung liegt auch eine Art der Aussperrung. Da kann es durchaus einmal zur Frustration führen, wenn man nicht sorgfältig wägt. So kann eine solche Stimmung bei Journalisten aufkommen, wenn mancher das Gefühl hat, hier wird eine Einladung nur ausgesprochen, um quasi ein Dankeschön für die bisherigen Presseberichte zu vermitteln. Die Zusammenstellung der Gruppe sollte deshalb immer unter dem Aspekt erfolgen, für wen die Reise-Informationen das meiste bringen. Auch sollte die Gruppe nicht nur mit den Altmeistern der Szene besetzt werden, sondern auch die jungen, hungrigen aber begabten »Terrier« einbeziehen. Denn diese sind schließlich die Profis der Zukunft. Sie sehen also, daß hier sehr viel Fingerspitzengefühl zugrunde gelegt werden muß, um eine gute Reisegruppe zusammenzustellen und daß sehr viel Recherche und vorsichtiges Abwägen dazugehören, um keine taktischen Fehler zu machen.

Achten Sie darauf, daß die Gruppe nicht allzu groß wird. Gruppen bis zu 20 Mann sind für individuelle Gespräche besser überschaubar und lernen sich auch untereinander kennen. Unpassend sind Reisen, zu denen Sie ein komplettes Flugzeug chartern und gleich eine Hundertschaft auf eine südliche Insel karren. Das ist journalistischer Massentourismus, der kaum die Möglichkeit des qualitativen Gesprächs zuläßt.

5. Plumpe Vertraulichkeit darf nicht aufkommen.

Sie als Veranstalter stehen im Mittelpunkt des Geschehens und werden von den Journalisten natürlich über sämtliche Tage prüfend beäugt. Sie repräsentieren schließlich das Unternehmen. Ihr persönlicher Auftritt färbt auf solchen Reisen oft auf das Gesamt-Image des Unternehmens ab. Zwanzig Mann drei Tage zu unterhalten ist Streß. Und da man mit jedem einen Longdrink an der Bar schlürft, verfällt man leicht in den Zustand plumper Vertraulichkeit. Doch diese ist fehl am Platze, weil sie in diesem Moment so ausgelegt wird, als ob der Zuspruch der Presse durch kumpelhafte Nettigkeiten gekauft werden solle. Wer da nicht aufpaßt, kann auf einer solch kostspieligen Fahrt binnen weniger Tage mehr Porzellan zerschlagen, als man in Jahren wieder kitten kann.

6. Frühzeitige Planung ist wichtig.

Journalisten-Reisen bucht man nicht kurzfristig wie eine U-Bahn-Fahrt zum Wannsee. Bereits Monate vorher muß in den einzelnen Redaktionen sehr vorsichtig das Interesse abgefragt werden. Die Zusammenstellung der Reisegruppe erfolgt am besten auf persönlichemWege. Bei Reisen in exotische Länder sind Gesundheitsimpfungen, Visa und andere Kleinigkeiten zu beachten, die sich auf die Vorlaufzeit auswirken.

Mindestens ein halbes Jahr vor dem eigentlichen Ereignis sollte feststehen, wer an der Reise teilnimmt. Wie schon bezüglich des Abhaltens von Pressekonferenzen gesagt, sind die Zeiträume Januar bis März und September bis November immer noch die besten Monate für solche Aktionen. Außerhalb dieser Zeit macht der Journalist entweder selber Urlaub oder ist durch die vielfältigen Messen und Bilanzpresse-Konferenzen arg in seinen zeitlichen Möglichkeiten beschnitten.

7. Planen Sie die Reise so, als würden Sie mit der Familie in den Langzeit-Urlaub fahren.

Sie müssen an alles, aber auch alles denken, wenn Sie eine gelungene Reise durchführen wollen. Eine Reiseapotheke muß dabei sein, ausreichendes Geld in Landeswährung zur Verfügung stehen, wenn die Banken geschlossen haben. Regenschirme auch im Süden, wenn das Wetter mal umschlägt, Unfall- und Gepäckversicherungen für die Mitreisenden, und vieles mehr muß zu Ihrem Reisegepäck gehören. Bei besonders trinkfreudigen Mitreisenden kann es auch nicht schaden, zur örtlichen Polizei bereits einen Draht geknüpft zu haben. Im Ausland hilft auch selten die Improvisationsgabe, mit der man in Deutschland manche Veranstaltung aus der hohlen Hand organisieren kann. Sprachliche und kulturelle Besonderheiten machen es Ihnen schwer, mit deutscher Gründlichkeit für Recht und Ordnung zu sorgen.

Was bringt die Reise?

Unter 50 000 DM werden Sie kaum mit einer Gruppe von 20 Leuten eine vernünftige Reise machen können. Ein erheblicher Aufwand, der sich rechnen soll. Aus meiner Praxis heraus weiß ich, daß Sie bei einer gutorganisierten Reise mit einem interessanten Thema mit viel Goodwill seitens der Eingeladenen rechnen können. Selbst Unternehmen, die sich in einer negativen Presse-Stimmung befinden, schaffen auf diese Art und Weise zwar nicht unbedingt einen Stimmungsumschwung, aber immerhin eine Objektivierung der negativen Sachlage, in der sie sich befinden. Journalisten sind nämlich auch Menschen. Sie belassen es nicht nur bei einem Dankeschön für die netten drei Tage, sondern sind in der Regel motiviert und persönlich auch gewillt, über das Ereignis zu schreiben. Denn Erlebnisse, die man in drei Tagen aufgenommen hat, lassen sich auch in der Arbeit leichter durchsetzen, als daß man sich wieder neu in irgendein anderes Thema hineindenken muß. Und weil die Schreibe nach einer solchen Reise gut von der Hand geht, ist auch die Berichterstattung entsprechend umfangreicher . . .

Beim Vergleich mit den Kosten, die für eine Anzeigenwerbung entstehen, hat die Informationsreise immer die besseren Werte. Mindestens das Dreifache an Gegenwert – in Anzeigen-Millimetern gerechnet – läßt sich durch eine solche gut geplante und sinnvoll eingeleitete Reise ins Ausland erzielen.

Zurück bleiben ferner sehr freundschaftliche Kontakte zu dem Kreis der Teilnehmer. Gerade ein Neu-Einsteiger in die Presse-Arbeit kann sich mit einer solchen Veranstaltung eine Clique guter Freunde aufbauen, die auch für die künftige Presse-Arbeit von Wert ist.

1.3 Interviews wollen gelernt sein

Zu den Sternstunden der Presse-Arbeit gehört unzweifelhaft das Interview. Es hebt auch die Gemütsstimmung dessen, der für die Presse-Arbeit verantwortlich ist: Denn plötzlich interessiert sich ein Verlag oder im besten Falle sogar Funk und Fernsehen für die Arbeit des Unternehmens. Was für ein angenehmes Gefühl, nicht hinter dem Journalisten herlaufen zu müssen, sondern sozusagen hofiert zu werden. Und wenn der Unternehmer nicht selbst die Presse-Arbeit macht, sondern ein Mitarbeiter, dann hat sich dieser aus dem Blickwinkel der Geschäftsleitung heraus wieder mal ein »Fleißkärtchen« verdient. Wenn sich die erste Freude gelegt hat, mit einer umfangreichen Berichterstattung rechnen zu können, fängt das Grübeln darüber an, was man denn nun den zu erwartenden Journalisten erzählen soll.

Die einfachste Form ist sicherlich das *Zeitungsinterview,* zu dem ein Journalist das Unternehmen besucht und mittels Tonband alles mitschneidet, was der Unternehmer an Aussagen macht. Hier entsteht allerdings oft die erste Unsicherheit, weil der Interviewte meint, daß die Worte präzise so abgedruckt würden, wie er sie sagt. »Das schreiben Sie aber nicht« und »das sollten Sie aber überarbeiten«, sind dann die regelmäßigen Einblendungen, die die Sekretärin später aus dem Tonband-Interview beim Abschreiben hört und vorsichtshalber wegläßt. Keine Bange! Tonband-Interviews, die für einen Presse-Bericht bestimmt sind, müssen nicht in druckreifem Deutsch gesprochen sein. Der Journalist nimmt die Aussagen vielmehr als Grundlage für einen sinnvollen Zusammenschnitt, der die Meinung des Interviewten tendenziell wiedergibt, aber bei dem nicht jedes »äh« und»em« und »na ja« mit abgedruckt werden. Bei Fachzeitschriften ist die Frage durchaus erlaubt, ob Sie vor dem Druck noch einmal eine Abschrift des Tonbandes sehen könnten. Kaum ein Journalist wird Ihnen dies verwehren, denn es ist ja nicht »seine« Meinung, die hier »zensiert« wird, sondern ausschließlich Ihre eigene.

Bei wichtigen Interviews großer Wirtschaftszeitungen ist es auch üblich, daß dem Unternehmer vorweg eine Aufstellung der Fragen zugeleitet wird, um die es in dem Interview geht. Das hat den Vorteil, daß er sich besser auf sein Thema vorbereiten kann. Er kann beispielsweise Dossiers aus dem Betrieb bereitlegen lassen, Finanzpläne, Investitionsvorhaben und andere zu befragende Themen mit sachlichem Stoff vorbereiten, so daß das Interview auch tatsächlich eine leichte und perfekte Angelegenheit wird.

Es erscheint mir wichtig, daß zum Interview nicht nur der Pressesprecher anwesend ist, sondern auch die zweite Persönlichkeit aus der

Geschäftsleitung sozusagen auf der Reservebank sitzt und das Interview mehr oder weniger ›beobachtet‹. Aus dieser Sicht heraus kann er dem Interviewten als ›Souffleur‹ noch den einen oder anderen zusätzlichen Hinweis geben, den dieser im Streß des Gesprächs vergessen hat, ohne dies zu merken.

Wichtig ist, daß Sie sich *auf das Gespräch konzentrieren.* Ich selbst habe Interviews geführt, bei denen es der Gesprächspartner unterlassen hatte, im Betrieb Anweisung zu geben, daß er nicht gestört werden wolle. Also klingelte ständig das Telefon, Sekretärinnen brachten irgendetwas herein oder andere ablenkende Situationen taten sich auf. Das ist nicht nur dem Journalisten gegenüber unmöglich, der sich schließlich bemüht, möglichst konzentriert und durch geschickte Fragestellung einen Mann sich selbst beschreiben zu lassen. Es lenkt auch allzusehr ab. Mit jeder Störung ist der Interview-Text aus dem Schlagabtausch gerissen, der bei guten Interviews die Spannung ausmacht. Zurück bleibt ein Fragment, das weder die Persönlichkeit des Interviewten herüber bringt, noch die damit erwünschte Wirkung in der Presse-Arbeit erzielt.

Funk-Interviews, da klopft das Herz.

Jeden Morgen bringt jeder Sender ein Morgenmagazin, in dem Leute aus Wirtschaft, Politik und Verwaltung interviewt werden, wenn sie auf ihrem Fachgebiet herausragende Persönlichkeiten sind.

Ich schätze, daß es 100 Interviews und mehr sind, die täglich über die Kanäle der einzelnen Sender ausgestrahlt werden. Von drei bis zu zehn Minuten läuft dafür die Sendezeit. Wenn es dem Pressemann gelungen ist, für seinen Chef eine Fachkompetenz aufzubauen und die Anschrift des Unternehmens sich in der Kartei der Rundfunkhäuser befindet, dann kann von heute auf morgen ein Anruf kommen mit dem Hinweis, daß man bereits in wenigen Stunden um eine Stellungnahme bäte und diesbezüglich um soundsoviel Uhr wieder anrufen würde.

Höchstens der Profi-Politiker kann dann noch in Ruhe weiterarbeiten, während alle anderen zu Recht das Gesamt-Thema vor ihrem geistigen Auge noch einmal Revue passieren lassen und sich auf die Fragestellung vorbereiten. Funk ist ein schnelles Medium, deshalb werden Sie auch nicht erwarten können, daß der Redakteur im Studio absolut sattelfest ist in Fachfragen, die Sie betreffen. Gehen Sie also mehr grundsätzlich davon aus, *daß Sie mehr wissen als der Journalist am Mikrofon.* Das macht sicher. Und gehen Sie ferner davon aus, daß Sie täglich mit irgendwelchen Leuten telefonieren und dabei nicht ins Stottern geraten, sondern höchst souverän Ihre Leistungen anbieten.

Was Sie in einem normalen Telefonat können, können Sie auch im Funk. Da hört zwar dann nicht nur einer zu, sondern unter Umständen die halbe Nation. Doch am Gesprächsablauf ändert sich kaum etwas. Verstehen Sie ein Funk-Interview immer als eine Art Verkaufsgespräch, dann legt sich das Lampenfieber.

Ein weiterer Tip, den Sie auf jedem Rhetorik-Seminar lernen: *Sprechen Sie langsamer als Sie es sonst tun.* Das führt dazu, daß Sie sich nicht versprechen und auch eine gewisse Ruhe ausstrahlen. Gute Rundfunk-Interview-Partner sprechen immer betont langsam. Das wirkt nicht nur gut, es ist auch notwendig, damit der unbedarfte Hörer, der gerade im Auto über die Autobahn prescht, auch den Substanzgehalt dessen begreift, was Sie alles Kluges von sich geben. Zum Vergleich hören Sie sich zum Beispiel mal Radio Luxemburg an. Wie undiszipliniert wirken da die braven Leute, die von den Moderatoren so nett-plaudrig zu Themen des Alltags befragt werden. Keine Konzentration und viel dummes Gewäsch werden da mangels sprachlicher Disziplin verbreitet. Selbst wenn Sie mal nicht so souverän wirken: Kein Problem, denn das Medium Funk ist noch oberflächlicher als die Tageszeitung. *Von jedem gesprochenen Satz bleibt nichts im Äther übrig!* Sobald man ihn ausgesprochen hat, ist er sofort wieder verschwunden. »Was kümmert mich mein dummes Gerede von gestern« sollte jeder behaupten, der mal ein Funkinterview verpatzt hat.

Der PR-Wert von Funk-Interviews ist nicht so groß, wie man annehmen sollte. Denn die Gruppe derer, die erreicht werden, ist im Moment des Interviews relativ klein. Effektivität setzt voraus, daß ein Radiogerät nicht nur eingeschaltet ist, sondern daß auch bewußt zugehört wird, was besonders bei den Textbeiträgen zwischen den Musiktiteln nicht notwendig sein muß. Da hier nur das gesprochene Wort vorherrscht, weiß oft niemand, daß Sie es sind, der da interviewt wird, wenn er die *fünf Sekunden* verpaßt hat, in denen Ihr Name genannt wurde.

Ein Erinnerungswert bleibt kaum zurück! Oder erinnern Sie sich an den Interview-Partner des regionalen Moderators, der heute um kurz nach acht in Ihrem Programm befragt wurde . . .?

Fernseh-Interviews, ein Top-Baustein in der Presse-Arbeit.

Wenn das Rundfunk-Interview in der Rangskala bei »mehr als flüchtig« einzustufen ist, so kann man das von Fernseh-Interviews kaum sagen. Denn Farbe, bewegliches Bild und Ton führen im Zusammenspiel dazu, daß beim Betrachter der höchste Aufmerksamkeitswert erzielt wird. Ein mehrminütiges Interview, auf Bundesebene ausgestrahlt, ist wirklich ein Pressebaustein par excellence und für Bekanntheitsgrad und Image eines

Unternehmens von hervorragender Bedeutung. Solche Anlässe kann man allerdings nicht konstruieren, sondern Sie ergeben sich aus dem Zufall, wenn eine spezielle Redaktion eine Sendung plant, in der ein solches Interview möglich ist. Auch mit finanziellen Mitteln, wie sie heute für das Product-Placement genutzt werden, läßt sich hier nicht viel bestellen. Genosse Zufall spielt eine große Rolle, aber warum sollen Sie nicht auch einmal zu den Glücklichen gehören, die ihre Fernsehminuten erhalten.

Hier gibt es ein paar Verhaltensregeln, die man in Erweiterung der Funk-Tips geben kann:

Versuchen Sie nie, in die Rolle eines anderen zu schlüpfen.

Wer Dialekt spricht, der sollte nicht unbedingt während eines solchen Interviews den Versuch unternehmen, diesen abzulegen. Denn er konzentriert sich in dem Moment so sehr darauf, daß darunter der allgemeine Auftritt leidet. Versuchen Sie auch nie, sich aus Ihrer angestammten Art in die Rolle eines anderen Typen hineinzumogeln. Keine Persönlichkeitsstruktur ist so schlecht, als daß man sie verleugnen sollte. Wenn ein Handwerker in einer Wissenschafts-Sendung interviewt wird, dann sollte er nicht versuchen, sich wie ein Wissenschaftler zu geben. Es gelingt ihm eh' nicht und wirkt vor der Kamera seltsam gestelzt. Ganz besonders schlimm wirken die, die da meinen, sie müßten sich vor der Kamera besonders dynamisch präsentieren, obwohl sie normalerweise rechtschaffen gemütliche Kerle sind, die ihrem braven acht-Stunden-Tag nachgehen. Kameras und Mikrophone sind unbestechlich und der Betrachter zuhause auch. Der sitzt in seiner abgeschirmten Wohnzimmerwelt und macht sich einen Jux daraus, sich über die klägliche Figur dessen witzig auszulassen, der da gerade seinen ersten Fernsehauftritt hat. Denn es ist viel leichter, andere zu kritisieren, als Mitleid mit ihnen zu haben.

Nun wird ein Interview im Fernsehen nicht dazu dienen, Ihren *Erfolg* als Unternehmer *zu präsentieren.* Dafür ist das Medium nicht geeignet und die mögliche Sendezeit viel zu knapp bemessen. In der Regel werden Sie zum Fernsehinterview gebeten, wenn es sich um sozialkritische Themen handelt. Der Journalist, der Sie in diesem Umfeld interviewt, will und kann Sie unter Umständen nicht so positiv darstellen, wie Sie sich das wünschen würden. Wer soeben eine Fabrik geschlossen hat und tausend Leute stehen auf der Straße, der kann nicht erwarten, daß ihm das Medium Fernsehen und die Bevölkerung in diesem Moment wohlgesonnen sind.

Es kann Ihnen also allerlei Böses widerfahren, auch wenn Sie sich noch so gut vorbereitet haben. Denn wenn Sie nicht gerade ein Live-Interview geben, das sofort über den Bildschirm in die Wohnstuben ausgestrahlt wird, sondern »auf Konserve« arbeiten, dann kann die Regie Sie durch raffinierten Schnitt und durch das Einblenden von Original-Sätzen, die nur *in der Zeitfolge versetzt* gezeigt werden, zum Bösen Onkel der Nation machen.

Seien sie also auf der Hut und halten Sie sich an das Wort von Mark Twain, der da gesagt hat: »Jeder Zufall will geplant sein.«

- Überlegen Sie sorgsam, aus welchem Grunde das Fernsehen Sie interviewen will. Handelt es sich um eine negative Situation, zu der man Ihre Meinung hören will, dann müssen Sie sich darauf bis aufs Kleinste einstellen.
- Ein Vorstandsvorsitzender vor einer Zwanzig-Zimmer-Villa wirkt für den Zuschauer wie ein Schlag ins Gesicht, wenn dieser Mann tags zuvor 100 Gastarbeiter-Familien die Wohnungen aufkündigen ließ.
- Ein Unternehmer, der im feinsten Zwirn aus einem 500er Mercedes steigt, wirkt angesichts seines Konkurses auch nicht besonders vertrauenseinflößend.
- Sorgen Sie in Kleidung, Ambiente und Hintergrund für ein Bild, das *dem Anlaß gerecht wird.* Oder: Sozialthemen niemals am Swimming-Pool . . .
- Sprechen Sie langsam, denn eine ruhige Sprechweise wird in der Regel positiv vermerkt und kaschiert mögliche innere Unsicherheit.
- Bleiben Sie auf jeden Fall sachlich. Hektische Ausbrüche im Fernsehen wirken eher peinlich, weil jeder Zuschauer vermutet, »daß der Mann wohl Dreck am Stecken hat bei so viel Gefühlsausbrüchen«.
- Wirken Sie zurückhaltend und bescheiden. Großartiges Gehabe auf dem Fernsehbildschirm wird Ihnen sofort von der Nation angekreidet.
- So banal es auch klingen mag: Gehen Sie vorher ein paar Tage ins Sonnenstudio, wenn Sie die Zeit erübrigen können. Weiße Menschen wirken im Fernsehen immer farblos. Ein bißchen »braun« suggeriert Erfolg, ohne dabei aufdringlich zu wirken. (Und Sie ersparen sich gegebenenfalls das Schminken seitens der Fernsehtruppe, mit dem mancher Interviewpartner »präpariert« wird.)
- *Üben Sie Ihren Part.* Kein Schauspieler geht ohne lange Übung in ein Theaterstück. Jede Rolle wird dutzendmal durchgespielt, bis sie sitzt. Es ist anzunehmen, daß Sie *kein Naturtalent* sind, das sich nur hinzustellen braucht und schon sind Bewegung und Wort eine Wonne.
- Kaufen Sie sich eine Video-Kamera und proben Sie zuhause, wie Ihr Auftritt wirken könnte. Das mag einem erwachsenen Menschen zwar kurios vorkommen, ist aber eine wichtige Empfehlung. Denn nur der, der seine Fernsehwirkung kennt, verhält sich richtig. Manche Bewe-

gung, die man unwillkürlich im Privatleben macht, wirkt im Fernsehen unmöglich. Wer sich beispielsweise im Alltag immer die Brille zurechtrückt (wie ich), dem sagt man bei gleichem Tun im Fernsehen Nervosität und Unsicherheit nach. Lernen Sie also, sich selbstkritisch *als Fernsehmensch* zu sehen.

Unterschätzen Sie nicht den Wert eines solchen Auftritts. Für eine Sendeminute zahlt die Werbeabteilung bei der ARD rund 150 000 DM (!). Wenn Sie nur drei Minuten interviewt werden, dann entspricht das einem Werbevolumen von fast einer halben Million DM.

Um solche Sendeminuten zu füllen, wird Ihre Werbeabteilung normalerweise noch einmal 100 000 DM für die Produktion von Werbefilmen ausgeben müssen. Es lohnt sich also, hier mal einen Tag Image-Arbeit an sich selbst und 5 000 DM für ein Video-Equipment auszugeben, wenn dadurch Ihr Auftritt besser, konzentrierter und positiver verläuft.

Sich technisch auf das Fernsehen einrichten!

Fernsehleute machen keine halben Sachen, die kommen nicht einzeln, wie die Redakteure einer Zeitung, sondern gleich mit einem ganzen Tross. Sie erkennen Ihr Büro oder Ihr Privathaus nicht wieder, wenn die Truppe bei Ihnen einfällt. Beleuchter, Techniker, Arbeiter, Maskenbildnerin, Moderator, Regisseur. Dazu jede Menge Licht, riesige Lkws und Kabel, Kabel, Kabel . . . Der Spuk ist auch nicht binnen weniger Minuten verschwunden, sondern kann für einen dreiminütigen Auftritt einen ganzen Tag lang einen kompletten Betrieb lahmlegen. Allein die Energiebeschaffung kann zum Problem werden, wenn Ihre Sicherungen dieser Belastung nicht standhalten. (Also Betriebselektriker bereithalten, der die Schaltkreise kennt!) Solche und andere Dinge sollten Sie also bis ins Detail beachten. Auch kann ein kaltes Büffet gegen Mittag nicht schaden, mit dem Sie Ihre Gäste ein wenig friedlich stimmen.

Den Text sorgfältig vorbereiten.

Bei kaum einem Fernsehinterview wird der Text ohne Probe und völlig »locker vom Hocker« gesprochen. Üblich ist es, daß man das Interview, das ja meist nur wenige Minuten dauert, vorher einstudiert. Bei längeren Interviews ist vorher die grobe Marschrichtung festgelegt, was zur Sprache kommen soll. So kann sich der Interview-Partner auf die Einzelheiten vorbereiten und sich auf einem kleinen Spick-Zettel die wichtigsten Punkte notieren. Werden Sie nicht im Betrieb oder daheim interviewt, sondern ins Studio gebeten, gibt man Ihnen die Möglichkeit, Ihren Text vis à vis Ihres Sitzplatzes per Dia-Projektion an die Wand werfen zu lassen, so daß Sie ihn vor Augen haben, ohne ständig nach unten auf ein Blatt Papier starren zu müssen. Der Betrachter der Sendung hat das Gefühl, als sprächen Sie in freier Rede, während Sie hingegen mit dem Kopf nach vorn von der Wand das Notwendigste ablesen.

Beim Text sollte jedes Wort gewichtet werden. Bei einem Drei-Minuten-Interview verarbeiten Sie nicht einmal *eine DIN A 4-Seite* normal geschriebenen Text! Wenige Sätze müssen ausreichen, um möglicherweise einen kompletten negativen Trend zu objektivieren. Dazwischen kommen dann noch die Fragen des Journalisten, die Ihnen von der Zeit abgehen. Legen Sie also jedes Wort auf die Goldwaage, was Sie zum besten geben wollen. Versuchen Sie auch nie, die ganze Bandbreite möglicher Argumente anzudiskutieren. Sie verzetteln sich. Beschränken Sie sich auf wenige, aber markante und merkfähige Aussagen, die darüber hinaus *noch volksnah sind.* Der Fernsehzuschauer braucht keinen Anschauungsunterricht über die Strukturprobleme Ihrer Branche, sondern plakative Hinweise, wie Sie die Zukunft meistern wollen. Fernsehen ist – mit Ausnahme weniger Sendungen, wie beispielsweise Panorama – eine Show-Branche, die von gut verpackten Floskeln lebt. Machen Sie sich das Vergnügen und schreiben einmal Politiker-Aussagen auf, die täglich im Fernsehen gesendet werden. Sie glauben nicht, wieviele Banalitäten da vom Stapel gelassen werden, die durch die geschickte Verpackung von Ton und Bild sogar recht pfiffig wirken.

Tip für den Presse-Menschen:

Als angestellter Pressemann werden Sie nur ganz selten in Ihrer Berufspraxis die Möglichkeit haben, Ihre Firma oder Ihren Chef ins Fernsehen zu bringen. Bei diesen seltenen Gelegenheiten werden dabei immer mit Priorität negative Themen den Ausschlag für eine solche Sendung geben. Fernsehen ist ein Medium, über das vor und nach der Sendung noch lange diskutiert wird. Denn so selten Sie das Fernsehen zu Besuch haben, genauso selten wird Ihr Chef in diesem Medium zu finden sein. Das heißt, je nachdem, wie gut oder schlecht die Sendung ausfällt, ist das gut oder schlecht für Ihre Karriere. Auch wenn nicht Sie, sondern Ihr Chef Unfug vor der Kamera gesprochen und die Sendung damit einen negativen Beigeschmack erhalten hat, dann zieht nicht er als eigentlich Verantwortlicher sich diesen Schuh an, sondern schiebt Ihnen die Schuld »wegen mangelnder Vorbereitung« in die Schuhe. Lassen Sie alles stehen und liegen, was sonst an Alltagsarbeit zu machen wäre, und stürzen Sie sich ganz auf dieses Medium. Planen Sie mit einer Sorgfalt, wie sie fast penetrant erscheint. Hämmern Sie Ihrem Boss den Text ein, bis dieser ihn fast auswendig kann und zerren Sie ihn vor das Video-Gerät. Schlechte Fernsehauftritte als Karriere-Knick sind ein bedauernswertes Schicksal, dem Sie sich nicht ausliefern sollten.

2. »Nachrichten-machen will gelernt sein«

Wer keine Nachricht hat, der macht sich eine, klingt zwar flapsig, ist aber Realität in der Presse- und Medienlandschaft. Das beste sind die stets wiederkehrenden Gruselstories um Nessy, dem Ungeheuer von Loch Ness, das stets in der Sauren-Gurken-Zeit in Schottland auftaucht und dann wieder einige Wochen durch den Blätterwald geistert. Aber auch Politiker »machen« Nachrichten. Sie brüsten sich vor Wahlen mit spektakulären Aussagen, die sie dann nach der Wahl schlichtweg vergessen haben. Auch im Ausland entstehen Nachrichten, die »gemacht« sind. Da läßt sich dann ein Diktator irgendeines Zwergstaates bei der Einweihung eines Kindergartens zeigen und fortan geht über die großen Agenturen, wie dpa, Reuters und andere mehr sein Bild durch die Welt, das ihn zum »guten Onkel« seines Staates macht. Die Kirche macht auch mit: Der reisefreudigste Papst aller Welt jettet durch die Welt, küßt im Gewitter der Fotoapparat-Verschlüsse staubige Erde und läßt sich im kugelsicheren Wagen durch kleine wie große Staaten fahren. Immer ist ein komplettes Begleit-Flugzeug mit Journalisten dabei, die ausgewählt wurden, über die Ereignisse zu berichten. Der PR-Wert dieser Nachrichten läßt sich nicht einmal in Milliarden DM hochrechnen. Hier geht es nicht um Heilsverkündung, sondern um klare PR-Arbeit mit dem Ziele einer positiven Image-Korrektur der Heiligen Mutter Kirche. Die Zahl der Beispiele kann man tausendfach weiterführen. In USA gibt es Fälle, wo Reporter kleiner Lokalzeitungen gegen Bestechungsgeld eine Behauptung in Ihrer Gazette abgedruckt haben, die frei erfunden war. Nach dieser Veröffentlichung ging die Nachricht über die großen Agenturen durch die Welt, und man bezog sich immer auf die »bereits erschienene Veröffentlichung in einer renommierten »Tageszeitung«. Weltweiter »Folgeabdruck« war unvermeidbar. Ja, auch so kann man Nachrichten machen. Das Nachrichtengeschäft ist ein gigantischer Betrieb. Allein eine Agentur wie dpa schickt täglich durchschnittlich *300 DIN A 4-Seiten Nachrichten* in die Redaktionen. Dazu kommen noch die anderen Dienste und die Pressemeldungen aus der Industrie, sowie die Eigen-Recherchen des Verlages im regionalen Einzugsbereich. So wird weltweit ein riesiges Karussell gedreht, das nicht unbedingt rund läuft. Allein die Auswertung der dpa-Nachrichten würde täglich sieben Stunden Arbeitszeit eines Redakteurs kosten. Und eine Nachrecherche ist so gut wie unmöglich, denn bei einer oftmals langen Kette von Stationen muß man sich einfach auf den Vorbearbeiter der Nachrichten verlassen.

Deshalb kann man Nachrichten »machen«, so kurios das auch klingt. Parteitage beispielsweise sind dafür gut oder das individuelle und langfristige Ausschlachten von Problem-Situationen anderer zu seinem eigenen publizistischen Nutzen. Nehmen Sie den Fall NEUE HEIMAT, den die CDU eindeutig für eine langfristig angelegte Presse-Arbeit 1986 mißbraucht hat. Auch die Amerikaner »produzieren« Nachrichten, die dann über den Globus gehen: Wenn der US-Präsident ein Gipfeltreffen einberuft, dann ist ein solches zwar nicht unbedingt notwendig, um die Welt zu retten, aber es sorgt für eine Fülle positiver Nachrichten auf der gesamten Erde.

Je einflußreicher der Mensch, desto einfacher ist es für ihn, in den Medien positive Erwähnung zu finden. Jedoch nur 3 % der Menschheit gelten als so einflußreich, daß sie auf die Presse Druck ausüben können oder könnten, um eine positive Nachricht zu erhalten. Die Masse des Volkes muß über sich ergehen lassen, daß sie nur im Zusammenhang mit negativen Erlebnissen (vom Unfall bis zum Gattenmord) Erwähnung in den Medien findet.

Deshalb wird es nicht leicht sein, als »normaler Unternehmer« oder »normaler Presse-Mann« Nachrichten zu produzieren, die Abdruck finden. Einige mögliche und übliche Wege sind auf den folgenden Seiten benannt und haben sich bewährt:

2.1 Podiumsdiskussionen – Bühne der kontroversen Diskussion

Wenn es Ihnen gelingt, 100 und mehr Leute in einen Saal zu bekommen und auf der Bühne dann noch zwei Gruppen kontrovers diskutierender Wissenschaftler zusammen mit einem Moderator zu plazieren, dann haben Sie beste Voraussetzungen geschaffen, ein Presse-Ereignis zu plazieren. Podiumsdiskussionen sind Veranstaltungen, die sich als dankbares Umfeld für die Nachrichten-Produktion herausgestellt haben. Und zwar deshalb, weil im Gegensatz zu vielen anderen Veranstaltungen meist *eine Fragestellung* das konzeptionelle Dach der Podiumsdiskussion bildet und die Aufklärung erst im Laufe der Veranstaltung selbst zu erwarten ist. »Steuern wir in die nächste Wirtschaftskrise?« oder »Nimmt die radioaktive Verseuchung zu?« sind solche Themen, die sich am großen Zeitgeschehen orientieren und daher spekulativ im Raum stehen bleiben werden. Veranstalter einer Podiumsdiskussion ist entweder ein Privatunternehmen oder ein Wirtschaftsverband und eingeladen werden folglich Geschäftsfreunde oder Mitglieder des Verbandes.

Je plakativer das Thema, desto stärker ist selbstverständlich das Interesse, an der Veranstaltung teilzunehmen.

Nun dürfen die Leute allerdings auch nicht enttäuscht werden. Denn wenn sich hinter dem spektakulären Thema eine trübe Gruppe trockener Wissenschaftler verbirgt, dann wird die Enttäuschung bei den Zuhörern im Saal groß sein. Wer Podiumsdiskussionen veranstaltet, der braucht oben auf dem Podium nicht nur einen guten Moderator mit möglichst populärem Namen, er braucht auch *Leute »von Format«,* die sich für Ihr Thema die Köpfe heiß reden. Die Mischung derer, die das Podium ausmachen, muß wohlabgewogen sein: Sie sollten aus Wissenschaft, Politik, Journalismus (!) und aus der Wirtschaft stammen und sich möglichst durch eine besonders konträre Verhaltensweise beziehungsweise Meinung auszeichnen. Völlig unbekannte Leute sollten Sie nicht auf das Podium setzen, denn neben den Namen des Moderators sind auch die Namen der Mitwirkenden für die Resonanz auf diese Veranstaltung wichtig.

Wenn es Ihnen gelungen ist, die richtige Mannschaft für die Podiumsdiskussion zusammenzubekommen und die ›Stunde der Wahrheit‹ naht, dann sollte man nicht versäumen, die Teilnehmer vor dem Start der Veranstaltung zu einem kleinen Kennenlern-Imbiß einzuladen. So können sich die einzelnen Partner erst einmal beschnüffeln, gegenseitig die rhetorische Begabung erspüren und sich auf ihre Rollen einschießen. Die großen Richtungen der Diskussion werden kurz besprochen, eine gewisse Einigkeit erzielt über den Gesamtablauf . . . und dann geht die Post ab! Eine solcherart gut motivierte Mannschaft bringt auf der Bühne Rekorde zustande. Wenn das Thema interessant und die Gruppe ausgewogen ist, dann vergessen die da oben auf dem Podium schnell, daß sie vor einem gefüllten Saal diskutieren und sind ganz mit sich selbst beschäftigt. Diese Dramatik überträgt sich auf die Teilnehmer im Saal. Man hört nicht nur aufmerksam zu, sondern *lernt tatsächlich etwas* dabei und bekommt Verständnis für manchen ganzheitlichen Zusammenhang eines Themas. Eine Stunde, maximal zwei Stunden, sollte eine solche Diskussion dauern, danach erlahmt in der Regel das Interesse bei den Zuhörern, aber auch die Diskutanden bauen nach einer solchen Zeit merklich ab.

Da in der Regel keine Einigung erzielt wird, obliegt es dem Moderator, eine Art Zusammenfassung zu liefern. Diese Zusammenfassung ist meist auch der Titel bei manchem der tags darauf folgenden Presseberichten, in denen mehr oder minder intensiv auf das Thema der Diskussion eingegangen wird.

Beliebte Stätten für solche Austragungen sind natürlich Fachmessen, zu denen sowohl Geschäftsfreunde als auch Journalisten anwesend sind.

Aber auch im regionalen Bereich kann man bei einem aktuellen Thema viele Leute in einen Saal bekommen. Banken und Sparkassen beispielsweise haben die Podiumsdiskussion als Instrument für ihre Presse-Arbeit schon lange entdeckt, weil sie wie keine zweite Veranstaltungsform Kunden und Presse gleichermaßen miteinbezieht.

Umfangreicher, aber noch presseträchtiger ist das *Symposium,* eine Großveranstaltung, bei der Fachleute und Wissenschaftler auf nationaler oder internationaler Ebene ein oder zwei Tage in verschiedenen Einzelveranstaltungen miteinander diskutieren und arbeiten und gegen Ende für die Presse eine erarbeitete Schlußerklärung bereithalten. Besonders Verbände und große Wirtschaftsunternehmen sind die Initiatoren solcher Veranstaltungen, die meist übergeordnete wirtschaftspolitische, soziale und umweltorientierte Themen zum Inhalt haben. Die Mischung besteht immer aus Vortrag, Gruppenarbeiten, Podiumsdiskussion, Filmeinblendungen. Ein Rahmenprogramm für die freien Stunden der Teilnehmer fehlt ebensowenig wie ein Damenprogramm für mitreisende Ehefrauen, die dann auf Kosten der Veranstalter Stadtrundfahrten, Museumsbesuche und andere Nettigkeiten erleben dürfen.

Auch hier kommt es darauf an, den Kreis der Teilnehmer so sensibel wie möglich zusammenzustellen und ein wirklich interessantes Programm zu erarbeiten. Halbheiten können den Wert einer solchen Veranstaltung deutlich abschwächen. Hotels, Veranstaltungsort, Redner und Moderatoren müssen zur Kategorie der Spitzenklasse gehören.

Die Leitung sollte in die Hand eines populären Mannes aus Politik, Wissenschaft oder Journalismus gelegt werden, der sozusagen das »Aushängeschild« für die Veranstaltung ist. Zwischen ihm und dem Thema muß darüber hinaus auch eine »Beziehung« herrschen. Fachleute sprechen hier von der sogenannten *Affinität.* So werden Sie für ein medizinisches Thema sicherlich keinen Herrn Nowottny nehmen, der eher den Politikern zugeordnet wird, sondern eher den Journalisten, der das Gesundheitsmagazin Praxis im Fernsehen moderiert.

Prominente Aushängeschilder sind nicht preiswert: Zwischen 5 000 und 15 000 DM müssen Sie einplanen, um einen prominenten Mitwirker zu finden, der sich in dieser Rolle für ein zweitägiges Symposium eignet. Hinzu kommen die Aufwandsentschädigungen für die Diskussions-Teilnehmer selbst, die noch einmal zwischen 1 000 und 3 000 DM pro Tag liegen, je nachdem, wer für Sie auf der Bühne Platz nimmt.

Leute zu bekommen ist allerdings nicht schwer: Populäre Personen werden jeden Auftritt gerne mitnehmen, denn er sorgt schließlich dafür, daß die Popularitätskurve ein weiteres Mal ansteigt.

In USA haben diese »Speaker«, die sich für alle möglichen Veranstaltungen buchen lassen, sogar einen eigenen Verband gegründet. 1 600

»Speaker« sind darin vereinigt und lassen sich für spezielle Themen gegen *Festpreisliste* dingen. Noch haben wir eine solche Institution in unserem Lande nicht, aber ich bin sicher, daß sich schon bald in der BRD eine solche Gruppe konstituieren wird.

Spektakuläre Symposien sind ebenfalls ein »gefundenes Fressen« für Journalisten. Denn aus dem Fundus dessen, was bei einer Veranstaltung erarbeitet und an ihrem Ende verkündet wird, läßt sich viel guter Redaktionsstoff herausarbeiten. Der kommerzielle Wert für das Unternehmen wie auch der Presse-Wert rechtfertigen in der Regel die Kosten für eine solche Veranstaltung.

Symposien werden dann zur Hohen Schule der Öffentlichkeitsarbeit, wenn man sie in wiederkehrendem Rhythmus durchführt. Wer ein einmal erarbeitetes Thema alle zwei Jahre neu überdenken läßt, schafft sich damit eine Institution, die zur Legende werden kann.

Das zeigt aber auch, daß die Realisierung von Symposien nur für die Elite unter den PR-Leuten bestimmt ist. Hier bedarf es eines großen Schatzes an Facherfahrung und Persönlichkeit, die man einsetzen muß, um eine solche Veranstaltung zu konzipieren und erfolgreich durchzuführen. Auf Referenten-Ebene sollen Top-Leute auch nur von Top-Leuten angeworben werden. Der junge PR-Assistent ist mangels Berufserfahrung kaum in der Lage, den Größen aus der Wirtschaft und Wissenschaft als kompetenter Verhandlungspartner gegenüberzustehen.

Die Auswertung solcher Veranstaltungen:

Neben der spontanen Berichterstattung durch die eingeladenen Journalisten werden Sie bei einem Symposium oder einer Podiumsdiskussion die erzielten Textbeiträge konsequent per Tonband mitschneiden. Aus einer Abschrift lassen sich nun vielfältige Aktivitäten entwickeln. Neben dem gedruckten Manuskript lassen sich Broschüren, Bücher und themenbezogene Einzelstudien erarbeiten, die dann noch über viele Monate als Material für die Presse-Arbeit ausgewertet und eingesetzt werden können.

2.2 Das Betriebs-Jubiläum – ein Presse-Ereignis, das für sich selbst spricht

Wenn der Kaufhof 100 Jahre alt wird, dann läßt sich es sich sogar der Bundeskanzler nicht nehmen, dort eine Jubiläumsrede zu halten. (So geschehen im Jahre 1979). Wenn das Auto 100 Jahre wird und die deutsche Automobil-Industrie unter Führung von Mercedes Benz ein riesiges Medienspektakel veranstaltet, dann nimmt sich sogar der Bundespräsident stundenlang Zeit, um dabei zu sein. Und an Pressewirbel mangelt es in diesem Falle auch nicht.

Jubiläen waren und sind immer »das Thema«, um ein Unternehmen zu profilieren. Alle berühmten Unternehmen haben bisher die Gelegenheit ihrer großen Stunden genutzt. Alle 25 Jahre bietet sich die Gelegenheit, ein solches Fest zu feiern und man sollte es sich wahrhaft nicht entgehen lassen. Denn Jubiläen steht die Presse stets wohlwollend gegenüber, das kleine Unternehmen bekommt im regionalen Bereich dabei ebenso freundliche Presse-Erwähnung wie das große Unternehmen auf den Wirtschafts-Seiten der nationalen Blätter.

Jubiläen kann man nicht systematisch anpacken, denn sie sind abhängig von vielfältigen Strömungen. Die Art des Herstellungsprogramms, der Standort, die persönliche Ausstrahlung der Unternehmensspitze, die Wichtigkeit des Unternehmens in der heimischen Region, die aktuelle Firmen- und Finanzsituation im Jubiläumsjahr. Eine grundsätzliche Frage wird sich allerdings jeder selbst stellen müssen:

Feiere ich das Jubiläum oder feiere ich es nicht?

Bei Jubiläen gibt es glücklicherweise keine Hektik, die kommen nicht plötzlich auf einen zu, sondern kündigen sich langfristig an. Denn jeder Unternehmer kennt das Gründungsdatum seiner Firma besser als den Hochzeitstag, so daß er sich in Muße auf die Frage einstellen kann. Denn Feiern ist nicht immer billig. Deshalb kann die Frage auch nicht im Hinblick auf die zu erwartende PR beantwortet werden, sondern muß sich daran orientieren, was man denn insgesamt an wirtschaflichen Möglichkeiten aus einem solchen Jubiläum ziehen kann. Feiern aus Selbstzweck sollte man vergessen, denn das kostet viel und bringt nichts.

Gut gemachte Jubiläumsveranstaltungen »signalisieren« den Mitarbeitern, der Presse und den Kunden des Unternehmens eine neue unternehmerische Epoche. Sie sehen sich nicht als Resümee einer vergangenen Zeit, sondern als Aufbruch in eine neue Dimension. Jubiläen eignen sich dazu, deutliche Image-Korrektur des Unternehmens herbeizuführen: Das Image eines veralteten Betriebes zurechtzurücken und aller Welt kundzutun, daß man zum Aufbruch in eine neue Zeit angesetzt hat.

Nun muß das nicht heißen, daß man das Unternehmensschiff in eine völlig neue Richtung zu lenken hat, nur weil ein Jubiläum gefeiert werden soll. Oft ist es nur ein geschicktes Bewußtmachen der Unternehmens-Philosophie, eine Art Standortbestimmung, die im Laufe der vielen Jahre untergegangen ist. Das Unternehmen bietet die klare Möglichkeit, mittels Broschüren, Festreden, Pressemeldungen und anderen Hinweisen, die Ziele des Betriebs spürbar zu postulieren.

Für den Pressemann wirft das aber leider lange Schatten voraus. Weil es sich nämlich so lange vorher ankündigt und es in der Geschichte des Unternehmens so wichtig erscheint, wird man bemüht sein, bereits bis zu zwei Jahre vor der eigentlichen Veranstaltung mit den Vorbereitungen zu beginnen. Nichts in aller Welt wird mit soviel Engagement betrieben wie eine Jubiläumsfeier. Dabei ist das auch nichts anderes als eine Massenveranstaltung wie sie allwöchentlich in Ihrer regionalen Stadthalle abläuft. Aus eigener Erfahrung empfehle ich jedem, nicht anläßlich eines sich ankündigenden Wiegenfestes in Hektik auszubrechen. Sagen Sie sich immer folgenden Satz:

Ich habe (je nach Größe des Unternehmens) am Tage X 500 bis 1 000 Gäste mit einem Stück Schwein zu beköstigen und mit Schwoof und Schwatz drei bis vier Stunden zu unterhalten. Das machen tausende Saalbetriebe in Deutschland jeden Samstag aufs Neue. Also: So schlimm kann es nun auch wieder nicht werden.

In der Tat ist das so. Vergessen Sie die Idee von der Planung bereits zwei Jahre im voraus. Das kostet nur Zeit, die man besser für eine tagesaktuelle Presse-Arbeit einsetzen kann. Denn für alles, was mit der Veranstaltung und der Ausgestaltung des Jubiläums zusammenhängt, gibt es Spezialbetriebe. Wie Sie auch nicht selber das Schwein grillen werden, sondern eine Art Großküche oder Partyservice damit beauftragen, so ist es auch mit den vielen anderen Aktionen, die anläßlich eines Jubiläums gestartet werden müssen. Im Prinzip brauchen Sie immer die gleiche Grundausstattung für ein solches Fest:

- *eine Serie von Anzeigen* in der Tages- und Fachpresse, die auf das Jubiläum Bezug nimmt.
- *eine Jubiläumsbroschure,* die auf moderne und zukunftsorientierte Art auf das Thema eingeht und fortan als Leistungs-Katalog des Unternehmens einige Jahre lang Verwendung findet.
- *einen Cocktail-Empfang* für die Spitzenmannschaft der Behörden, der Verlage und der Banken, der Kunden, bei denen man dem Chef die Hand schüttelt und alles Gute für die Zukunft wünscht.
- *eine »Belustigung«* für die Kollegen im Betrieb, immer nach dem Vorbild »vom Blauen Bock beim Äppelwoi . . .«
- *eine gute soziale Tat nach außen,* Stipendien für Minderbemittelte, Gründung einer Stiftung, Verleihung eines Umweltpreises oder anderes.
- *eine soziale Tat nach innen,* Kindergarten, Jubiläumsprämie, Gehaltserhöhungen.

- *Ehrung* aus Politik und Wirtschaft entgegennehmen, vom Bundesverdienstkreuz hin bis zur Ehrenmedaille der Kreishandwerkerschaft wird alles gerne angenommen.
- *Kunst* als optischer Hintergrund, eine Wanderausstellung zum Jubiläumsjahr; Stipendien für junge Künstler etc.
- *Jubiläumspreise* für die Kundschaft, da der Gesetzgeber Ihnen das Werben mit einem Jubiläumsrabatt ermöglicht, bitteschön!

Mehr ist es nicht, was es zu berücksichtigen gibt. Und deshalb lohnt es sich auch nicht, bereits zwei Jahre vorher mit der Organisation zu beginnen, wenn Sie nicht gerade zu den Konzernen im Lande zählen, bei denen solche Zeitvorläufe angebracht sind. Bei einem mittelständischen Unternehmen, das einen fixen PR-Mann sein eigen nennt, reicht ein halbes Jahr aus, um ein Jubiläum zu organisieren.

Wie sagen Sie's der Presse:

Getreu der Aufgabe dieses Buches, Sie darüber zu informieren, wie Sie von diesem Jubiläum der Presse berichten, nunmehr folgendes: Wenn Sie ein Jubiläum feiern, ohne damit Ihre Unternehmens-Philosophie neu aufzupolieren, dann ist ein solches Unterfangen außerhalb Ihrer regionalen Zeitungs-Szene von geringer Bedeutung. Mit etwas Glück bekommen Sie in der regionalen Wirtschaftspresse einen Dreizeiler, der auf das Ereignis hinweist. Denn bei über einer Million Unternehmen, die handelsregisterlich eingetragen sind, werden jede Woche in Deutschland einige hundert Jubiläen gefeiert. Die Zeitung kann aus Platzgründen nicht über diese Mitarbeiterbelustigungen berichten. Deshalb muß Ihre Nachricht mehr »Substanz« haben, muß das Jubiläum als Zäsur verkaufen, muß mit dem Jubiläum die Einführung eines neuen Produktes, die Erschließung eines neuen Exportgeschäftes, die Realisierung einer Zukunftsinvestition verbinden: dann ist die Nachricht presseträchtig, auch auf dem nationalen Parkett. Der Informationswert der Veranstaltung selbst bedarf einer Art Frischzellen-Therapie, um sich durchzusetzen.

Interesse an der Nachricht Ihres Jubiläums hat außerhalb des Regional-Bereichs nur die Tagespresse, Redaktion Wirtschaft. Publikumszeitschriften berichten prinzipiell nicht über solche Ereignisse. Bei Spezialtiteln wird man nur eine Notiz erreichen, wenn man in der Fachbranche tätig ist (der Bootsbauer in der Seglerzeitschrift). Die ausführlichste Berichterstattung erhalten Sie im Regional-Bereich: Lokalzeitung, Stadtteilzeitung, Kammerzeitschrift und andere regionale Objekte. Selber schreiben brauchen Sie in der Regel nicht. Laden Sie lieber die

Journalisten zum Cocktail-Empfang, zu dem auch der Bürgermeister und andere Honoratioren zugegen sind. Hier wird das Händeschütteln zwischen Chef und Bürgermeister das Foto ausmachen, die Ehrenplakette, vom Unternehmer hochgehalten, bildet das weitere Bild, als drittes Bild wird gerne ein Foto aus der Produktion oder aus »dem modernen Verwaltungsgebäude« gemacht. Dazu achtzig Druckzeilen Text, was summasummarum oft eine viertel Seite der Zeitung in Anspruch nimmt.

Darüber kann man sich wahrlich nicht beklagen, denn nach einer solchen Veröffentlichung steigt Ihr Bekanntheitsgrad in Ihrer Region rapide an. Als Presse-Information reicht aus, dem Lokalreporter eine Art ›Lebenslauf‹ des Unternehmens zu geben, etwas über die Personalstruktur und die Sachkenntnisse der Firma zu schreiben und Hinweise über Personalstruktur, Vertriebsprogramme, Abnehmergruppen des Betriebes zusammenzustellen. Mit dessen eigenen Recherchen verknüpft läßt sich daraus eine gute Betriebsreportage machen.

Je eingehender Sie sich dem Journalisten widmen, desto umfangreicher fällt sein Bericht über Betrieb und Jubiläum aus.

Wenn sich die Möglichkeit einplanen läßt, mit den Teilnehmern des Cocktail-Empfangs und damit auch den Journalisten eine Betriebsführung zu machen, so rate ich Ihnen dazu. Journalisten mögen es, wenn der Unternehmer selber die Führung vornimmt. Und der Überblick, den der Journalist dabei mitnimmt, kommt Ihnen auch noch Jahre später zugute.

Denn das Wissen um einen Betrieb verliert sich nicht im Laufe der Zeit. Wird der Journalist Monate später damit beauftragt, beispielsweise eine Serie zu schreiben, die da heißt »Roboter in der Industrie« und erinnert sich daran, daß auch bei Ihnen mehrere dieser Kameraden im Einsatz waren, dann nimmt er die Gelegenheit wahr, dieses Wissen noch ein zweites Mal in die Berichterstattung aufzunehmen.

Eine Präsentation des Betriebs durch den Chef selber anläßlich eines Jubiläums hat noch einen weiteren Vorteil: Der Journalist merkt sich auch, daß es sich hier um einen *aufgeschlossenen Unternehmer* handelt, den er auch bei anderen Fragen ansprechen kann. Denn so, wie ein Unternehmen eine Presse-Kartei anlegt, hat jeder Journalist seine »Unternehmerkartei«, in der die freundlichen und fortschrittlichen Leute notiert sind.

Wer diese Regeln beachtet, der kann aus der Situation des Jubiläums für die regionale Medienpräsenz seines Unternehmens nicht nur kurzfristig, sondern über viele Monate schöpfen.

2.3 Tag der offenen Tür – ein beliebtes Ereignis

Ein Tag der offenen Tür gehört zu den Aufgaben eines Pressemannes genauso wie die Presse-Information. Er ist bei den Unternehmen richtig, die hinter den Kulissen etwas zu zeigen haben, was man normalerweise nicht sieht. Bei großen Betrieben ist es beispielsweise so, daß die Mitarbeiter oft nur den unmittelbaren Arbeitsplatz kennen und denWeg von dort bis zur Kantine. Alle Abteilungen links und rechts sind so gut wie unbekannt. Und auch die Kollegen aus diesen Abteilungen kennt man höchstens vom Firmenparkplatz beim allmorgendlichen Autoabstellen.

Auch die Familie ist in der Regel nur bis zum Fabriktor vorgedrungen und hatte nie Gelegenheit, Vati bei der Arbeit zu bewundern. Das gleiche gilt für die Kunden. Sie wissen zwar um die Qualität der Lieferungen, haben aber keinerlei Vorstellung davon, mit welchem Aufwand und welcher Präzision an den Produkten gearbeitet wird. Behördenvertreter und Betriebsanwohner sind ebenso uninformiert über den Betrieb.

Es gibt also jede Menge Leute, für die ein Tag der offenen Tür interessant sein kann und weshalb man ihn in der Presse-Arbeit auch durchaus nutzen sollte. Denn die positive Meinungsmultiplikation durch motivierte Mitarbeiter und informierte Randgruppen ist nicht zu unterschätzen. Wenn zu einem Tag der offenen Türe 1 000 Personen kommen, dann potenziert sich der Bekanntheitsgrad schnell, da ja jeder von seinem Besuch im persönlichen Bekanntenkreis weitererzählt.

Für den Pressemann bietet der Tag der offenen Tür folgende Möglichkeiten der Publizität:

- Die Darstellung des Unternehmens als Individuum und zugleich als Teil seiner Branche.
- Gelegenheit, die Leistungen des Unternehmens für die Gemeinschaft darzustellen: Steueraufkommen, Sozialleistungen aller Art, Schaffung und Sicherung von Arbeitsplätzen, sportliche und kulturelle Einrichtungen etc.
- Den Abbau von Informationsdefiziten bei Behörden, Stadt und Gemeinden (auch hinsichtlich der Bedeutung des Unternehmens).
- Widerstände und Reibungsverluste werden durch eine solche Veranstaltung verringert.

Die Veranstaltung eines Tages der offenen Tür ist durchaus eine Fleißarbeit, sein Ablauf bedarf einer minutiösen Planung, die hier nicht weiter behandelt werden soll. Für die Pressegängigkeit des Themas ist jedoch einiges wichtig:

Für die Presse einen VIP-Empfang bereithalten.

Wenn da tausende Menschen mit Luftballons und Pop-Corn-Tüten die Werkshallen erwandern, dann ist das zwar ein nettes Volksfest, aber nicht unbedingt eine Veranstaltung, in der sich ein Journalist wohl fühlt. Bei vielen Tagen der offenen Tür wird übersehen, daß man die Veranstaltung nicht nur für die Mitmenschen ausrichtet, sondern auch für die Presse, die die Kunde tausendfach verbreiten soll. Bedauerlicherweise wird jedoch übersehen, dem Journalisten eine Anlaufstelle zu geben, die ständig besetzt ist und bei der er mit seinen Fragen eine sachkundige Auskunft findet. Da die Veranstaltung in den Aufgabenbereich des PR-Mannes fällt, ist dieser ständig auf Achse, um Kindern das Klo, Vätern die Fabrik und Müttern die Menschlichkeit des Betriebes zu »verkaufen«. Auf die Frage des Journalisten, wo denn nur der Pressereferent sei, antwortet am Empfang meistens eine Dame: »Ja, das müssen Sie mal selber sehen . . .« und läßt den Journalisten bei seiner Betriebsbesichtigung allein. Weil dieser aber keine Lust hat, zwischen krähenden Kleinkindern alleine durch die Hallen zu pilgern, verfehlt die Einladung an ihn die möglich gewesene Wirkung.

Journalisten wollen von der Elite des Unternehmens auch bei einem Tag der offenen Tür empfangen werden. Ein PR-Mann sollte deshalb anläßlich eines solchen Tages nicht selber Hansdampf in allen Gassen spielen, sondern ein kleines Presse-Zentrum haben, in dem man ihn antrifft und von wo aus er sich Zeit nimmt, den Journalisten alles zu zeigen. Genauso wie die Geschäftsleitung ihren VIP-Empfang hat, braucht er ein abgeschlossenes Domizil, in dem er sich selbst und hinreichendes Informationsmaterial für die Presse bereithält.

Die Veranstaltung selbst muß »Klasse« sein.

Nun mag man die Bevölkerung vielleicht mit Bockwurst, Bier und Brötchen friedvoll stimmen können, für einen Journalisten ist die fastfood-Beköstigung nicht der Anlaß, über den er berichten kann. Er braucht Informationen oder Sensationen oder am besten beides zusammen. Ein Tag der offenen Tür ist nur so gut wie die Glanzlichter, die man ihm aufgesetzt hat. Wenn auf einer Video-Wand Firmengeschichtliches abläuft, wenn auf einem Informations-Lehrpfad die einzelnen Stationen einer Maschine sinnvoll und allgemein verständlich beschrieben werden, dann sind das Punkte im allgemeinen Spektakel, die besonders ihn, den Journalisten, zur Schreibe inspirieren. Zeigen Sie dem Journalisten auch Ecken im Betriebe, die Sie aus Sicherheitsgründen für den normalen Besucherstrom gesperrt haben. Sie zeigen ihm damit auch, daß er bei

Ihnen nicht wie ein normaler Besucher behandelt wird, sondern als wichtiger Teilnehmer gilt.

Je mehr Zeit Sie sich für diesen Besucher nehmen, desto umfangreicher wird sein Wissen um den Betrieb, folglich wird auch seine Betriebsreportage entsprechend umfangreicher ausfallen.

Tage der offenen Tür sind nicht billig.

Sie können schon mit 30 000 DM etwas Nettes veranstalten. Sie können aber auch 300 000 DM ausgeben. In dieser Bandbreite bewegen sich die Kosten, die bei der Veranstaltung eines Tages der offenen Türe anfallen. Bei solchen Beträgen darf die Berichterstattung in den Medien nicht spärlich ausfallen, sondern muß einen Teil der Kosten – in Anzeigenmillimetern gerechnet – letztlich wieder auffangen. Gerade deshalb ist Ihr persönliches Engagement so wichtig, wenn es darum geht, die geladenen Journalisten zu motivieren. Machen Sie bitte auch nicht den Fehler, »nur« den Vertreter der größten Zeitung am Ort mit so viel Freundlichkeit zu überschütten. Auch der (noch!) kleine Volontär von der Heimatzeitung hat das Recht, genauso zuvorkommend behandelt zu werden. Denn vergessen Sie nie, daß der kleine Volontär, wie alle anderen fleißigen Mitmenschen Karriere macht und in die Positionen hineinwächst, die durch das Ausscheiden von Mitarbeitern oder durch Kündigungen frei werden. Besonders im journalistischen Bereich ist beruflicher Aufstieg für gute Leute schneller möglich als in der Industrie, weil die Begabung sich täglich nachlesen läßt . . . Junge Volontäre vermerken sehr intensiv, ob sie in ihrer Anfängerzeit akzeptiert wurden und speichern diese Erlebnisse in ihrem Langzeitgedächtnis.

3. Weitere Anlässe, um Journalisten einzuladen

Es gibt eine Reihe Möglichkeiten mehr, Journalisten zu Veranstaltungen zu bitten und damit einen Aufhänger für erfolgreiche Presse-Arbeit zu haben. Allerdings darf man nicht darauf verfallen, die Leute von der schreibenden Zunft zu überfordern. Es gibt Momente, da kann man dem Lokalreporter durchaus lästig werden, da ist es des Guten zuviel, da fühlt sich der Mann fast schon verfolgt und weiß nicht mehr, wie er die Absagen formulieren soll. Es ist nicht anders wie im normalen Familien-Alltag. Wer ständig von einem netten Nachbarn zum Grillfest geladen wird, der verliert irgendwann einmal die Lust an diesen Veranstaltungen. Er möchte – wie man so sagt – seine Ruhe haben. Im Journalismus ist das nicht anders. Natürlich ist es möglich, jede Woche ein berichtenswertes

Ereignis zu konstruieren, was Anlaß bietet, die Presse anzurufen. Doch auf diese Weise ist das Maß viel zu schnell voll. Wie bereits am Anfang gesagt, geht guter Journalismus immer vom Leser aus. Ein Journalist kann es sich nicht erlauben, nun wöchentlich sein Blatt mit den Nachrichten über einen Unternehmer zu füllen. Denn in dieser Anhäufung interessiert es den Leser wiederum auch nicht, was Sie alles Gutes für Ihre Mitarbeiter und die Umwelt tun. Das Gespür, wann es reicht, muß man selber bekommen. Und lernen kann man bekanntlich am besten aus Fehlern.

Hier ist eine Stichwort-Sammlung aller Veranstaltungsformen, die Anlaß für einen Pressebericht bieten können:

Gruppengespräche des Führungsnachwuchses
Gruppengespräche zwischen Meistern und Vorarbeitern
Gruppengespräche zwischen ausländischen Mitarbeitern
Belegschaftszusammenkünfte/Betriebsversammlungen
Konferenzen/Tagungen/Seminare/Mitarbeiterschulungen
Motivierungs-Konferenzen
Informations-Konferenzen
Ideen-Konferenzen
Betriebsfeste
Sportfeste der Betriebsmannschaft
Jubilarehrungen
Pensionärstreffen
Betriebsausflug/Betriebsfeier
Stammtisch mit Meinungsbildnern
Betriebstourismus/Empfang ausländischer Delegationen
Ordensverleihung
Trauerfeierlichkeiten
Neu- und Erweiterungsbauten
Einrichtung eines Firmenmuseums
Soziale Einrichtungen und Leistungen
Betriebsunfälle
Aktionen (zum Beispiel Sammlung für »Aktion Sorgenkind« oder zugunsten des örtlichen Altersheimes etc.)
Kulturelle Veranstaltungen (Auftritte des Werkorchesters, Autogrammstunden mit Prominenten etc.)
Aufträge nach Übersee (auch kleinere Aufträge in interessante Länder)
Rationalisierungsmaßnahmen
Neue Vertriebsmethoden
Eigentümerwechsel
Stillegungen/Kurzarbeit

60. Geburtstag des Unternehmers (natürlich auch der 65. oder 70.)
Berufung von Betriebsangehörigen in Ehrenämter, Auszeichnung mit dem Bundesverdienstkreuz
Besichtigungen durch ausländische Delegationen, Minister, internationale Wissenschaftler oder Experten
Der Besuch von örtlichen Schulklassen
Erfolgreiche Kooperationen
Architektenwettbewerbe für neue Betriebs- oder Verwaltungsgebäude (bei der Ausschreibung)

Diese Stichpunkte sind als Anregung für Sie gedacht. Überlegen Sie sich in Zukunft bei allen betrieblichen Ereignissen, ob es sich dabei nicht um eine gute Gelegenheit für Presseinformationen handelt.

4. Presse-Arbeit auch nach innen/Alle Formen der innerbetrieblichen Informationsarbeit

Eine wichtige Zielgruppe für die Presse-Arbeit sind auch die eigenen Mitarbeiter eines Unternehmens. Denn sie sind es, die sich täglich mit den Problemen des Unternehmens auseinanderzusetzen haben. Von ihrer positiven oder negativen Einstellung zum Unternehmenserfolg ist manches abhängig. Bei großen Werken mit mehreren tausend Mitarbeitern ist es schier unmöglich, daß jeder einzelne der Geschäftsleitung bekannt ist. Auch untereinander kennen sich die wenigsten. Rund um den eigenen Arbeitsplatz hat man zwar die Kollegen in Sichtweite, und während der Mittagspause in der Kantine sorgen die unterschiedlich besetzten Tische auch mal dafür, daß Leute sich gegenseitig kennenlernen, doch bleibt der individuelle Kontakt zwischen Mitarbeitern größerer Betriebe fast ausgeschlossen. Schon ein Betrieb, der nur 100 Mitarbeiter beschäftigt, hat seine Schwierigkeiten, diese alle beim Namen zu nennen. Besonders in der Fabrikation sind persönliche Kontakte so gut wie ausgeschlossen, da eine laufende Produktionskette oder ein Fließband den Mitarbeiter an seinem Platz unabkömmlich machen.

Da gehen also Millionen Mitmenschen jahraus, jahrein in einen Betrieb, geben die wichtigsten Jahre ihres Lebens für eine Firma, ohne daß jemand davon Kenntnis nimmt. Man braucht kein PR-Profi zu sein, um festzustellen, daß auch hier eine Zielgruppe vorhanden ist, die in die Bemühungen um eine sinnvolle Presse-Arbeit einbezogen werden muß. Wenn bei den Verlagen draußen die Produkt-PR Kontakte zu Verbrauchern und Händlern schaffen soll, wenn eine Aktion zur Schaffung eines positiven Image des Unternehmens in der Öffentlichkeit gedacht ist, dann darf man die wichtige Gruppe der eigenen Mitarbeiter nun nicht vergessen. Ein Mitarbeiter, der sein Unternehmen kennt, ist darüber hinaus ein wichtiger Image-Multiplikator nach außen. Im Kegelklub, am Stammtisch, in der Familie wird nicht nur über die Politik, den Sportbund und das Wetter gesprochen, *sondern auch über die* Firma. »Wie war's in der Firma«, ist die erste Frage vieler Ehefrauen, wenn Vati geschafft nach Hause kommt. Und auf solche Frage folgt in der Regel eine längere Abhandlung über das, was an diesem Tage stattgefunden hat.

Waren die Erlebnisse negativ, so prägen sie das Familienleben, werden weitererzählt, verdichten sich gar in einer kleinen Gemeinde zu einem Negativ-Klischee für den Unternehmer und seinen Betrieb. Aber ebenso können die Informationen positiv ausfallen, ziehen dann die gleichen Kreise und führen dazu, daß man in der Gemeinde hört, daß »der Chef der Firma Meier ein feiner Kerl ist«. Mitarbeiter als Meinungsmultiplikator sind nicht zu unterschätzen. Deshalb sollte man sich ebenso intensiv um ihre Beeinflussung kümmern wie man die Presse vor den PR-Karren spannt.

Das Ziel ist sicherlich hier nicht eine Steigerung des Bekanntheitsgrades, sondern mindestens ebenso wichtige Aufgaben sind durch die innerbetriebliche Informationsarbeit zu bewältigen:

Spaß an der Arbeit.

Wer morgens gerne an die Werkbank, ins Büro, an die Maschine eilt und sich freut, in einem Unternehmen tätig zu sein, leistet bei weitem eine bessere Arbeit als der demoralisierte und unmotivierte Mitarbeiter.

Mit Engagement dabei.

Wer Spaß an seiner Arbeit hat, arbeitet gewissenhafter und trägt damit zu einer verbesserten Wertschöpfung des Unternehmens bei.

Loyalität unter den Kollegen.

Kollegen, die sich mögen und ihre Arbeit gegenseitig schätzen, sind kooperativer und damit leistungsfähiger als Mitarbeiter, die sich ständig bekriegen.

Langfristige Bindung an den Betrieb.

Wer sich wohlfühlt, findet weniger Kündigungsgründe und geht auch nicht gleich für einen Hundertmarkschein mehr zum nächsten Betrieb. Langjährige gute Mitarbeiter sind ein nicht zu unterschätzendes Betriebskapital.

An einem Strang ziehen.

Teamwork erreicht man nur, wenn die Mitarbeiter vom Unternehmen und der gemeinsamen Leistung überzeugt sind. Auch das verbessert den reibungslosen Arbeitsfluß und äußert sich in einer rentablen Produktion.

Man kann diese und viele weitere Faktoren zusammenfassen unter dem Aspekt »eine gute Stimmung im Betrieb ist genauso wichtig wie Kapital und Kunden«. Solche Worte hören kurioserweise die Gewerkschaften nicht gerne, denn die sehen ihre Mitglieder nun wieder ausgenutzt, wenn ein Unternehmer sich des Mediums »innerbetriebliche Informationspolitik« bedient. Sie unterstellen dabei, daß das alles ja nicht »ehrlich« gemeint sei, sondern nur einer weiteren Ausbeutung der Arbeiterklasse dienen soll. An solche Töne muß sich ein Pressemann allerdings gewöhnen und sich nie davon beirren lassen.

Ihre Aufgabe muß lauten: Wie schaffe ich es, meine Kollegen zu motivieren. Nun hängt das natürlich auch von der Betriebsgröße ab. Ein kleiner Baumarkt mit 15 Mitarbeitern kann keine eigene Zeitung herausbringen, denn das, was darin stünde, kennt bereits jeder. Eine gewisse Betriebs-Mindestgröße muß schon gegeben sein, um die Mittel für einen innerbetrieblichen Informationsfluß zu rechtfertigen. Ab etwa 50 Mitarbeitern lohnt sich die Herausgabe eines kleinen innerbetrieblichen Informationsdienstes, der im Schnelldruck hergestellt wird und durchaus von schlichter Machart sein kann. Es kommt nicht darauf an, hier einen Profi-Schnelldienst zu erfinden, sondern ein freundliches, lesenswertes Mini-Periodikum zu schaffen, in dem Geburtstage der Mitarbeiter ebenso drinstehen wie die Nettigkeiten aus dem Betriebsalltag. Nicht einer alleine soll dafür zuständig sein, sondern jeder muß sich aufgerufen fühlen, einen kleinen Beitrag zu liefern. Man muß nicht einmal allzu viel Mühe hineinstecken. Denn so erstaunlich es auch ist: Solche schlichten Druckwerke werden meist intensiver gelesen als manche Ausgabe einer Illustrierten.

Je nach Betriebsgröße kann ein Informationsdienst immer prächtiger ausgestattet und umfangreicher werden. Je größer der Betrieb wird, desto ausführlicher wird auch die Menge möglicher Nachrichten aus dem Betriebsgeschehen.

Eine eigene Zeitung lohnt erst bei Betrieben ab etwa 2 500 Mitarbeitern. Immerhin gibt es bereits über 3 000 Werkszeitungen in der Bundesrepublik.

Die Erstellung eines solches Objektes ist allerdings mit ebensoviel Arbeit verbunden wie die Arbeit in einer normalen Zeitschriften-Redaktion. Der PR-Chef kann also nicht ›mal eben‹ neben seinen vielfältigen Aufgaben auch noch die Realisation einer Werkszeitung übernehmen. Hier muß ein eigener Redakteur eingestellt werden, der nichts weiter macht, als sich um dieses Blatt zu kümmern.

Beim Zeitungsmachen sollte man allerdings stets eines bedenken: Eine Werkszeitung muß mit dem Lieblingsblatt der Deutschen konkurrieren können: der BILD-Zeitung. Viele Unternehmen glauben, ihre Werkszeitung müsse besonders seriös gemacht sein. Was dabei herauskommt, ist ein trostloses Blatt, das so trocken ist, daß ein Medizin-Beipackzettel dagegen wie eine Illustrierte wirkt. Gute Werkszeitungen dagegen tragen dem »Publikumsgeschmack« seiner Leser Rechnung. Die meisten Mitarbeiter wollen nicht ein Blatt lesen, das aussieht, als wäre es einem kirchlichen Verlag entsprungen. Sondern sie wollen sich vom Werksjournalismus genauso einwickeln lassen wie von der normalen Boulevard-Presse.

Nun leiden Werkszeitungen unter dem Problem, daß sie oft in die Machtblöcke zwischen Gewerkschaften und Unternehmensleitung geraten und von beiden Seiten zu »Propaganda-Zwecken« verschlissen werden. Betriebsrat wie Geschäftsleitung meinen, sie müßten in dem Blatt für sich hohe Politik machen. Es ist ungemein schwierig, eine Werkszeitung von einem neutralen Standpunkt auszuarbeiten. Andererseits ist das aber auch die einzige Chance, ein Blatt zu erstellen, das mit den Forderungen der innerbetrieblichen Informationspolitik einhergeht. Der Werksredakteur muß also ein Mann sein, der seine Linie konsequent vertritt und sich wie ein »freier« Journalist fühlt, der für eine ganz normale Leserschaft schreibt und recherchiert.

Deshalb muß der Werksjournalist wie jeder Journalist draußen behandelt werden. Er soll freien Zugang zu allen Sitzungen und Besprechungen haben, sollte seitens der Geschäftsleitung notwendigen Rückhalt gegenüber allen anderen Gruppen im Unternehmen haben.

Seine Zeitschrift soll »das« umfassendste Informationsmittel, Aussprache-Forum und Organ der betrieblichen Gemeinschaft sein. Sie sollte Schönfärberei, standpunktlose Neutralität und betriebliche Geheimniskrämerei vermeiden und aufbauende Kritik ebenso vermitteln wie auch »heiße Eisen« in ihrem Themenbereich behandeln.

Oberster und wichtigster Punkt für eine gutgemachte Werkszeitschrift ist, daß sie sich in genau dem gleichen Profi-Umfeld befindet wie alle anderen Zeitschriften, die der Leser draußen am Kiosk kaufen kann.

Man kann nicht erwarten, daß sich ein Mitarbeiter mit weniger zufrieden gibt. Stil und Geschmack in Sachen Lektüre werden vom freien Markt geprägt. Der Leser ändert sich nicht in der Zeit, in der er im Betrieb ist.

Ich persönlich empfehle jedem, der über eine Werkszeitung nachdenkt, sich am Vorbild der großen Boulevard-Zeitungen zu orientieren. Die BILD-Zeitung ist so erfolgreich, weil sie den Volksgeschmack trifft. Es kann nicht die Aufgabe einer Werkszeitung sein, die Mitarbeiter in ihrem Leseverhalten umzuerziehen. Sie werden es auch nicht mit sich machen lassen. Das Medium soll schließlich positiv stimulieren und versteht sich nicht als Erziehungs-Instrument. Machen Sie eine Zeitung, die im BILD- oder EXPRESS-Stil gemacht ist, die genau die gleichen nackerten Mädchen auf dem Titel trägt wie diese Objekte, die genauso frisch und fröhlich gemacht ist wie diese Millionen-Blätter, mit dem einzigen Unterschied, daß sie randvoll bestückt ist mit Themen aus dem Betrieb.

Verzichten Sie übrigens darauf, die Werkszeitung oder welche Veröffentlichung auch immer mit Nachdrucken aus anderen Presseorganen aufzupäppeln, nur weil Ihnen der Stoff fehlt. So etwas macht eine Zeitung langweilig. Wenn der Leser das Gefühl hat, daß er die Nachrichten, die ihm sein Werk serviert, auch um die Ecke in der BILD-Zeitung wiederfindet, dann kauft er gleich dieses Objekt und wirft seine Werkszeitung weg.

Tip: Werkszeitungen sollte man immer da produzieren, wo Boulevard-Zeitungen gemacht werden. Da haben sich Druck- und Satztechnik auf den Umbruch einer solche Gazette eingeschworen. Sie werden dort zu erstaunlich günstigen Preisen bedient. Nirgendwo werden Sie billiger, besser und reibungsloser zu einer technisch-einwandfreien Zeitung kommen.

5. Kundenzeitschriften – Journalismus in eigener Sache

Als PR-Instrument sollte man auch die Kundenzeitschriften nicht vergessen, die gleiche Ansprüche erfüllen wie die übliche Presse. Ebenso wie die Werkszeitung ihre spezielle Zielgruppe hat, so hat die Kundenzeitschrift diese auch.

Unternehmen, die regelmäßig große Kundengruppen bedienen, haben damit ihr eigenes Presse-Instrument. Der Vorteil ist, daß man mit einer eigenen Zeitschrift natürlich auch seine eigenen Presse-Aktivitäten steuern kann. Die Kundenzeitschrift ist damit nur noch bedingt ein PR-Instrument. Eher könnte man sie der Verkaufsförderung zuordnen.

Denn die Aufgabe der Kundenzeitschrift ist es, bei Freunden, Lieferanten und Kunden des Unternehmens »Schönwetter« für die Belange des Betriebes zu machen. Dabei gibt es verschiedene Formen von Kundenzeitschriften:

- eine Zeitschrift für Kunden des Unternehmens, oder für Geschäftsfreunde,
- eine Zeitschrift für das Verkaufspersonal dieser Kunden, damit der Produktabverkauf beflügelt wird,
- eine Zeitschrift für Weiterverarbeiter Ihrer Produkte,
- eine Zeitschrift, die von Ihren Kunden an die Endverbraucher weitergegeben wird.

Entsprechend der Zielgruppe wird auch der redaktionelle Inhalt anders aufgebaut sein. Wer eine Zeitschrift für die Kunden seiner Kunden macht, lehnt sich in der Gestaltung und Textierung an die klassischen Objekte an, wie »BÄCKERBLUME« oder LUKULLUS – die Fleischerpost«. Das sind preiswert hergestellte 16seitige Objekte, die auf der Theke ausliegen und von jedermann mitgenommen werden können. Solche Kundenzeitungen verteilt der Handel gerne, wenn sie ausreichend und kostenlos zur Verfügung gestellt werden.

Natürlich muß die Kundenzeitschrift genauso professionell gemacht werden wie eine »übliche Publikumszeitschrift«. Erst dann ist sie als Presse- und Verkaufsförderungs-Instrument gleichermaßen zu gebrauchen.

Tip: Werkszeitung wie auch Kundenzeitschrift beinhalten Material, das oftmals auch dazu geeignet ist, an die allgemeine Presse weitergegeben zu werden. Da der Kreis der Leser jeweils begrenzt ist, hat der Journalist in diesem Moment keine Skrupel, daraus interessante Geschichten nachzudrucken. Gerade in den Eigenpublikationen finden sich gute und weiterverwendbare Artikel, die oft mit sehr viel Akribie zusammengetragen wurden und durch die Aufbereitung im eigenen Objekt auch die notwendige journalistische Machart haben. Wer eine besonders gut gelungene Werkszeitung sein eigen nennt, kann diese auch regelmäßig der Presse per Post zur Verfügung stellen. Ganz Kluge heften vorne Etiketten dran, mit denen sie Berichte zur Weiterverwendung im Heftinnern empfehlen.

Damit läßt sich nicht nur die Auflage einer Werkszeitung erheblich steigern, sondern auch die Multiplikation durch die anderen Medien ist eine spürbare Hilfe bei der allgemeinen Presse-Arbeit.

Es muß nicht immer die Nachricht aus dem Unternehmen sein, um in die Presse zu kommen.

Mancher Unternehmer zerbricht sich den Kopf darüber, was er denn noch so alles im Unternehmen ausgraben könnte, was dann an die Presse weitergegeben wird.

Dabei wird oftmals übersehen, daß nicht jede Nachricht aus dem Unternehmen kommen muß, um Ihren Namen zu publizieren. Wie schon dargestellt, kann der Versand einer Werkszeitung an die Redaktionen eine Art »Service« sein, mit dem man manchen Nachdruck in der Presse erreicht.

Das Wort »Service« ist auch das Stichwort für die letzte Idee, an die ich Sie heranführen möchte: Verstehen Sie sich auch als Ideen-Service für Journalisten. Denn auf Ihrem Schreibtisch landet viel, was in modifizierter Form auch für Journalisten bei Tages- und Publikumspresse interessant ist. Wenn beispielsweise in Ihrer Fachzeitschrift ein wissenschaftlicher Bericht steht, der den Nachweis erbringt, wie man Karies stoppen kann, so senden Sie diesen Bericht mit freundlicher Empfehlung und einer »Übersetzung« in Journalisten-Deutsch an Ihre Presse. Dort greift man das Thema sicherlich gerne auf und hat eine Story, die volksnah ist und dabei auch noch wissenschaftlich abgesichert.

Im Unternehmen wird auch mancher Vortrag gehalten, denn viele der leitenden Angestellten arbeiten ehrenamtlich in Vereinigungen wie Lion's, Rotary und anderen. Solche Reden sind mit viel Liebe zusammengestellt und haben oft philosophische Betrachtungsweisen zum Leben im allgemeinen als Inhalt. Sicherlich würde sich der eine oder andere Verlag freuen, wenn er aus diesen Reden auszugsweise etwas veröffentlichen könnte. Auch Lehrmaterialien und Bücher, die in der Bibliothek des Betriebes vorhanden sind, sollte man bei interessanten Themen durchaus der Presse zugänglich machen – wo ein Fotokopierer, ist auch ein Weg dazu . . .

Noch besser sind komplette Service-Informationen für Verlage, so wie sie der ADAC beispielsweise herausbringt. Wenn die Benzingesellschaften über Kraftstoffsparen einen Service herausbringen, wenn die Ölheizungshersteller über Energie-Einsparung im Haushalt berichten, wenn Baustoffgroßhändler Tips für vernünftiges Bauen geben, dann ist das zwar keine direkte Presse-Arbeit, die das Unternehmen betrifft – indirekt kommt sie aber dennoch dem Unternehmen zugute. Denn meist wird das Unternehmen als Initiator der Ideen genannt. Solche Informationen müssen nicht immer nur »geschrieben« sein – auch auf den bereits benannten Schaubildern sind sie eine gute Orientierungshilfe für Journalisten und Leser zugleich.

6. »Abgesang« Tue Gutes und rede darüber. Oder: Sich in sympathischer Weise bemerkbar machen

Bereits vor vielen Jahren entstand die Redensart »Tue Gutes und rede darüber« und galt viele Jahrzehnte als Schlagwort für Öffentlichkeitsarbeit. In einem sich ändernden Medienmarkt reichen die guten Taten allein nicht aus, um als Garant für einen Abdruck zu gelten. Pressearbeit als Baustein der Öffentlichkeitsarbeit muß aktiver sein, sich beim Journalisten direkter in Erinnerung bringen. Wer es schafft, sich beim Verlag in sympatischer Weise bemerkbar zu machen, hat heute meistens die besseren Karten. Denn auch Presse-Arbeit muß bis heute verkauft werden. Die Nachrichtenschwemme ist mittlerweile ebenso groß wie die Produktschwemme, die auf die Märkte will. Deshalb kann man nicht mehr davon ausgehen, daß sich eine gute Nachricht allein durchsetzt. Sie will verkauft werden.

Presse-Arbeit ist heute mehr denn je auch ein verkäuferisches Thema geworden. Und zum Verkaufen braucht man bekanntlich die richtigen Tips und Ideen. Als solche Ideen-Sammlung verstehen sich diese 200 Seiten, die hinter Ihnen liegen. Sie sollten Sie *inspirieren,* Presse-Arbeit erfolgreich zu betreiben. Ohne schulische Sachzwänge, ohne methodische Penetranz. Sondern einfach als lesenswerter Exkurs in die Welt der Medien. Wenn Sie jetzt damit starten, Presse-Arbeit selber zu machen, konnte Ihnen das Buch einige Grundregeln beibringen, die Sie vor ärgsten Fehlern behüten werden. Das »Feeling« aber müssen Sie sich selbst anarbeiten. Das kommt aus der Praxis heraus, das lernen Sie, wenn Sie die ersten Gespräche mit Journalisten geführt haben, stolz die ersten Veröffentlichungen registrieren konnten.

Und schon nach den ersten Gehversuchen werden Sie lernen, daß das Talent zu dieser Aufgabe nach oben keine Begrenzung findet. Sie werden ständig dazulernen, das Bewußtsein um die Gigantomanie des Kommunikationsgeschäftes wird sich ständig erweitern. Inwieweit Sie Karriere machen, hängt ganz allein von Ihnen ab.

Wenn das Buch dafür die erste kleine »Einstiegsdroge« war, um so besser, denn dann halten Sie es auch ewig in guter Erinnerung.

Anhang

Adressen

Anlaufadressen für erste Kontakte zur »Pressewelt«
Wer Pressearbeit machen will – ob mit oder ohne Profis – braucht sicherlich einige Anlaufadressen im Markt, bei denen er zu einzelnen Aufgaben und Themen eine unverbindliche Beratung erhalten kann. Ich habe Ihnen aus meinem Anschriftenverzeichnis Adressen von Unternehmen zusammengestellt, die man anrufen kann, ohne auch gleich mit einem Auftrag winken zu müssen.

Diese Fachleute beraten Sie zu den Themen, die im vorweggenannten Stichwortverzeichnis aufgeführt sind. Auf diese Weise vermeiden Sie teure Anlaufverluste und erhalten ein gewisses Marktgespür für Ihre ersten Gehversuche im Kommunikationsmarkt.

Adress-Sortiment, umfangreichstes

PPS Print-Publication=Service GmbH
Sternstraße 63 A
4000 Düsseldorf 30
Tel.: 02 11 / 49 41 61

bietet exklusiv sämtliche 15 000 Anschriften des STAMM-Leitfadens in jeder nur möglichen Facettierung.
Damit Sie einen Überblick bekommen über die Anzahl und Verteilung der verfügbaren Titel, hier ein Auszug aus dem Programm, wie es beispielsweise der PPS anbietet.

Anzeigenblätter	Anzahl
Anzeigenblätter (gesamt)	1 453
Fachzeitschriften/Publikumszeitschriften (nach Sachgruppen)	
Amtliche Blätter	
lokale Blätter	220
regionale Blätter	141
überregionale Blätter	45
Arbeitnehmer-Zeitschriften (einschließlich Sozialwesen)	
inländische Arbeitnehmer	216
ausländische Arbeitnehmer	13
Senioren-Zeitschriften	45
Sozialwesen	160
Erziehungs-Zeitschriften	
allgemein	444
Berufsbildung	62
Bibliotheken/Hochschulen	31
Eltern	24
Zeitschriften zum Gesundheitswesen (ohne wissenschaftliche Fachzeitschriften)	
Ärzte	134
Zahnärzte	26
Apotheker	30
Sonstige Heilberufe, Sanitätswesen, Hilfs- und Rettungsdienste	124
Tierärzte	8
populäre Heilkunde	109
Zeitschriften für Handel und Industrie	
allgemein (übergreifend)	183
Zeitschriften für Mitglieder von IHK	87
Handels- und Industrie-Adreßbücher	64
Computerzeitschriften	67

Zeitschriften für Handel und Verkehr

Handel allgemein (übergreifend)	55
Fachzeitschriften für den Bekleidungshandel	31
Fachzeitschriften für den Buch- und Papierwarenhandel	59
Fachzeitschriften für Drogerien	8
Fachzeitschriften für Export/Import	136
Fachzeitschriften für Geldwirtschaft	105
Fachzeitschriften für Versicherungswirtschaft	21
Fachzeitschriften für Fremdenverkehrswirtschaft	20
Fachzeitschriften für Lebens- und Genußmittelhandel	62
Fachzeitschriften für Post- und Fernmeldewesen	12
Fachzeitschriften für Verkehr (incl. Verkehrserziehung)	218
Fachzeitschriften für Immobilienhändler	5
Fachzeitschriften für Bau-, Baunebengewerbebedarfs-, Holz- und Kunststoffhandel	30
Fachzeitschriften für Spielwaren-, Geschenk- und Sportartikelhandel	14
Fachzeitschriften für Eisenwaren-, Metall-, Maschinen-, Automaten-, Altmaterialien-, Fahrzeug- und techn. Handel	44
Fachzeitschriften für Elektro- und Elektronikartikel-, Radio- und Fernsehgeräte-, Film- und Tonträgerhandel	34
Fachzeitschriften für Brenn- und Kraftstoffhandel	8
Fachzeitschriften für Kunst- und Antiquitäten-, Uhren- und Schmuckhandel	12
Fachzeitschriften für Möbel- und Haushaltwarenhandel	22
Fachzeitschriften für medizinischen- und medizinisch-technischen Handel	12
Fachzeitschriften für zoologische Handlungen, Gartenfachgeschäfte und Floristen	14
sonstige Handelszweige	15

Fachzeitschriften für Handwerk, Industrie und sonstige Gewerbe

allgemein (übergreifend)	101
Fachzeitschriften für Bäcker	15
Fachzeitschriften für das Bauwesen	163
Fachzeitschriften für die Bekleidungsindustrie	37
Fachzeitschriften für Bergbau und Energiewirtschaft	69
Fachzeitschriften für die chemische Industrie	83
Fachzeitschriften für das Druckgewerbe	50

Fachzeitschriften für Elektrotechnik und Installation	37
Fachzeitschriften für Fahrzeug- und Luftfahrtindustrie	34
Fachzeitschriften für das Fleischerhandwerk	10
Fachzeitschriften für das Friseurhandwerk	15
Fachzeitschriften für das Gastgewerbe	53
Fachzeitschriften für Holzindustrie und -handwerk	52
Fachzeitschriften für Innenraumgestalter	36
Fachzeitschriften für Gas- und Wasserinstallateure	49
Fachzeitschriften für Juweliere und Uhrmacher	14
Fachzeitschriften für Lederherstellung und -verarbeitung	22
Fachzeitschriften für Maschinenbau	50
Fachzeitschriften für Metallindustrie	95
Fachzeitschriften für die Nahrungs- und Genußmittelindustrie	63
Fachzeitschriften für die optische, Foto- und Filmapparateindustrie	15
Fachzeitschriften für Radio-, Fernseh- und Fernmeldetechnik	26
Fachzeitschriften für Mikro-Elektronik und Computertechnik	34
Fachzeitschriften für Schiffbau	9
Fachzeitschriften für Schlosserhandwerk	31
Fachzeitschriften für verschiedene Handwerk- und Industriezweige	38

Jugendzeitschriften

allgemein	273
konfessionelle Jugendzeitschriften	99
politische Jugendzeitschriften	40
Schüler- und Schulzeitschriften	308
Studenten- und Universitätszeitschriften	253

Konfessionelle Zeitschriften

evangelische	508
katholische	312
andere Bekenntnisse	50

Kultur- und Kunstzeitschriften

allgemein	379
Architektur	15

Fotographie	37
Sonstige bildende Künste	62
Literatur und Theater	170
Musik und Tanz	102
Film, Funk, Fernsehen, Video	31
Mitgliederzeitschriften von Gesangs- und Musikvereinen	29
Sonstige darstellende Künste	18
Heimat-, Landes-, Völker-, Ahnen- und Familienkunde	297

Veranstaltungskalender, Kundenzeitschriften, Hauszeitschriften

Veranstaltungskalender	338
Kundenzeitschriften	106
Hauszeitschriften	531

Landwirtschaft, Forstwesen, Gemüse- und Gartenbau, Tierhaltung

Fachzeitschriften für Land- und Forstwirtschaft	159
Fachzeitschriften für Obst-, Gemüse- und Gartenbau	92
Fachzeitschriften für Tierhaltung und Tierzucht	141
Fachzeitschriften für Jagd und Fischerei	37

Zeitschriften für Politik, Ökologie und Wehrwesen

Fachzeitschriften für Politik, allgemein	402
Fachzeitschriften für kommunale Politik	87
Zeitschriften für Ökologie und Umweltschutz	a.A.
Fachzeitschriften für Wehrkunde und -technik	a.A.
Zeitschriften der Ehemaligen-Verbände	a.A.

Zeitschriften für Publizistik, Werbung und Marketing

Publizistik und Medien, allgemein	49
Zeitschriften für Journalisten	35
Zeitschriften für Marketing und Werbung	92
Zeitschriften für Messe- und Ausstellungswesen	20

Zeitschriften für Sport und Freizeit

Sportzeitschriften, allgemein	73

Pferdesport	43
Wassersport	32
Wintersport	14
Motorsport	42
sonstige Sportarten	169
Zeitschriften von Sportvereinen	521
Zeitschriften für Angelsport	20
Auto- und Motorzeitschriften (ohne Motorsport)	70
Reise und Camping	64
Reise-, Städte-, Hotel- und Campingführer	185
Wandern	70
Fahr- und Flugpläne	146

Hobby-Zeitschriften

Zeitschriften für Briefmarken-, Münzen-, Medaillen-, Miliatariasammler, Postgeschichte	156
Zeitschriften für Modellbau- und Hobby-Eisenbahnen	39
Zeitschriften für Basteln und Heimwerken	5
Zeitschriften für Amateurfunk und Hobby-Elektronik	29
Zeitschriften für Video	a.A.
Zeitschriften für Home-Computer	28
Zeitschriften für Schach	14
Zeitschriften für sonstige Hobbies	54

Allgemein interessierende Zeitschriften

Illustrierte, Magazine, und allgemein unterhaltende Blätter	88
Frauenzeitschriften	142
Männerzeitschriften	21
Zeitschriften für Homophile	3
Astrologiezeitschriften	7
Feinschmeckerzeitschriften	14
populärwissenschaftliche Zeitschriften	15
Programmzeitschriften	51
Rätselzeitschriften	34
Verbraucherzeitschriften	15
Stadtmagazine	a.A.
Faschings- und Karnevalszeitschriften	a.A.

Vertriebenenzeitschriften	194

Verwaltungszeitschriften

Verwaltung, allgemein	217
Feuerwehr-, Zivil- und Katastrophenschutz	15
Justiz, Polizei, Zoll und Bundeswehrverwaltung	59

Wissenschaftliche Zeitschriften

Geisteswissenschaften, allgemein	64
Archäologie, Geschichte, Landes- und Völkerkunde	195
Germanistik, Fremdsprachen, Literatur, Linguistik	121
Kirchengeschichte und Theologie	83
Kunst- und Kulturgeschichte, Musikwissenschaft	23
Philosophie und Psychologie	38
wissenschaftliche Pädagogik, Sport- und Zeitungswissenschaft	26
sonstige Geisteswissenschaften	32
Zeitschriften für Medizin	400
Zeitschriften für Natur- und technische Wissenschaften, allgemein	43
Zeitschriften für Agrarwissenschaften	65
Zeitschriften für Astronomie, Geographie, Geologie, Hydrologie und Meteorologie	135
Zeitschriften für Biologie	123
Zeitschriften für Chemie und Pharmazie	58
Zeitschriften für Ingenieurwesen	148
Zeitschriften für Mathematik und Physik	65
Zeitschriften für Staats- und Rechtswissenschaften	191
Zeitschriften für Volkswirtschaft	95
Zeitschriften für Betriebswirtschaft	17

Zeitschriften für Haus- und Wohnungswesen	116
Zeitschriften für steuer-, wirtschafts- und rechtsberatende Berufe	63
Werkzeitschriften	412

Publikumszeitschriften (nach Ressorts)

Wirtschaftsredaktionen	29
Kulturredaktionen	50
Sportredaktionen	16

Bilderdienste

ArtReference Verlags- und Lizenz GmbH (Katalog-Bilderdienst), Brentanostraße 17, 6000 Frankfurt 1, Tel.: 0 69 / 72 15 56 und 72 74 41, Tx 4 16328, L Johannes Henningsen

deltapress, Laimer Straße 50, 8000 München 19, Tel.: 0 89 / 17 70 91, Tx 5 215558, ChR Heinz M. Wagner

Kontar Pressebilderdienst, Auf der Reiswiese 10, 6050 Offenbach, Tel.: 0 69 / 88 08 31, Tx 4 185473, R Günter Kunz, Walter Lindlar

Pictor International Bildagentur GmbH, Sendlinger Straße 64, 8000 München 2, Tel.: 0 89 / 2 60 70 27, Tx 5 214555

ZEFA-Zentrale Farbbild Agentur GmbH, Schanzenstraße 20, 4000 Düsseldorf 11, Tel.: 02 11 / 57 40 37, Tx 8 584095, ChR Eckart Grob

Bild-Archiv laenderpress, Friedrich-Lau-Straße 26, 4000 Düsseldorf 30, Tel.: 02 11 / 43 15 57, Tx 8 584780, ChR Hanne O'Neill

Pressebilderdienst Kindermann & Co Kurfürstendamm 182–183, 1000 Berlin 15, Tel.: 0 30 / 8 82 20 60, ChR Klaus Kindermann

Pressebild-Agentur Schirner, Friedrichstraße 112, 4000 Düsseldorf, Tel.: 02 11 / 33 30 45

Industriefilme

cowerb Gesellschaft für Kommunikation und Direkt-Marketing mbH, Weyerhofstraße 65, 4150 Krefeld, Tel.: 0 21 51 / 75 50 17

Karten und Schaubilder

Condor Pressedienst (co), Schaubilder »Die aktuelle Karte«, Rethelstraße 37, 4000 Düsseldorf, Tel.:02 11 / 68 28 22

Futura Press International W. Schinski & Partner GmbH, Postfach 64 01 34, 5000 Köln, Tel.: 02 21 / 5 90 22 36, Fax 38 56 60, Tx 8 883207, Gf Walter Schinski

Zahlenbild Pressedienst Erich Schmidt Verlag, Genthiner Straße 30 G, 1000 Berlin 30, Tel.: 0 30 / 2 61 17 41, ChR Dr. Gerhard Huck

Kundenzeitschriften

Industriedruck Krefeld GmbH & Co., Weyerhofstraße 71, 4150 Krefeld, Tel.: 0 21 51 / 75 10 92

Massenfotos (Herstellung)

Defot Werkstätten Adolf Seiler oHG, Alte Jakobstraße 148/155, 1000 Berlin 61, Tel.: 0 30 / 2 51 40 11

Fotodienst Wolfson GmbH, Wendenstraße 29, 2000 Hamburg 1, Tel.: 0 40 / 23 24 01

V-DIA Kopierwerk Fachlaboratorium S. Kübe GmbH & Co., Kurpfalzring 100, 6900 Heidelberg 1, Tel.: 0 62 21 / 77 30, Tx 4 61781

argentofot Wenske + Co. KG, Werkstraße 45/47, 7238 Oberndorf/Neckar, Tel.: 0 74 23 / 20 53

Interpress-Fotodienst, Holsteinischer Kamp 14, 2000 Hamburg 76, Tel.: 0 40 / 29 10 59, Tx 2 14733

Nachrichtenagenturen/Infodienste

Reuters/Reuter GmbH Zentralredaktion, Reuterstraße 124–132, Bonn Center H 6, 5300 Bonn 1, Tel.: 02 28 / 22 50 21, Tx 8 86677, ChR Annette von Broecker

Deutsche Presse-Agentur (dpa) GmbH, Mittelweg 38, 2000 Hamburg 13, Tel.: 0 40 / 4 11 31, Tx 2 12995, ChR Dr. Hans Benirschke, Stv Heinz H. Köster, Wolfgang Nölter, RFeuil Dieter Baukloh; dpa-informationen (Massenmedien/Medienpolitik/Neue Medien), R H. P. Stellmach
Bundes- und Landesbüros: Berlin, Bonn, Düsseldorf, Frankfurt, Hamburg, Hannover, München, Stuttgart

Agence France-Press, Friedrich-Wilhelm-Straße 5, 5300 Bonn, Tel.: 02 28 / 23 40 52, Tx 8 86898, ChefKorr Pierre Lemoine

Associated Press (AP), Moselstraße 27, 6000 Frankfurt, Tel.: 0 69 / 2 71 30, Tx 4 11388, ChR Herbert F. Schmitt

PR-Agentur

Koob & Partner GmbH, Bürgerstraße 18, 4330 Mülheim, Tel.: 02 08 / 4 42 22

PR-Berater

Wilfried Nagel, Eichenweg 15, 6239 Eppstein-Vockenhausen, Tel.: 0 61 98 / 3 36 33

Presse-Fahrten

De Ruiter Marketing GmbH, Sternstraße 63 A, 4000 Düsseldorf 30, Tel.: 02 11 / 49 41 61

Pressegeschenke, originelle

Promotion Team Klaus Schinofen, Oberkasseler Straße 128, 4000 Düsseldorf, Tel.: 02 11 / 57 50 65

Pressekonferenzen/Groß-/Showveranstaltungen

DIALOG – Marketing Gesellschaft für Direktkontakt, Fürstenwall 61, 4000 Düsseldorf 1, Tel.: 02 11 / 39 30 55–56

pro-concert GmbH, Hermann-Schuster-Straße 78, 6274 Wallbach, Tel.: 0 61 26 / 30 19

Testergebnisse

Stiftung Warentest, Lützowplatz 11–13, 1000 Berlin, Tel.: 0 30 / 2 63 11 und 2 62 30 14

Verbände

(BDW) Deutscher Kommunikationsverband e. V., Adenauerallee 209, 5300 Bonn, Tel.: 02 28 / 21 10 47–48, FS 8 869 318

(DPRG) Deutsche Public Relations-Gesellschaft e. V., Rhenusallee 20, 5300 Bonn, Tel.: 02 28 / 46 70 81, Telefax 46 70 82

(GPRA) Gesellschaft Public Relations Agenturen e. V., Sierichstraße 43, 2000 Hamburg 60, Tel.: 0 40 / 2 70 19 36, FS 1 7403 239

Zeitungsausschnittbüros

Argus Pressebüro und Verlag GmbH, Kniebisstraße 24, 7000 Stuttgart 1, Tel.: 07 11 / 43 68 68, L Joachim v. Beust

Der Ausschnitt, Achterberg KG – Büro für Pressebeobachtung, Königsbergerstraße 37, 1000 Berlin 45, Tel.: 0 30 / 7 72 70 02, Tx 1 83538

Hermes Zeitungsausschnittbüro, Weberstraße 92, 5300 Bonn, Tel.: 02 28 / 21 91 26

Medien-Beobachter Annelie Bergatt (Ausschnittdienst für Anzeigenblätter), Celsiusstraße 78, 5300 Bonn, Tel.: 02 28 / 25 10 60 Gf Stefan Rabe

Metropol-Gesellschaft E. Matthes & Co., Uhlandstraße 184, 1000 Berlin 12, Tel.: 0 30 / 8 81 68 31

Nord-Report Ausschnittdienst, Redaktionsbüro Rolf Zick, Hohenzollernstraße 22, 3000 Hannover, Tel.: 05 11 / 34 25 55, Tx 9 21114

Presse-Archiv Meyding & Co., Tulpenweg 7, 6102 Pfungstadt, Tel.: 0 61 57 / 20 91–92, Tx 4 191729

Zeitungs-Ausschnitt-Büro E. Fleischauer, Stubenrauchstraße 2, 1000 Berlin 37, Tel.: 0 30 / 8 11 26 93 und Aachenerstraße 2, 5533 Hillesheim, Tel.: 0 65 93 / 4 15

Literaturhinweise

Ausschnittdienst
Beust, von J.: Argus – Leseprogramm. 3. Auflage, Stuttgart 1983
Volk, H.: Nutzen Sie den Zeitungsausschnitt? In: Tägliche Betriebspraxis, Heft 1, Freiburg 1983

Bildschirmtext
Sautter, Dieter E.: Arbeitshandbuch Bildschirmtext, Stamm-Verlag GmbH, Essen 1983

Image (-analyse)
Spiegel, B. und Nowak, H.: Image und Image-Analyse. In: Marketing Enzyklopädie, Bd. 1, München 1974

Imageprofilierung
Richter, H. J.: Einführung in das Image-Marketing, Stuttgart 1977
Antonoff, R.: Methoden der Imagegestaltung für Unternehmen und Organisationen, Essen 1975

Informationsarbeit, innerbetriebliche
Kalmus, Michael und Classen, Dorit: Zielgruppe unbekannt? Neue Wege der Internen Information. Köln 1979
Friedrich, Wolfgang: Erkenntnisse und Methoden Interner Public Relations. Nürnberg 1979

Informationsmanagement
Neske, F.: PR-Management. Gernsbach 1977

Jubiläum
Kröter, Hannelore: Firmenereignisse richtig organisieren und werbewirksam umsetzen. Kissing 1980

Kundenzeitschriften
Hünnekens, H.: Entwicklung, Aufgabe und Nutzen von Kundenzeitschriften. Werben und verkaufen, Heft Nr. 7, München 1982
Jung, D.: Argumente zum Nutzen von Kundenzeitschriften. Werben und verkaufen, Heft Nr. 7, München 1982
ZAW Service: Werbung '83. Kundenzeitschriften, Bonn 1983

Öffentlichkeitsarbeit
Steinhauser, K. und Gruber, S.: Public Motivations. verlag moderne industrie, Landsberg 1985
Definition: Knaurs Lexikon von A–Z. Droemer Knaur, München 1985

Polaritätenprofil
Rogge, H. J.: Marktforschung. München, Wien 1981

Pressearbeit
Schmidt, Peter J.: »Presse-Brief«, Eigenverlag
Skowronnek, E. und Dörrbecker, K.: Pressearbeit organisieren. Herne 1972

Presse-Verteiler, Aufbau
STAMM 1986 – Presse- und Medienhandbuch, Leitfaden durch Presse und Werbung. STAMM-Verlag, 39. Ausgabe

Product-Placement
Bürger, Joachim H.: Public Promotions – Mehr Erfolg durch neueste Strategien. Sport-Marketing/Werbung mit VIP's/Product Placement/Character-Licensing. 1986 STAMM-Verlag, 250 Seiten, 1986

Public Relations
Haedrich, G., Barthenheier, G. und Kleinert, H. (Hrsg.): Öffentlichkeitsarbeit. Berlin 1982
Holscher, C. und Jetter, U.: Public Affairs – PR fürs Gemeinwohl. Hamburg 1981
Kronhuber, H.: Public Relations, Einführung in die Öffentlichkeitsarbeit. Wien, Köln, Graz 1972
Oeckl, A.: PR-Praxis. Düsseldorf 1976
Pieper, W.: Betriebliche Öffentlichkeitsarbeit. In: Der Betriebswirt, Zeitschrift für angewandte Wirtschaftswissenschaften. Köln 4/76
Weisser, W.: Aktionsfibel für Unternehmer. Köln 1982
Zedwitz-Arnim, G. V. Graf: Degen oder Maschinenpistole. Düsseldorf 1982

Qualifikation (Pressemann)
Marketing Journal 5/82, Seite 477

Presse und PR
Bürger, Joachim H.: Arbeitshandbuch »Presse und PR«. Stamm Verlag, Essen 1985

Warentest
Piepenbrock/Horn: Vergleichender Warentest – Testpraxis, Testwerbung, Rechtsprechung. verlag moderne industrie, Landsberg 1986
Bürger, Joachim H.: Werben wie die Profis. verlag moderne industrie, Landsberg 1986

Bücher und Publikationen, mit denen Sie Ihr Wissen ergänzen können:

STAMM: Leitfaden durch Presse und Werbung siehe Presse-Verteiler, Aufbau

Redaktions Adress
Zwei Ausgaben pro Jahr, enthält u.a. die Redaktionen der Zeitungen, Publikums- und Fachzeitschriften. Einzelexemplar: 150,–DM. Jahresabo mit zwei Ausgaben: 196,–DM. Jeweils zzgl. MwSt und Porto.
Media-Daten-Verlagsgesellschaft mbH, Heidesheimer Straße 49, 6500 Mainz-Gonsenheim, Tel.: 0 61 31 / 4 00 24

Kroll-Pressetaschenbücher
Wer wissen möchte, wer über was schreibt, wer die Namen derer sucht, die in Institutionen (Unternehmen wie Verbänden) für Werbung, PR und Presse zuständig sind, findet Informationen in der Kroll-Presse-Taschenbuchreihe. Folgende Titel erscheinen regelmäßig (komplett überarbeitet) als Neuauflage:
Taschenbuch für die Wirtschaftspresse

Presse-Taschenbuch Geld + Versicherung
Presse-Taschenbuch Energiewirtschaft
Taschenbuch Motor-Presse
Taschenbuch für die Touristik-Presse
Taschenbuch der Automobil-Wirtschaft
Taschenbuch Luft- und Raumfahrt-Presse
Presse-Taschenbuch Audio, Video, Neue Medien
Presse-Taschenbuch Mode + Textil
Presse-Taschenbuch Kultur + Kunst
Presse-Taschenbuch Ernährung

Presse-Taschenbuch Naturwissenschaft + Medizin
Presse-Taschenbuch Datentechnik
Presse-Taschenbuch Telekommunikation und Nachrichtentechnik (ab Februar/März 1987)
Zur Zeit nicht regelmäßig erscheinend:
Presse-Taschenbuch Arbeit und Soziales

Preis 32,50 DM incl. MwSt. zzgl. Porto
BEMA-Buchvertrieb, Hauptstraße 26, 8031 Seefeld/Obb., Tel.: 0 81 52 / 76 02

Handbuch der Öffentlichkeitsarbeit
Dieses Loseblattwerk bringt u.a. Übersichten zu einzelnen Mediengruppen und nennt dabei genaue Anschriften. Die zwei Bände in Ordnern kosten 124,–DM. Monatliche Ergänzungslieferungen.
Hermann Luchterhand Verlag GmbH & Co. KG, Heddesdorferstraße 31, 5450 Neuwied 1, Postfach 17 80, Tel.: 0 26 31 / 80 11

Die deutschen Vollredaktionen
Ein Handbuch mit regelmäßiger Aktualisierung auf Abonnements-Basis.
Vor 25 Jahren gab es noch 225 Vollredaktionen, heute sind es unter 100. Ein großer Konzentrationsprozeß ist im Gange. Teil 1: Zeitungen, Teil 2: Zeitschriften, Publikumspresse, Hörfunk und Fernsehen, Neue Medien. Preis: jedes Grundwerk 280,–DM zzgl. MwSt. und Porto.
Verlag Dieter Zimpel, Postfach 430 766, 8000 München 43, Tel.: 0 89 / 2 72 02 52

Deutsches Verlagsregister
Verlage mit ihrem periodischen Schriftentum. 7. Auflage (Ende 86/Anfang 87), Stamm-Verlag GmbH, Essen. Subskriptionspreis 36,–DM, später 41,–DM.

Jobs in der Informationsgesellschaft, Joachim H. Bürger.
Auf 224 Seiten haben ich für Leute, die tiefes Interesse an der Branche Kommunikation haben, alles aufgeschrieben, was es Wissenswertes über Berufe und Chancen in der Kommunikation gibt – heute und in der Zukunft.
Stamm-Verlag GmbH, Essen 1984, 19,80 DM

Taschenbuch des öffentlichen Lebens
Es enthält einige Tausend Adressen: Politik, Presse, Parteien, Religio-

nen, Umwelt- und Freizeitgestaltung, Verbände, zentrale Organisationen.
Herausgeber: Prof. Dr. Albert Oeckl, Festland-Verlag GmbH, Basteistraße 88, 5300 Bonn 2, Tel.: 0228/355677, Bonn 1986/87; Preis 89,70 DM

Public Relations Report
erscheint als einziger wöchentlicher Informationsbrief für PR-Fachleute und Interessierte. Dieser Report gibt einen schnellen Überblick über wichtige Ereignisse und Aktionen aus dem Bereich der PR in der Bundesrepublik und im Ausland. Preis: monatlich 38,–DM (als Jahresabo) zzgl. MwSt. und Porto.
Verlag Lutz Böhme GmbH, Hamburger Straße 23, 2000 Hamburg 76, Tel.: 040/2201100

Sachwortregister

W

Z